시지프 신화

시지프 신화

Le Mythe de Sisyphe

알베르 카뮈 지음　박언주 옮김

LE MYTHE DE SISYPHE
by ALBERT CAMUS (1942)

일러두기

1. 그리스 신화와 관련된 인명은 원문에 맞춰 라틴어식 표기를 사용한 곳도 있다.
2. 제목의 〈시지프〉는 프랑스어식 표기로, 그리스어 발음으로는 〈시시포스〉라고 표기해야 옳다. 그러나 기존 번역 문학사의 관례를 존중하여 〈시지프〉로 표기했다.

이 책은 실로 꿰매어 제본하는 정통적인 사철 방식으로 만들어졌습니다.
사철 방식으로 제본된 책은 오랫동안 보관해도 손상되지 않습니다.

파스칼 피아에게

오, 나의 영혼이여, 불멸의 삶을 꿈꾸지 말고,

가능의 영역을 남김없이 소진하라.

— 핀다로스, 『퓌틱 경기의 세 번째 축가』

부조리의 추론

지금부터 다루게 될 내용은 금세기 곳곳에서 목격되는 어떤 부조리의 감수성이지, 엄밀히 말해서 우리 시대에 경험해 보지 못한 어떤 부조리의 철학이 아니다. 따라서 이 책의 내용은 오늘날의 몇몇 위대한 지성들 덕분에 가능할 수 있었다는 사실부터 먼저 밝혀 두는 것이 최소한의 정직함을 보여 주는 자세라고 하겠다. 나는 그 사실을 숨길 의도가 전혀 없기 때문에, 독자들은 이 책을 읽는 내내 줄곧 이 지성들이 인용되고 해석되는 것을 보게 될 것이다.

그러나 이와 동시에, 지금까지는 어떤 결론으로 인식되어 온 부조리라는 것이 이 에세이에서는 하나의 출발점으로 간주된다는 사실을 지적해 두는 것 역시 유익할 듯싶다. 그런 의미에서, 나의 해석에는 잠정적인 측면이 있다고 할 수 있다. 즉 독자는 나의 해석이 어떤 입장을 도출하는지 예단할 수 없을 것이다. 단지 이 책에서는 어떤 정신적 질병을 순수한 상태 그대로 묘사한 것만을 목격할 수 있을 것이다. 지금으로서는 그 어떤 형이상학도, 그 어떤 신념도 개입되어 있지 않다. 이것이 바로 이 책이 지닌 한계이자 유일한 입장이다.

부조리와 자살

정말로 진지한 철학적 문제는 오직 하나, 그것은 바로 자살이다. 인생이 굳이 살 만한 가치가 있는 것인지 아닌지를 판단하는 것, 그것은 철학의 근본적 질문에 대답하는 것이다. 그 외에 세계가 3차원인지 아닌지, 이성(理性)의 범주가 아홉 개인지 열두 개인지의 문제는 그다음이다. 이런 문제들은 장난이다. 우선적으로 답해야 할 문제가 아닌 것이다. 니체의 바람대로, 무릇 존경받는 철학자가 되기 위해서는 먼저 실천하는 모범을 보여야 한다는 것이 사실이라면, 우리는 이 대답의 중요성을 깨달을 수 있을 것이다. 이 대답 뒤에는 결정적 행위가 분명 뒤따를 것이기 때문이다. 이러한 것들은 심정적으로는 분명히 느껴지지만, 이성적으로 명확히 밝혀지기 위해서는 심도 있는 고찰이 필요하다.

어떤 질문이 다른 질문보다 더 절박한지 아닌지를 무엇으로 판단할 것인가 자문해 보면, 나로서는 질문에 대한 답변에 이어질 행동이 바로 그 판단의 기준이라고 생각한다. 나는 존재론적 논증을 위해 목숨을 버리는 사람을 단 한 번도

본 적이 없다. 중차대한 과학적 진리를 주장한 갈릴레이는 그 진리 때문에 자신의 목숨이 위태로워지자 그것을 미련 없이 포기해 버렸다. 어떻게 보면 잘한 일이다. 그 진리라는 것이 화형까지 무릅쓸 만한 가치는 없었다. 지구가 태양의 주위를 돌든, 태양이 지구의 주위를 돌든 그것은 아무래도 상관없는 일이다. 전혀 중요하지 않은 문제라는 것이다. 반면에 내가 알기로는, 인생이 살아갈 만한 가치가 없다고 판단하여 그 때문에 죽는 사람들은 많다. 또 다른 이들은 역설적이게도, 자신들에게 삶의 이유를 부여해 주는 이념이나 환상들 때문에 죽음을 택하기도 한다(우리가 삶의 이유라고 부르는 것이 죽어야 할 멋진 이유가 되기도 하는 것이다). 그래서 나는 삶의 의미라는 것이야말로 가장 절박한 질문이라고 생각한다. 이 질문에 어떻게 대답할 것인가? 모든 본질적인 문제들 — 여기서 말하는 본질적 문제들이란 목숨을 버리게 할 수도 있는 문제들, 혹은 삶에의 열정을 키워 주는 문제들이다 — 에 관해서는 대개 두 가지의 사고방식, 즉 라 팔리스 *La Palisse*의 사고방식[1]과 돈키호테의 사고방식만이 존재한

1 〈그가 죽은 날은 그의 인생의 마지막 날이다〉라는 말처럼 어이없을 만큼 자명한 진리를 일컫는 말로, 〈라 팔리스La Palisse의 진리〉 또는 〈라팔리사드*lapalissade*〉라고 한다. 1525년경 프랑스군 장교로서 프랑수아 1세의 이탈리아 원정에 참여했다가 사망한 라 팔리스 영주, 즉 자크 드 샤반Jacques de Chabanne에게 그의 부하들이 바친 경구 〈*un quart d'heure avant sa mort il faisait encore* ***envie***(그가 죽기 15분 전 그는 여전히 선망의 대상이었네)〉가 전승 과정에서 띄어쓰기의 오류 때문에 〈*un quart d'heure avant sa mort, il était encore* ***en vie***(그가 죽기 15분 전 그는 여전히 살아 있었네)〉라는 당연한 표현으로 변해 버린 데서 유래하였다. 이하 〈원주〉라고 표시하지 않은 모든 주는

다. 우리가 감정과 명료함에 동시에 접근할 수 있는 것은 바로 명증성과 서정성의 균형 덕분이다. 너무나 하찮으면서도 너무도 비장한 주제를 다룰 때에는 수준 높은 고전적 변증법 대신 양식(良識)과 공감에서 비롯되는 보다 겸손한 지적(知的) 자세가 필요하다는 것을 우리는 이해할 수 있다.

자살은 하나의 사회적 현상으로만 다루어져 왔다. 반면에 여기서 먼저 문제 삼고자 하는 것은 개인의 생각과 자살 간의 관계이다. 자살과 같은 행위는 한 편의 위대한 작품이 그런 것처럼 마음속에서 말없이 준비된다. 당사자 자신은 그것을 알지 못한다. 그러다 어느 날 밤, 그는 문득 방아쇠를 당기거나 물속에 몸을 던진다. 스스로 목숨을 끊은 한 부동산 관리인에 대한 이야기를 들은 적이 있다. 5년 전 딸아이를 잃은 후로 사람이 많이 변했고, 딸아이의 일이 그를 조금씩 〈허물어뜨리고〉 있었다는 것이다. 이보다 더 정확한 표현은 없을 것이다. 생각하기 시작한다는 것은 스스로 허물어지기 시작한다는 것이다. 이렇게 시작되는 죽음들은 사회와 특별한 관계가 없다. 자살의 씨앗은 인간의 마음속에 있다. 마음속에서 그 씨앗을 찾아야 하는 것이다. 존재와 정면으로 맞닥뜨린 명철한 정신으로 하여금 설명할 수 없는 암흑 속으로 도망치게 만드는 이 죽음의 게임을 추적하고 이해해야 한다.

자살에는 많은 이유가 있고, 일반적으로 보면 가장 당연해 보이는 이유가 반드시 가장 확실한 이유는 아니다. 심사숙고한 후 자살하는 경우는 거의 없다(그렇다고 이런 가정

옮긴이의 주이다.

을 완전히 배제하는 것은 아니다). 위기 촉발의 원인은 거의 대부분 통제가 불가능하다. 신문에서는 흔히 〈심적인 고통〉이나 〈치유 불능의 질병〉이라고들 한다. 이런 설명들도 유효하다. 하지만 바로 그날, 절망에 빠진 사람의 친구 하나가 무심한 목소리로 그에게 대꾸한 적은 없는지 알아보아야 할 것이다. 그렇게 대꾸한 친구의 잘못이다. 왜냐하면 그런 태도만으로도 그때까지는 유예 상태였던 모든 원한과 모든 권태를 파멸로 몰아갈 수 있기 때문이다.[2]

하지만 정신이 죽음과 이어지는 그 정확한 순간과 그 미묘한 과정을 분명하게 특정하기는 어렵다고 하더라도, 자살이라는 행위 자체로부터 이것이 가정하는 결론을 추론하는 것은 좀 더 쉽다. 스스로 목숨을 끊는 것은 어떤 의미에서, 마치 멜로드라마에서처럼, 하나의 고백이다. 자신의 능력으로는 삶을 감당할 수 없다거나, 삶을 이해할 수 없다는 것을 고백하는 것이다. 그렇다고 이런 식의 유추를 너무 멀리까지 밀고 나가지는 말고 쉬운 말로 되돌아와 보자. 그것은 그저 삶이 〈살아갈 만한 가치가 없다〉는 것을 고백하는 것이다. 물론, 산다는 것은 쉽지 않다. 삶이 요구하는 행위들을 우리가 계속하는 데에는 수많은 이유가 있다. 그 첫 번째 이유가 습관이다. 자발적으로 죽음을 선택한다는 것은 이러한 습관의 하찮음, 삶의 심오한 의미의 전적인 부재, 부산스러운 일

2 여기서 이 에세이의 상대적 성격을 지적해 둘 필요가 있겠다. 사실, 자살에는 훨씬 더 명예로운 원인들이 있을 수 있다. 가령 중국 혁명 당시, 소위 항의의 표현으로 행해진 정치적 자살이 그런 경우이다 — 원주.

상의 어이없음, 고통의 무용함을 본능적으로나마 알아차렸다는 것을 전제한다.

그렇다면 살아가는 데 필요한 수면마저 박탈해 버리는 이 헤아릴 수 없는 감정은 도대체 무엇일까? 형편없는 이유들을 동원해서라도 설명할 수 있다면 그 세계는 친숙한 세계이다. 하지만 반대로, 숱한 환상과 빛이 별안간 사라져 버린 세계 속에서 인간은 스스로를 이방인이라고 느낀다. 유배와도 같은 이런 상황에는 구원의 여지가 없다. 왜냐하면 잃어버린 고향의 기억이나 약속의 땅에 대한 희망이 박탈되었기 때문이다. 인간과 자기 삶의 이러한 분리, 연극배우와 그 무대의 이러한 단절, 이것이 바로 부조리의 감정이다. 건강한 사람들이라면 누구나 자살을 생각해 본 적이 있을 터이므로, 더 이상의 설명 없이도 이 부조리의 감정과 허무를 향한 열망 간에 직접적인 연관성이 있다는 것을 이해할 수 있을 것이다.

이 에세이의 주제는 부조리와 자살의 이러한 관계와, 자살이 부조리에 대해 정확히 어느 정도의 해결책이 될 수 있는지를 분명히 밝히는 데 있다. 속임수를 쓰지 않는 사람에게는 자신이 진실이라고 믿는 바가 자기 행동의 규칙이어야 한다는 것을 우리는 원칙으로 전제할 수 있다. 그럴 경우 삶의 부조리에 대한 믿음은 그에 따른 행동으로 나아가야 한다. 이러한 원칙을 따른다면, 이해되지 않는 어떤 조건에서는 최대한 빨리 벗어나는 것이 당연한 결론인 것은 아닌지를 분명하게, 그리고 짐짓 비장한 체하지 않는 자세로 질문을 던지는 것은 정당한 호기심에서이다. 물론 내가 여기서 이야기하고자 하는 바는, 자기 자신에게 정직할 자신이 있는 사람들에 대해서이다.

명확히 표현하자면, 이 문제는 단순하면서도 동시에 해결할 수 없는 것처럼 보일 수도 있다. 하지만 우리는 단순한 문제들은 답도 그만큼 단순하고, 당연한 것은 마땅히 그러한 것으로 결론난다는 잘못된 가정을 한다. 선험적으로, 그리고 그 문제의 항의 위치를 바꾸어 놓으면, 자살을 하거나 자살을 하지 않거나라는 결론처럼 긍정적 해결책과 부정적 해결책이라는 두 가지 철학적 해결책밖에 없는 것 같다. 그렇게 된다면 더할 나위 없이 좋을 것이다. 하지만 결론을 내리지 못하고 계속 질문만 던지고 있는 사람들도 염두에 두어야 한다. 그들을 비꼬는 의미가 결코 아니다. 그러한 사람들이 다수를 차지한다는 뜻이다. 자살하지 않는다고 대답하는 이들도 자살을 생각하는 듯이 행동하는 경우를 보기도 한다. 실제로 니체의 기준에서 보자면, 그들은 이런 식으로든 저런 식으로든 긍정적으로 생각하는 것이다. 반면 자살하는 사람들의 경우에도 삶의 의미를 확신하는 이들이 많다. 이러한 모순들은 어제오늘 일이 아니다. 심지어 논리가 절실히 요구됨에도 불구하고, 이 문제만큼 이런 모순을 강하게 드러내는 경우도 없다고 할 수 있다. 철학 이론과 그 이론을 자처하는 사람들의 행동을 비교해 보는 것은 진부할 정도이다. 하지만 삶의 의미를 거부하는 철학자들 중에서 문학에 속하는 키릴로프,[3] 전설[4]에 가까운 페레그리노스,[5] 가설에서 비롯한 쥘

3 도스토옙스키의 소설 『악령』의 주인공.

르키에[6]를 제외하고는 그 누구도 목숨을 버릴 정도로 자기 논리를 인정한 사람은 없다는 사실을 분명히 해야 한다. 우스갯소리로 자주 인용되는 쇼펜하우어는 한 상 그득 차린 식탁에 앉아 자살을 찬양했다고 한다. 이것은 절대 웃어넘길 일이 아니다. 비극적인 것을 심각하게 여기지 않는 이런 방식은 그렇게 중요한 문제는 아니지만, 결국은 그 당사자에 대한 판단 기준으로 작용하기 때문이다.

그렇다면 이런 모순과 애매함 때문에, 삶에 대한 우리의 견해와 삶을 버리는 행위 사이에는 아무런 관련이 없다고 생각해야 할까? 이런 식의 과장은 하지 않도록 하자. 한 인간이 자신의 삶에 대해 가지는 애착 속에는 세상의 그 모든 불행보다 더 강력한 무언가가 있다. 육체의 판단은 정신의 판단만큼이나 가치가 있고, 육체는 죽음 앞에서 뒷걸음친다. 우리는 생각하는 습관을 습득하기 전에 살아가는 습관을 먼저 익힌다. 날마다 우리를 조금씩 죽음 쪽으로 몰아가는 이 달리기 속에서, 육체는 돌이킬 수 없는 전진을 계속하고 있다. 결국, 이 모순의 본질은 내가 회피*esquive*라고 부르는 것 속에 자리한다. 이를 회피라고 칭하는 이유는, 이것이 파스

4 나는 페레그리노스의 라이벌쯤 되는 사람의 이야기를 들은 적이 있다. 세계 대전 이후의 작가로, 첫 작품의 집필을 끝낸 후 작품에 대한 관심을 끌기 위해 자살했다고 한다. 실제로 이목은 끌었지만, 책은 형편없는 것으로 평가받았다 — 원주.

5 Peregrinos Proteus(95~165). 고대 그리스의 견유학파 철학자. 올림픽 경기 마지막 날에 스스로 분신하겠다고 미리 공포를 하고 실제로 죽음을 택했다.

6 Jules Lequier(1814~1862). 프랑스 철학자. 인간의 자유를 중시한 그는 바다로 헤엄쳐 나가 스스로 죽음을 택했다.

칼적 의미의 위희(慰戱, *divertissement*) 그 이상이기도 하고 그 이하이기도 하기 때문이다. 이 에세이의 세 번째 주제인 치명적 회피는 바로 희망이다. 우리가 일정한 〈자격을 갖추어야〉 얻을 수 있다는 내세에 대한 희망, 또는 삶 그 자체를 위해 사는 것이 아니라 삶을 초월하고, 삶을 이상화하며, 삶에 어떤 의미를 부여했다가 삶을 배반해 버리는 어떤 위대한 이념을 위해 사는 사람들의 속임수가 바로 그것이다.

이처럼 모든 것이 문제를 복잡하게만 만든다. 지금껏 우리는 삶의 의미를 거부한다는 것은 삶이 살아갈 가치가 없다는 선언으로 반드시 이어진다고 말장난도 하고, 그렇게 생각하는 척도 했는데, 이것이 쓸모없는 일만은 아니다. 사실, 이 두 가지 판단 사이에 필연적인 기준은 전혀 없다. 단지 지금까지 지적한 혼동과 분리, 모순들 때문에 길을 잃고 헤매지는 말아야 한다. 모든 것을 걷어 내고, 진짜 문제를 향해 직진해야 한다. 사람은 삶이 살 만한 가치가 없기 때문에 자살을 한다. 이것이야말로 분명한 진실이다. 너무도 자명하다 보니 오히려 쓸모없는 진실이다. 하지만 삶에 대한 이 같은 모욕, 삶을 완전히 잠식해 버린 이러한 부정(否定)은 과연 삶의 전적인 무의미에서 비롯되는 것일까? 삶의 부조리함은 반드시 희망이나 자살 같은 삶의 회피로 이어지는가? 이것이 바로 명명백백히 밝혀내고 추적하여 납득해야 할 핵심이다. 나머지는 모두 걷어 버려야 한다. 부조리는 죽음을 요구하는 것인가, 라는 문제에 우선권을 부여해야 하고, 사고(思考)의 모든 방법론과 객관적 정신의 유희에서 벗어나야 한다. 〈객관적〉 정신이라는 것이 항상 모든 문제 속에 끌어들이는 이런 저런 뉘앙스, 숱한 모순, 심리학 등은 이러한 추적과 열정 속에 끼어들 여지가 없다. 여기에 필요한 것은 공정함과는 무관한 사고, 즉 논리적인 사고뿐이다. 이것은 쉽지 않다. 논리적이 된다는 것은 쉬운 일이다. 하지만 끝까지 논리적 자세를 견지하는 것은 거의 불가능하다. 스스로 목숨을 끊는 사람들은 죽을 때까지 그런 논리적 자세로 자기감정의 흐름을 따라가는 사람들이다. 따라서 자살에 대하여 고찰하다 보면, 나는 나의 유일한 관심사에 대해 문제를 제기할 기회를 얻게 된다. 그것은 바로 죽음에 이르는 논리라는 것이 과연 존재하는가이다. 이에 대한 답을 얻기 위해서는 무질서한 열정은 배제하고, 명증함이라는 유일한 빛 속에서 추론 — 이 추론이 어디서 시작되는지는 내가 여기서 지적하고 있다 — 을 이어 나가는 수밖에 없다. 이것이 바로 내가 말하는 부조리의 추론이다. 많은 사람들이 이 추론을 시작한 바 있다. 그들이 그 추론을 끝까지 밀고 나갔는지는 나는 아직 알지 못한다.

카를 야스퍼스는 세계를 하나의 통일체로 구성하는 것이 불가능하다는 것을 밝히면서 이렇게 외친다. 〈이러한 한계가 나를 나 자신에게로 인도한다. 거기서는 나를 대변하는 척하는 객관적 관점 뒤로 더 이상 숨을 수 없고, 나 자신도 타인의 존재도 내게는 더 이상 대상이 되지 못한다.〉 이때 야스퍼스는 다수의 사람들이 익히 해왔듯이 물기 한 점 없는 메마른 지점, 즉 사고가 그 극한에 이르는 지점들을 환기시키고 있다. 물론, 많은 사람들이 그보다 앞서 이를 지적한 바 있다. 하지만 거기서 벗어나려고 얼마나 안달을 했던가! 사고가 맥을 못 추는 그 최후의 전환점에 많은 사람들이 도달했다. 가장 평범한 사람들이 대부분이었다. 이때 그들은 가지고 있던 가장 소중한 것, 즉 그들의 목숨을 던져 버렸다. 또 다른 사람들, 즉 지성계의 최고 권위자들 역시 던져 버린 것이 있었다. 하지만 그들이 감행한 것은 사유의 가장 순수한 반항 속에서 이루어지는 자기 사유의 자살이었다. 하지만 진정한 노력이란 가능한 한 그곳에 끝까지 살아남아 버티면서, 그 머나먼 척박한 땅의 괴상한 식생을 면밀히 관찰해 보는 것이다. 끈질김과 통찰력이야말로 부조리, 희망, 죽음이 대화를 나누는 이 비인간적 유희에 최적화된 관객이다. 그렇게 되면 정신은 기본적이면서도 미묘한 이 춤의 연기를 보여 주기 전에, 그리고 정신 스스로 그 연기를 다시 체험하기 전에 분석부터 할 수 있을 것이다.

부조리한 벽

위대한 작품들이 으레 그렇듯, 마음속의 깊은 감정들은 언제나 의식적으로 표현되는 것 이상을 의미한다. 마음속에서 지속적으로 발생하는 어떤 동요나 반감은 행동 습관이나 사고 습관 속에 다시 드러나고, 마음 스스로도 알지 못하는 어떤 결과로 계속 이어진다. 중요한 감정들은 화려하거나 혹은 비참한 자신만의 세계를 늘 동반한다. 이 감정들은 어떤 절대 세계를 열정적으로 밝혀내고자 하고, 그 세계 속에서 자기만의 분위기를 재발견한다. 질투의 세계도 있고, 야망의 세계도, 이기주의 또는 관용의 세계도 있다. 하나의 세계란 곧 하나의 형이상학이고 하나의 정신적 자세이다. 이미 특정된 감정들에 관해 사실인 것은 그 감정들의 기저에 깔린 모든 희로애락 — 즉 아름다움이 우리에게 부여하거나 또는 부조리가 불러일으키는 감정만큼이나 흐릿하고 혼란스럽고 〈확신이 없고〉, 막연하면서도 〈존재하는〉 감정들 — 에 대해서는 더더욱 그럴 것이다.

세상 그 어느 길모퉁이에서도 맞닥뜨릴 수 있는 부조리한 감정의 공격을 피할 수 있는 사람은 없다. 당혹스러우리만큼 적나라하고 화려하지 않은 빛과도 같은, 있는 그대로의 부조리 감정은 포착하기가 쉽지 않다. 하지만 이러한 까다로움이야말로 성찰할 만한 대상이다. 한 인간이 우리에게 영원히 미지의 존재로 머물고, 그 사람 속에는 우리 손에 잡히지 않는 환원 불가능한 무엇인가가 늘 존재한다는 것은 아마도 사실일 것이다. 하지만 나는 **사실상** 그 사람들을 알고 있고, 그들의 품행과 그들의 모든 행동과 그들의 삶의 추이가 가져오는 결과들을 통해 그들을 판단한다. 마찬가지로 분석을 한다고 해도 완전히 포착될 것 같지 않은 모든 비합리적 감정의 결과들을 지성의 규칙 속에 종합해 그 양상들을 모두 파악하고 기록하며, 그 감정의 세계들을 다시 묘사해 봄으로써, 나는 그 감정을 **사실상** 정의할 수 있고, **사실상** 평가할 수 있다. 같은 배우를 백 번 보았다고 해서 그를 개인적으로 더 잘 알게 되는 것은 분명 아니다. 그럼에도 불구하고, 그 배우가 연기한 인물들을 모두 종합해 보고, 백 번째로 집계된 그의 역할을 통해 그 배우를 조금 더 알 수 있다고 말한다면, 어느 정도는 사실이라고 느껴질 것이다. 언뜻 보기에는 역설 같지만, 이것은 한 편의 교훈적 우화이기도 하다. 이것이 가르쳐 주는 교훈이란 인간은 자기의 진심에서 우러나오는 충동뿐만 아니라, 겉으로 드러나는 연기를 통해서도 정의된다는 것이다. 좀 더 조심스럽게 이야기하면, 감정도 이와 마찬가지이다. 마음속에서 포착하기는 어렵지만, 감정에 의해 촉발되는 행위들과 감정이 예고하는 정신적 자세를 통해 부분적으로 드러나기 때문이다. 내가 이런 식으로 어떤 방법론을 드러내고 있다는 것이 이제 확연히 느껴질 것이다. 하지만 동시에 이 방법론이란 분석이지 인식은 아니라는 점 역시 분명히 느껴질 것이다. 왜냐하면 무릇 방법론이란 형이상학적인 것들을 내포하고 있고, 아직 스스로 알지 못한다고 생각하는 결론을 자기도 모르게 드러내는 경우가 있기 때문이다. 그래서 책의 첫 장에는 이미 마지막 부분이 드러나는 법이다. 이런 식으로 처음과 마지막이 이어지는 것은 어쩔 수 없다. 지금 여기에서 이야기하는 방법론은, 진정한 인식은 모두 불가능하다는 감정을 고백하고 있다. 눈에 보이는 것들만 하나하나 열거할 뿐이고, 그 분위기만 느낄 수 있을 뿐이다.

그래서 어쩌면 우리는 손에 잡히지 않는 이 부조리의 감정을 지성의 세계, 또는 처세술의 세계나 예술 그 자체의 세계 등 서로 다르지만 형제처럼 친근한 세계들 속에서 발견할 수 있을지 모른다. 제일 앞에 자리하는 것이 부조리의 분위기이고, 제일 마지막에 자리하는 것이 부조리의 세계와 그 정신적 자세, 즉 자기 나름의 관점으로 세계를 조망하여, 거기서 파악할 수 있는 세계의 냉혹하고 특권적인 면모를 낱낱이 드러내려는 자세이다.

위대한 행동과 위대한 사상들은 모두 그 시작에서는 특별할 것이 없다. 위대한 작품들은 어느 길 한 모퉁이 혹은 어느 식당의 입구에서 탄생하는 경우가 많다. 부조리도 마찬가지다. 다른 어떤 세계보다 부조리한 세계의 품격이란 바로 이 사소한 발단에 있다. 상황에 따라서는, 무슨 생각을 하는지 묻는 질문에 누군가 〈아무 생각도 없다〉라고 대답할 경우, 그것은 거짓말일 수 있다. 사랑에 빠진 사람들은 잘 알고 있는 사실이다. 하지만 만약 그 대답이 진심이라면, 그리고 그 대답이 이 독특한 마음의 상태, 즉 공허만이 지배하고, 연속적으로 이어지던 일상의 행위들이 줄줄이 끊어져 버리며, 이 끊어진 사슬의 연결 고리를 마음속에서 아무리 찾으려고 해도 소용없는 그런 상태를 표현하는 것이라면, 그 대답은 부조리의 첫 번째 징후이다.

익숙한 무대 장치가 와르르 무너지는 경우가 닥친다. 아침에 일어나기, 전차로 출근하기, 사무실이나 공장에서의 네 시간 근무, 식사, 전차, 네 시간 근무, 식사, 잠 그리고 똑같은 리듬으로 반복되는 월 화 수 목 금 토 일, 이러한 일정은 대부분의 경우 어렵지 않게 이어진다. 어느 날 문득 〈왜〉라는 의문이 고개를 들고, 놀라움이 동반된 이 무기력 속에서 모든 것이 시작된다. 〈시작된다〉라는 것, 이것이 중요하다. 무기력은 기계적인 삶의 행위들 끝에 느껴지는 것이지만, 이것은 동시에 의식도 작동시킨다. 이 무기력이 의식을 일깨우고, 그다음 상황을 촉발시킨다. 그다음이란 기계적으로 돌아가는 일상으로의 무의식적인 복귀이거나, 아니면 결정적인 자각이다. 시간이 흘러 이러한 자각의 끝에 이르면 결론이 난다. 즉 자살이거나 원상 복귀이다. 무기력이란 그 자체로는 뭔가 거북하고 반감을 불러일으킨다. 여기서 나의 결론은 이 무기력은 바람직하다는 것이다. 왜냐하면 모든 것이 의식을 통해 시작되며, 이 의식을 통해 이루어지는 것보다 가치 있는 것은 없기 때문이다. 이러한 지적이 전혀 새로울 것은 없다. 하지만 분명한 점은 있다. 다시 말해 부조리의 출발점을 간략히 파악하는 정도라면 당분간 이것으로 충분하다. 단순한 〈관심〉이 모든 것의 발단인 것이다.

이와 마찬가지로 특별할 것 없는 하루하루의 삶 속에서 우리는 시간에 실려 흘러간다. 하지만 어느 순간 우리가 시간을 떠메고 가야 할 때가 오게 마련이다. 〈내일〉, 〈나중에〉, 〈네가 상황이 되면〉, 〈나이를 먹으면 알게 될 거야〉라는 말을 하며 살아가는 우리는 미래 속에서 살고 있다. 이러한 모순은 놀라운 일이 아닐 수 없다. 우리는 결국 죽게 마련이기 때문이다. 그렇지만 인간은 언젠가 자기가 서른이라는 것을 확인하거나 그런 말을 하게 된다. 그런 식으로 자신의 젊음을 확인하는 것이다. 하지만 동시에 그는 시간과의 관계 속에 위치하게 된다. 시간 속에 자리하는 것이다. 그는 자기가 거쳐 가야 할 시간이라는 곡선의 어느 한 순간에 놓여 있음을 인정하는 것이다. 그는 시간 속에 포함된 존재이고, 자신을 사로잡고 있는 이 공포 속에서 최악의 적을 발견하게 된다. 내일, 그는 늘 내일을 기대해 왔지만, 그때마다 그의 전 존재가 그 내일을 거부했어야 했다. 이러한 육체의 반항이 바로 부조리이다.

한 단계 더 내려가면 나타나는 것이 바로 낯섦이다. 즉 세상이 〈두껍다〉는 것을 알아채고, 하나의 돌멩이가 얼마나 낯설 수 있고 우리와 얼마나 화해 불가능한 것인지, 그리고 자연이, 하나의 풍경이 얼마나 완강하게 우리를 부정할 수 있는지를 감지하게 되는 것이다. 모든 아름다움의 밑바닥에 뭔가 비인간적인 것이 자리 잡게 되고, 저기 보이는 언덕들, 온화한 하늘, 그림 같은 나무들은 우리가 거기에 입혀 놓은 신기루 같은 의미들을 순식간에 잃어버리면서 그때부터는 실낙원보다 더 까마득히 멀어져 간다. 세계의 이 원초적인 적의(敵意)가 수천 년의 시간을 거슬러 우리를 찾아온다. 세계는 한동안 우리가 더 이상 이해할 수 없는 것이 된다. 왜냐하면 수 세기 동안 우리는 우리가 세계에 미리 부여해 놓은 윤곽과 형태들만을 이해해 왔으며, 이제부터는 우리가 그 인위적 책략을 이용할 힘이 없기 때문이다. 세계는 원래의 모습으로 되돌아가 버렸기 때문에 우리 손에 잡히지 않는다. 우리가 습관적으로 씌워 놓았던 가면을 벗은 그 무대 장치들은 원래의 자기 모습으로 되돌아가고, 우리로부터 멀어져 간다. 한 여인의 친근한 얼굴 속에서, 몇 달 전 혹은 몇 년 전에 사랑했던 여인을 마치 낯선 여인처럼 다시 보게 되는 날들이 있는 것처럼, 우리는 우리를 단숨에 철저한 혼자로 만들어 버리는 것들마저 갈망하게 될지도 모른다. 하지만 그 시간은 아직 오지 않았다. 단 한 가지 확실한 것은 세계의 이 두꺼움과 낯섦, 그것이 바로 부조리라는 점이다.

사람들 역시 비인간적인 것을 분비한다. 의식이 명철한 어느 순간, 사람들의 동작이 지닌 기계적 면모, 의미가 박탈된 그들의 무언극은 사람들을 둘러싼 모든 것들을 한심해 보이게 만들어 버린다. 한 남자가 유리 칸막이 뒤에서 전화를 하고 있다. 그의 말소리가 들리지 않기 때문에 표정과 몸짓은 보이지만 무슨 말을 하는지 알 수는 없다. 이쯤 되면 저 남자가 살아가는 이유는 무엇일까, 라는 의문이 든다. 인간 자신이 내뿜는 비인간성 앞에서 느끼는 이러한 불편함, 있는 그대로의 우리 모습 앞에서 느끼는 이 측정 불가능한 추락, 최근 한 작가의 표현을 빌리자면, 〈구토〉 역시 부조리이다. 마찬가지로 어느 순간순간, 거울 속에서 나를 만나러 오는 어떤 낯선 이, 우리 사진들 속에 늘 등장하는 친숙하면서도 편치 않은 그 형제, 이 역시 부조리이다.

나는 마침내 죽음이라는 마지막 지점에, 우리가 죽음에 대해 가지고 있는 감정에 도달한다. 이 문제에 관해서는 더 할 말이 없을 정도라서, 너무 비장한 태도는 경계하는 것이 바람직하다. 그럼에도 불구하고 모든 사람들이 마치 〈그것을 모르는〉 듯이 살아간다는 사실은 전혀 놀라운 일이 아닐 것이다. 실제로 죽음을 경험할 수는 없기 때문이다. 원래의 의미에서 보면, 체험하고 의식할 수 있는 것만이 경험이다. 여기서는 다른 사람들이 경험한 죽음을 이야기할 수 있을 뿐이다. 이것은 하나의 대체물이고, 정신적 관점일 뿐이므로 무척 설득력 있는 이야기는 결코 아니다. 이 씁쓸한 합의는 설득력이 있을 수 없다. 사실, 죽음이라는 사건의 수학적 측면은 공포를 야기한다. 만약 우리가 시간 때문에 공포를 느낀다면, 그것은 시간을 통해 증명이 이루어지고 해결책은 그 뒤에 오기 때문이다. 영혼에 대한 온갖 미사여구들은 여기서, 적어도 당분간은 확실한 정반대의 증명과 만나게 될 것이다. 따귀를 때려도 꼼짝 않는 시체에서 영혼은 사라지고 없다. 죽음이라는 사건의 이 기본적이고 결정적인 측면이 부조리한 감정의 내용을 이룬다. 이러한 운명을 비추는 치명적 조명 아래로 무용함이라는 것이 등장한다. 우리의 조건을 규정짓는 이 피비린내 나는 수학 앞에서는 그 어떤 도덕이나 그 어떤 노력도 선험적으로*a priori* 정당화될 수 없다.

다시 한번 말하거니와, 이 모든 것은 수없이 반복되어 이야기돼 온 바이다. 여기서 나는 단지 간략한 구분과 이 명백한 주제를 지적하는 데 그치고자 한다. 이 주제는 모든 문학과 모든 철학에 등장한다. 우리는 매일같이 이러한 주제로 대화를 나눈다. 이에 대해 새롭게 다시 생각한다는 것은 어불성설이다. 하지만 가장 핵심적인 문제에 관해 차후에 질문을 던지기 위해서는 이 자명한 사실들을 확인해 보아야 한다. 거듭 말하거니와, 나의 관심사는 부조리의 발견이 아니라 그것의 결과이다. 우리가 이 사실들을 인정한다면 어떤 결론을 내려야 하고, 아무것도 회피하지 않으려면 어디까지 나아가야 할까? 자발적으로 죽어야 할 것인가, 아니면 그 모든 것에도 불구하고 희망을 가져야 할 것인가? 그 전에 지성의 차원에서도 마찬가지로 간략한 검토가 필요하다.

정신의 가장 첫 번째 단계는 진실과 거짓을 구분하는 것이다. 그럼에도 불구하고 사고가 그 스스로에 대해 성찰하기 시작할 때 가장 먼저 발견하게 되는 것은 바로 하나의 모순이다. 여기서 설득력을 가지려고 노력할 필요는 없다. 수 세기에 걸쳐 그 문제에 대해 아리스토텔레스보다 더 명쾌하고 세련된 증명을 제시한 사람은 없다. 다시 말해 〈이 의견들의 결론, 종종 웃음거리가 되기도 하는 이 결론은 이 의견들이 스스로를 무너뜨린다는 것이다. 왜냐하면 모든 것이 진실이라고 주장할 경우, 그 반대 주장의 진실을 단언하는 것이 되고, 결과적으로 우리 자신의 주장이 거짓임(반대 주장은 우리의 주장이 진실일 수 있다는 것을 인정하지 않기 때문에)을 단언하는 셈이 되기 때문이다. 그리고 모든 것은 거짓이라고 말할 경우, 이 주장 역시 거짓이 된다. 만약 우리와 반대되는 주장만이 거짓이라거나 또는 우리 주장만이 거짓이 아니라고 주장한다면, 무한히 많은 진실 혹은 거짓 주장을 우리 스스로 인정하지 않을 수 없게 된다. 어떤 진실된 주장을 개진하는 사람은 동시에 이 주장이 진실이라고 발언하는 것이며, 이런 식으로 무한히 계속될 수 있기 때문이다.〉

이러한 악순환은 정신이 스스로를 들여다보다가 어지러운 순환 고리에 휩쓸려 길을 잃게 되는 일련의 과정 중 첫 단계에 불과하다. 이러한 역설들은 그 단순함 때문에 도저히 피할 수 없는 것이 된다. 말장난과 논리의 곡예가 어떠하든 간에, 이해한다는 것은 무엇보다 통일시키는 것이다. 인간 정신의 깊은 욕구는 정신의 가장 진화된 경지에서조차, 자기 세계를 대면한 인간의 무의식적 감정, 즉 친숙함을 요구하고 분명함을 추구하는 감정과 만나게 된다. 한 인간에게 세계를 이해한다는 것은 세계를 인간적인 것으로 환원시켜, 거기에 인간의 낙인을 찍는 일이다. 고양이의 세계는 개미의 세계가 아니다. 〈모든 사고는 인간의 모습을 하고 있다〉는 자명한 이치가 바로 그런 의미이다. 이와 마찬가지로 현실을 이해하고자 애쓰는 인간의 정신은 현실을 사고의 용어로 환원시켜야만 스스로 만족할 수 있다. 만약 이 세계도 인간처럼 사랑을 할 줄 알고 고통을 느낄 줄 안다는 것을 인정할 수 있게 된다면, 세계는 인간과 양립할 수 있을 것이다. 시시각각 변하는 현상들을 비추는 거울 속에서 영원한 관계들, 즉 이 현상들을 간단히 요약할 수 있고, 또 그 자체로 하나의 원칙으로 환원될 수 있는 관계들을 사고를 통해 발견할 수 있다면, 우리는 인간 정신의 행복을 이야기할 수 있을 것이고, 이때 정신의 지복(至福)의 신화는 이 행복을 한심하게 흉내 낸 것에 불과할 것이다. 통일에 대한 이러한 향수, 절대를 향한 이러한 욕구는 인간 드라마의 가장 본질적 성향을 단적으로 보여 준다. 하지만 이러한 향수가 하나의 사실이라고 해서, 이것이 그 즉시 충족되어야 한다는 의미는 아니다. 왜냐하면 우리가 그 욕망과 그 충족 사이에 놓인 심연을 건너 버림으로써 파르메니데스처럼 일자(一者)[7] — 이 일자가 무엇이든 간에 — 의 실재를 주장한다면, 웃지 못할 정신적 모순에 빠지기 때문이다. 여기서 모순은 인간의 정신이 총체적인 통일을 주장하는 것은, 그 자체로 해소했다고 자처한 스스로의 차이와 다양성을 오히려 증명하고 있다는 것이다. 이 또 하나의 악순환 논리는 통일에 대한 우리의 희망을 단숨에 질식

7 세상에서 유일하게 참된 존재로, 변하지 않고 무한하며 분할할 수 없는 것.

시켜 버린다.

이 역시 자명한 사실들이다. 앞으로도 거듭 말하겠지만, 우리의 관심사는 이 자명한 사실들 자체가 아니라, 이러한 사실들로부터 도출될 수 있는 결론들이다. 나는 또 하나의 자명한 사실을 알고 있다. 그것은 바로 인간은 반드시 죽는다는 사실이다. 그럼에도 불구하고 모든 사람들이 이로부터 극단적인 결론들을 도출하지는 않는다. 이 에세이에서는 우리가 알고 있다고 생각하는 것과 우리가 실제로 알고 있는 것, 실질적인 동의와 알고도 모른 척하는 태도 — 바로 이런 태도 덕분에 진정으로 실감한다면 우리의 삶을 송두리째 뒤흔들어 놓을 수 있는 생각들을 품고도 살아갈 수 있는 것이지만 — 사이의 끊임없는 불일치를 불변의 지침으로 염두에 두어야 한다. 이 빠져나올 수 없는 정신의 모순 앞에서, 우리는 우리와 우리 자신이 만든 것들 간의 분리를 여실히 느낄 수 있다. 꿈쩍도 하지 않는 희망의 세계 속에서 인간의 정신이 입을 다물고 있는 한, 모든 것은 정신의 향수가 원하는 그 통일성 속에서 표현되고, 그 속에 자리 잡는다. 하지만 꿈쩍도 하지 않던 세계가 꿈틀하는 순간, 세계는 균열이 가고 무너지기 시작한다. 균열을 일으키는 그 눈부시고 무수한 파편들이 인식에게 주어진다. 이 파편들을 다시 끼워 맞추어 우리에게 마음의 평화를 줄 익숙하고 평온한 모습으로 되돌린다는 것은 꿈조차 꿀 수 없다. 수 세기에 걸친 탐구 끝에, 그리고 그 많은 사상가들의 포기 끝에, 이것이 바로 우리의 인식 전체에 해당하는 진실임을 깨닫게 되었다. 직업적 합리주의자들을 제외한다면, 우리는 오늘날 진정한 인식이라는 것에 대해 절망한다. 만약 인간의 사고에 대한 단 하나의 유의미한 역사를 써야 한다면, 그것은 꼬리에 꼬리를 무는 후회와 무기력의 역사일 것이다.

그렇다면 나는 도대체 누구에 관하여, 무엇에 관하여 말할 수 있는가. 과연 〈그건 내가 아는 거야〉라고 말할 수 있는 대상은 무엇인가. 내 안의 이 마음, 나는 이것을 느낄 수 있고 이것이 존재한다고 생각한다. 이 세계, 나는 이것을 만질 수 있고 이것 역시 존재한다고 생각한다. 나의 모든 능력은 여기까지다. 나머지는 만들어지는 것이다. 왜냐하면 내가 소유하고 있는 이 자아를 손에 잡으려 하고, 그것을 정의하여 간단히 요약하려고 하면, 그것은 물이 되어 내 손가락 사이로 빠져나가 버리기 때문이다. 나는 자아가 지닌 모든 얼굴뿐만 아니라 사람들이 내 자아에 부여한 그 모든 것들, 즉 어떤 교육을 받았고, 출신은 어떠하고, 어떤 열정을 가지고 있고, 어떤 것에 침묵하는지, 훌륭한 점은 무엇이고 별 볼일 없는 점은 무엇인지 하나하나 그려 낼 수 있다. 하지만 이 자아의 모습들을 하나로 합칠 수는 없다. 나의 것인 이 마음 자체도 영원히 정의되지 못한 채 내게 남아 있을 것이다. 내 존재에 대한 나의 확신과, 내가 그 확신에 부여하려는 내용 사이의 심연은 절대 메워지지 않을 것이다. 나는 나 자신에게 영원한 이방인일 것이다. 논리학에서와 마찬가지로 심리학에서도 다수의 진리는 있지만 단 하나의 진리는 없다. 소크라테스의 〈너 자신을 알라〉라는 말은 고해 성사 때의 〈덕 있는 인간이 되어라〉라는 말의 가치와 별반 차이가 없다. 이런 진리들은 어떤 무지와 동시에 어떤 향수를 드러낸다. 이들은 위대한 주제에 대한 쓸데없는 장난질이다. 이들은 막연할 진리일 때에만 진리로서의 정당성을 얻는다.

여기에 나무 몇 그루가 있다고 치면, 나는 나무의 그 우둘투둘함을 알고 있고, 물이 있다면 그 맛이 어떤지 알고 있다. 이 풀 냄새와 별의 향기, 밤, 마음이 편안해지는 어느 저녁나절들, 이들의 힘과 활력이 느껴지는데 내가 어떻게 이 세계를 부정할 수 있을까? 그럼에도 불구하고 이 땅의 모든 지식은, 이 세계가 나의 것임을 누가 보증해 줄 수 있는지 전혀 가르쳐 주지 못할 것이다. 당신은 내게 이 세계를 묘사해 주고 그 분류법을 가르쳐 준다. 당신이 세계의 이치를 하나하나 열거하면, 인식에 목마른 나는 그 이치들에 동의한다. 당신이 세계의 메커니즘을 하나하나 분해하면, 나의 희망도 점점 커진다. 제일 마지막 단계에, 당신은 화려하고 알록달록한 이 세계가 결국은 원자로 환원되고, 이 원자 자체도 전자로 환원된다는 것을 내게 알려 준다. 여기까지는 다 좋다. 나는 당신이 이런 식으로 계속하기를 기대한다. 그런데 당신은 전자가 하나의 핵 주위를 돈다는, 눈에 보이지 않는 체계에 대해 이야기한다. 당신은 이 세계를 하나의 이미지로 내게 설명해 준다. 그러면 나는 당신이 시(詩)의 차원으로 들어왔다는 것을 눈치채게 된다. 즉 나는 아무것도 알지 못하리라는 의미이다. 여기에 분노할 시간이 있을까? 당신은 이미 당신 이론을 바꾸어 버렸는데 말이다. 이렇게 되면 내게 모든 것을 가르쳐 주어야 했던 그 과학은 가설로 끝이 나고, 그 명철함은 메타포 속에서 빛을 잃으며, 그 불확실성은 예술 작품으로 귀착되고 만다. 내가 이렇게까지 노력할 필요가 있었을까? 저 언덕들의 부드러운 곡선과 저녁의 들뜬 가슴에 손을 올려 보는 것이야말로 세계에 대해 훨씬 더 많은 것을 가르쳐 준다. 나는 나의 출발점으로 되돌아왔다. 내가 깨달은 바는, 과학을 통해 숱한 현상들을 포착하고 그것을 일일이 열거할 수 있다고 해서 이 세계를 파악할 수 있는 건 아니라는 것이다. 세계의 울퉁불퉁한 요철을 손가락으로 일일이 더듬어 본다고 해서 세계를 더 많이 알게 되는 것은 아니다. 그래서 당신은 나에게, 확실하긴 하지만 내게 아무것도 가르쳐 주는 것이 없는 어떤 묘사와, 뭔가 가르쳐 주는 척하지만 확실한 게 하나도 없는 가정들 중에서 하나를 선택하라고 한다. 나 자신과 이 세계에 이방인인 채, 무언가를 확신하자마자 스스로를 부정하는 사고만을 유일한 방어 수단으로 가진 이러한 조건을 어떻게 이해해야 할까? 평화를 얻으려면 앎과 삶을 거부할 수밖에 없고, 뭔가 손에 잡으려 하면 완강한 거부의 벽에 부딪히고 마는 이런 조건들. 무언가를 원한다는 것은 역설을 야기한다는 것이다. 무사태평하고 무기력한 마음 또는 인간은 죽을 수밖에 없다는 포기에서 비롯되는 이 치명적인 평화를 벗어날 수가 없다. 모든 것은 이런 평화와 이어질 수밖에 없도록 정해져 있는 것이다.

따라서 지성 역시 그 나름대로 이 세계는 부조리하다는 것을 내게 말해 주고 있다. 지성의 반대말인 맹목적 이성이,

모든 것은 분명하다고 아무리 말해 봐야 소용없다. 나는 그 증거를 기대했고, 그 이성이 옳기를 원했다. 하지만 수 세기에 걸친 그 자신만만하던 시간과, 설득력 넘치는 그 숱한 달변가들에도 불구하고, 나는 그것이 거짓임을 알고 있다. 적어도 이런 면에서 보면, 내가 알 수 없다면 행복도 없는 것이다. 실질적 혹은 도덕적인 그 보편적 이성, 결정론, 모든 것을 설명해 주는 이러저러한 범주들에 대해 정직한 사람이라면 실소를 금할 수 없다. 이러한 것들은 인간의 정신과 아무런 관계가 없다. 이들은 정신의 저 깊은 진실, 즉 사슬에 묶여 있는 정신이라는 진실을 부정한다. 해독이 불가능하고 한계가 정해져 있는 이 세계, 여기에서부터 인간의 운명은 스스로의 의미를 획득한다. 비합리적인 것들이 무수히 들고일어나 인간을 구석구석 에워싼다. 자신의 통찰력을 회복하여 이제 합의에 이른 부조리의 감정은 그 정체가 밝혀지면서 실체가 드러난다. 앞서 내가 세계는 부조리하다고 말했는데, 너무 성급한 감이 있다. 세계는 그 자체로 합리적이지 않다. 이것이 우리가 세계에 대해 말할 수 있는 전부이다. 하지만 부조리한 것은 이 불합리함과, 명확함에 대한 폭발적인 열망 간의 대면이다. 인간의 가장 깊은 내면에 울려 퍼지고 있는 것이 바로 이 열망의 호소이다. 부조리는 인간과 관련되기도 하지만, 그만큼 세계와도 관련되어 있다. 지금으로서는 부조리가 인간과 세계를 이어 주는 유일한 끈이다. 부조리는 이 둘을 단단히 매어 둔다. 증오만이 인간들을 서로 묶어 둘 수 있는 것과 마찬가지이다. 나의 모험이 진행되고 있는 이 측정할 수 없는 세계 속에서 내가 분명히 파악할 수 있는 건 이것이 전부이다. 이쯤에서 멈추도록 하자. 나와 삶의 관계를 정해 주는 이 부조리를 내가 진리로 선택한다면, 이 현란한 세계 앞에서 나를 사로잡는 이 감정과 지식의 추구를 통해 내가 얻은 통찰력을 확신한다면, 나는 이 확신을 위해 모든 것을 희생해야 하고, 이 확신을 정면으로 직시하며 끝까지 놓지 말아야 한다. 특히 이 확신에 어긋나지 않게 행동해야 하고, 그 확신의 모든 결과를 향해 밀고 나가야 한다. 내가 여기서 이야기하는 것은 바로 정직함이다. 하지만 그 전에 내가 알고 싶은 것은, 과연 사고가 그렇게까지 황량한 사막에서도 살아남을 수 있을까 하는 것이다.

나는 사고가 적어도 이러한 사막 속에 발을 들였다는 것을 이미 알고 있다. 사고는 이 사막에서 자기가 먹을 빵을 발견했다. 그때까지는 헛것을 먹고 살았음을 깨달았다. 사고는 인간적 성찰의 가장 절박한 몇 가지 주제를 고찰할 기회를 제공한 것이다.

부조리는 그것이 인정받는 순간부터 하나의 열정, 열정 중에서도 가장 고통스러운 열정이 된다. 하지만 우리가 부조리의 열정과 더불어 살아갈 수 있는지를 아는 것, 마음을 고양시키는 동시에 불태워 버리는 이 열정의 심오한 법칙을 수용할 수 있는지를 알아내는 것, 문제는 바로 이것이다. 하지만 우리가 앞으로 계속해서 제기할 문제는 이것이 아니다. 우리가 제기할 문제는 이 같은 경험의 핵심이다. 이것은 차후에 다시 다룰 것이다. 지금으로서는 사막에서 태어난 이 주제들과 폭발적 도약들을 기억만 해두자. 이들을 하나하나 나열해 보는 것으로 충분할 듯하다. 이 주제들 역시 오늘날 처음 등장한 것은 아니다. 비합리적인 것의 권리를 대변하는 사람들은 항상 존재해 왔다. 소위 굴욕의 사유라는 전통이 사라진 적은 한 번도 없었다. 합리주의에 대한 비판은 너무도 숱하게 행해져 왔기에 더 이상 비판할 여지가 없어 보일 정도이다. 그럼에도 불구하고 우리 시대는 마치 이성이 진정으로 계속 주도권을 잡아 왔던 양, 이성을 애써 무력화시키려는 저 역설의 체계들이 재등장하고 있음을 목도하고 있다. 하지만 이것은 이성의 효능을 증명하는 것이 아니라, 이성의 희망이 얼마나 열렬한지를 증명하는 것이다. 역사적 차원에서 볼 때, 이 두 가지 태도가 꾸준히 공존해 왔다는 것은 통일성을 향한 인간의 호소와, 자신을 옭아매는 벽에 대한 명확한 인식 사이에서 분열되어 있는 인간의 근원적 열정을 보여 준다.

그러나 그 어떤 시대도 우리 시대만큼 강력하게 이성을 공격하지는 못했을 것이다. 〈우연, 그것은 세상에서 가장 오래된 고귀함이다. 세상 만물 위에서 이를 지배하려는 그 어떤 영원한 의지도 존재하지 않는다고 내가 말했을 때, 나는 그 고귀함을 만물에 되돌려 주었다〉는 차라투스트라의 위대한 외침 이래, 〈그 이후에는 아무것도 존재하지 않는 죽음으로 귀착되고 마는 이 병〉이라고 한 키르케고르의 치명적인 병 이래 부조리한 사유의 이 의미심장하고 고통스러운 주제들은 꼬리를 물고 계속 이어졌다. 아니, 적어도 이 미묘한 표현의 차이가 중요한데, 비합리적이고 종교적인 사유의 주제들은 계속 이어져 왔던 것이다. 야스퍼스에서 하이데거, 키르케고르에서 셰스토프, 현상학자들에서 셸러에 이르기까지, 논리적인 면이나 윤리적인 면에서, 목적이나 방법론에서는 서로 대립되지만 향수라는 공통점으로 묶인 일군의 정신은 모두 어떻게든 이성의 왕도를 막으려 했고, 진리를 향한 올바른 길을 되찾고자 했다. 나는 여기서 우리가 이러한 사유를 잘 알고 있고, 경험해 본 것으로 전제한다. 과거에 그들의 야심이 어떠했고 지금은 어떠하든, 이들은 한결같이 모순과 이율배반, 고뇌 또는 무력감이 지배하는 이 형용하기 어려운 세계로부터 출발했다. 이 사상가들의 공통점은 바로 우리가 지금까지 이야기해 온 바로 그 주제들이다. 그들에게도 특히 중요한 것은 바로 그들이 발견한 사실로부터 이끌어 낼 수 있었던 결론들이라는 점을 분명히 지적해야 한다. 이 결론들은 아주 중요한 문제인 만큼, 나중에 별도로 검토해야 할 것이다. 그러나 지금 중요한 것은 그들이 알아낸 것과 그들의 초기 경험들뿐이다. 그들의 공통점만을 확인하자는 것이다. 그들의 철학을 논하고자 하는 것은 주제넘은 일일지라도, 그들의 공통된 기류를 전달하는 것은 가능한 일이고, 또 그것으로 충분하다.

하이데거는 인간의 조건을 냉정하게 고찰한 후, 인간의 실존은 굴욕적이라고 선언한다. 유일한 현실이란 존재들의 모든 차원에 깃든 〈관심*souci*〉이다. 세계와 그 위희 속에서 길을 잃은 인간에게 이 관심은 이내 사라지는 순간적 공포이다. 하지만 이 공포가 스스로를 의식하는 순간 공포는 고뇌, 즉 명석한 인간의 항구적 기류가 되고, 이 고뇌 속에서 〈실존은 스스로를 되찾는다.〉 이 철학 교수는 단호하게, 그리고 세계에서 가장 추상적인 언어로 이렇게 쓰고 있다. 〈인간 실존의 유한하고 제한적인 특징은 인간 그 자체보다 더 근원적이다.〉 그는 칸트에게 흥미를 느꼈지만, 그것은 칸트의 〈순수 이성〉이 가진 한계적 속성을 식별해 내기 위해서이다. 그리고 여러 분석 작업 끝에 다음과 같은 결론에 이르기 위해서이다. 〈고뇌에 빠진 인간에게 세계는 더 이상 아무것도 제공해 줄 수 없다.〉 그가 보기에 이 관심은 사실 추론의 범주들을 넘어서는 것이라서, 그는 이것에 관해서만 생각하고 이것에 관해서만 이야기한다. 그는 이 관심이 지닌 여러 얼굴을 하나하나 열거한다. 가령 평범한 인간이 자기 속의 이 관심을 마치 아무것도 아닌 양 뭉개고 질식시키려고 할 때에는 권태의 모습을 띠고, 정신이 죽음을 똑바로 응시할 때에는 공포의 모습을 띤다는 것이다. 하이데거 역시 의식과 부조리를 분리시키지 않는다. 죽음을 의식한다는 것은 그 관심을 호소하는 것이고, 〈실존은 이때 의식을 매개로 나름의 호소를 한다〉. 죽음의 의식은 그 자체로 고뇌의 목소리이고, 이 의식은 실존으로 하여금 익명의 〈우리〉 속에서의 자기 상실로부터 원래의 자신으로 돌아갈 것을 명한다. 하이데거의 경우 역시 잠들어서는 안 되고, 완전한 성취에 이를 때까지 깨어 있어야 한다고 믿는다. 그는 이 부조리한 세계에 천착하며, 이 세계의 필멸의 속성을 고발하고 있다. 그는 폐허의 한복판에서 자기 길을 찾아가고 있는 것이다.

야스퍼스는 모든 존재론에 절망한다. 왜냐하면 그는 우리가 〈순진함〉을 진즉에 잃어버렸다고 보기 때문이다. 그는 우리가 가시적 세계가 벌이는 죽음의 게임을 초월하는 그 어떤 것에도 도달할 수 없음을 알고 있다. 정신의 종말이란 곧 실패라는 것도 알고 있다. 그는 역사가 우리에게 누설하는 정신적 모험들의 추이를 차근차근 고찰한 후, 저마다의 체계가 가진 결함, 모든 것을 구원해 주었던 환상, 속내가 훤히 들여다보이던 설교 등을 가차 없이 폭로한다. 인식의 불가능성이 증명된 이 황량한 세계, 허무(虛無)가 유일한 현실로, 구원 없는 절망이 유일한 자세로 간주되는 이 세계 속에서 그는 신성한 비밀로 이끌어 줄 아리아드네의 실을 다시 찾고자 한다.

한편, 셰스토프는 놀라우리만큼 단조로운 한 편의 작품을 통해 위와 동일한 진리들을 끊임없이 지향하며 가장 엄밀한 체계, 즉 가장 보편적인 합리주의란 결국 인간 사유의 비합리성과 맞닥뜨리게 마련임을 보여 주고 있다. 그는 이성의 가치를 떨어뜨리는 아이러니한 증거들이나 하찮은 모순들을 하나도 놓치지 않는다. 심성의 역사와 지성의 역사를 막론하고, 그의 단 한 가지 관심사는 바로 여기에 해당하지 않는 예외이다. 사형수에 관한 도스토옙스키적 경험과 니체적 지성이 보여 주는 극단적 모험, 햄릿의 저주나 입센의 씁쓸한 귀족주의를 통해, 그는 돌이킬 수 없는 것에 맞선 인간의 반항을 발견하고 조명하며 박수를 보낸다. 그는 이성이 제시하는 근거를 거부하고, 확실성이란 모조리 돌멩이로 변해 버린 이 흑백의 사막 한가운데에서 비로소, 약간은 과감하게 발걸음을 떼며 나아가기 시작한다.

이들 지성인 가운데 가장 흥미로운 사람일지도 모르는 키르케고르는, 적어도 자기 삶의 일정 시기 동안, 부조리를 발견하는 것 이상을 실천한 사람이다. 즉 그는 부조리를 살아간다. 〈가장 확실한 말 없음이란 침묵하는 것이 아니라 말을 하는 것이다〉라고 쓴 이 사람은, 처음부터 절대적 진리란 존재하지 않고, 그 자체로 불가능한 것인 실존을 만족스러운 것으로 만들어 줄 수 있는 진리란 없다고 확신한다. 인식에서 돈 후안Don Juan이라고 할 만한 그는 다양한 가명과 모순을 구사하고, 『교훈적 담론』과 동시에 『유혹자의 일기』라는 냉소적 유심론 교본을 쓰기도 한다. 그는 위로와 도덕과 모든 안식의 원칙들을 거부한다. 그는 자기 마음속에 박힌 그 가시의 고통을 누그러뜨리려 하지 않는다. 오히려 그 고통을 일깨워 기꺼이 십자가에 못 박힌 자의 절망적 기쁨 속에서 명철함, 거부, 희극 등 악마적 범주를 하나씩 하나씩 구축해 간다. 따뜻하면서도 동시에 냉소적인 면모, 영혼의 저 밑바닥에서 시작된 절규를 동반하는 이 갑작스러운 태도 전환, 이것이 바로 부조리한 정신, 자기를 초월하는 현실에 맞서 싸우는 부조리한 정신 그 자체이다. 키르케고르로 하여금 비난, 즉 스캔들을 기꺼이 감수하게 만드는 정신적 모험 역시, 익숙한 무대 장치가 사라지고 처음의 지리멸렬함으로 되돌아간 어떤 혼돈스러운 경험 속에서 시작되는 것이다.

이와는 완전히 다른 차원, 즉 방법론의 차원에서 후설과 현상학자들은 과도함이라는 공통점을 통해 세계를 그 다양성 속에서 복원하고 이성의 초월적 힘을 부정한다. 이들과 더불어 정신의 세계는 측정이 불가능할 정도로 다채로워진다. 장미 꽃잎, 도로 이정표 혹은 사람의 손은 사랑이나 욕망 또는 중력의 법칙만큼이나 중요해진다. 생각한다는 것은 더 이상 눈에 보이는 현상을 거대한 원칙하에 친숙한 것으로 되돌리거나 통일시키는 것이 아니다. 생각한다는 것은 보는 방법, 관심을 기울이는 방법을 다시 배우는 것이고, 자기의 의식을 주도하는 것이며, 개별 생각과 개별 이미지에 대해 프루스트가 하듯이 특권적 지위를 부여하는 것이다. 역설적이게도 모든 것이 이런 특권을 지니게 된다. 사고를 정당화하는 것은 바로 사고의 극단적 의식이다. 키르케고르나 셰스토프보다 더 적극적이고자 하는 후설주의자들의 행보는 처음에는 이성의 고전적 방식을 부정하고, 희망을 꺾어 버리며, 급속히 증식하는 모든 현상, 그 풍부함이 뭔가 비인간적으로까지 느껴지는 현상을 직관과 마음에 개방한다. 이러한 방식은 모든 지식으로 이어지거나, 그 어떤 지식과도 이어지지 않는다. 이 말은 이 방식이 목적보다 더 중요하다는 뜻이다. 중요한 것은 위안이 아니라, 〈인식을 위한 하나의 태도〉뿐이다. 거듭 말하거니와, 적어도 처음에는 그러하다는 것이다.

이들 정신이 맺고 있는 진한 혈연관계를 어찌 느끼지 않을 수 있을까! 이들이 어떤 특권적이고 씁쓸한 장소, 희망이 더 이상 들어설 여지가 없는 장소를 중심으로 재집결한다는 것을 어찌 모를 수 있을까? 나는 모든 것이 설명되거나 아니면 무(無), 둘 중 하나를 원한다. 그런데 이성은 마음의 이 절규 앞에서 무력하다. 이러한 요구 때문에 눈을 뜬 정신은 설명을 찾아 헤매지만 모순과 근거 없는 억지만 발견할 뿐이다. 내가 이해하지 못하는 것이라면 합리적인 것이 아니다. 세계는 이러한 비합리로 넘쳐난다. 내가 세계의 유일한 의미를 이해하지 못한다면, 그 세계는 하나의 거대한 비합리에 불과하다. 단 한 번만이라도 〈명쾌하다〉고 말할 수 있다면, 모든 것이 구원될 것이다. 하지만 열망하는 인간들은 명쾌한 것은 아무것도 없고, 모든 게 혼돈이며, 인간이 가진 것이라곤 자신의 혜안과 자기를 둘러싼 벽에 대한 확실한 인식뿐이라고 주장한다.

이 모든 경험들은 목표가 동일하고 서로 일치한다. 한계에 다다른 정신은 판단을 내리고 결론을 채택해야 한다. 바로 여기에 자살과 해결책이 놓여 있다. 그러나 나는 고찰의 순서를 바꾸어, 지적인 모험에서 출발하여 일상의 행위로 돌아오고자 한다. 여기서 이야기하는 경험들은 절대 떠나서는 안 되는 사막 안에서 태어난다. 적어도 이러한 경험들이 어디까지 이르렀는지를 알아야 한다. 이 정도까지 노력하는 인간은 비합리와 마주하게 된다. 그는 속으로 행복과 이성(理性)에 대한 욕망을 느낀다. 부조리는 인간의 호소와 세계의 비합리적 침묵 간의 이러한 대면에서 태어난다. 기억해야 할 것은 바로 이 점이다. 바로 여기에 집중해야 한다. 한 인생의 결론이 송두리째 여기서 비롯될 수 있기 때문이다. 비합리성, 인간의 향수, 그리고 이 둘의 대면에서 솟아나는 부조리,

이것이 바로 하나의 삶이 감당할 수 있는 모든 논리와 함께 반드시 끝맺어야 할 드라마의 세 등장인물이다.

철학적 자살

그렇다고 해서 부조리의 감정이 곧 부조리의 개념은 아니다. 부조리의 감정이 부조리의 개념의 토대를 이룬다는 것뿐이다. 감정이 세계를 판단하는 그 짧은 순간을 제외하고, 감정은 단순히 개념으로 요약되지 않는다. 부조리의 감정은 이후에도 더 진행되어야 한다. 부조리의 감정은 생생히 살아있는 것, 다시 말해 소멸되거나 좀 더 깊은 반향을 불러일으켜야 하는 것이다. 우리가 한데 모아 놓은 주제들 역시 그러하다. 그러나 여기서도 나의 관심사는 비판하려 들자면 다른 형식과 다른 지면이 필요할 어떤 작품들이나 사상가들이 아니라, 그들이 내린 결론으로부터 공통점을 발견하는 것이다. 인간의 정신이 이렇게까지 판이하게 달랐던 적은 아마도 일찍이 없었을 것이다. 하지만 우리는 그렇게 판이한 정신이 동요를 일으키게 되면 이들을 둘러싼 정신적 풍경이 똑같다고 판단한다. 이와 마찬가지로 지극히 상이한 학문들을 두루 거쳤음에도 불구하고, 이들의 정신적 여정의 종착지에서 울려 퍼지는 외침은 결국 똑같은 방식이다. 이처럼 지금까지 언급한 사상가들에게는 어떤 공통적 기류가 흐른다는 것을 느낄 수 있다. 이 기류야말로 사람을 죽이는 것이라 말한다고 해서 말장난이라고 할 수는 없다. 숨 막힐 듯한 하늘 아래에서 산다는 것은 거기서 벗어나거나 아니면 그대로 머무르라는 명령을 받는 일이다. 전자의 경우에는 벗어나는 방법을 아는 것이 중요하고, 후자의 경우에는 그대로 머물러야 하는 이유를 아는 것이 중요하다. 나는 자살의 문제와 실존 철학의 결론들에 대해 우리가 가질 수 있는 관심이란 이런 것이라고 규정한다.

그 전에 나는 정해진 길을 잠시 벗어나고자 한다. 지금까지 우리는 부조리를 바깥에서부터 규정해 왔다. 하지만 이 부조리 개념 속에 포함되는 것이 정확히 무엇인지 의문이 들 수도 있고, 직접적인 분석을 통해 한편으로는 부조리의 의미를, 다른 한편으로는 이 의미에서 비롯되는 결과들을 되찾고자 할 수도 있다.

만약 내가 무고한 사람을 잔혹한 범죄자로 고발한다면, 훌륭한 도덕성을 갖춘 사람이 자기 친여동생을 탐했다고 주장한다면, 그 사람은 그것이 부조리하다고 대응할 것이다. 이러한 분노에는 좀 우스운 측면이 있다. 하지만 여기에는 속 깊은 이유도 있다. 그 도덕적인 인물은 이런 식의 대응을 통해 내가 비난한 그의 행동과 그가 전 생애에 걸쳐 지켜 온 기본 원칙 사이에 존재하는 결정적인 모순을 명시하는 것이다. 〈부조리하다〉는 것은 〈불가능하다〉는 의미이지만, 〈모순이다〉라는 뜻이기도 하다. 만약 어떤 남자가 시원찮은 총 한 자루만으로 기관총 부대를 공격하는 걸 목격한다면, 나는 그의 행동이 〈부조리하다〉고 생각할 것이다. 하지만 이 부조리는 그의 의도와 그를 기다리는 현실이 불균형을 이루기 때문이고, 그의 실제 능력과 그가 노리는 목표 사이에서 내가 감지할 수 있는 모순 때문이다. 마찬가지로 우리는 어떤 판결이 겉으로 보기에 자명한 사실들에 부합하는 판결과 반대일 때 부조리하다고 생각할 것이다. 또한 마찬가지로 부조리를 통한 추론은 이 추론의 결과와 우리가 구축하고자 하는 논리적 현실을 비교함으로써 이루어진다. 가장 간단한 것에서부터 가장 복잡한 논증에 이르는 이 모든 경우에서, 내 비교의 항들 간의 격차가 증가할수록 부조리는 더 커질 것이다. 부조리한 결혼도 있고, 부조리한 도전, 원한, 침묵, 전쟁, 그리고 부조리한 평화도 있다. 이들 각각의 경우, 부조리함은 어떤 비교에서 생겨난다. 따라서 나는, 부조리의 감정은 단순히 한 가지의 사실이나 인상을 검토하는 데서 생겨나는 것이 아니라, 어떤 사실의 상태와 하나의 현실 사이, 하나의 행동과 이 행동을 넘어서는 세계 사이의 비교에서 비롯된다고 자신 있게 말할 수 있다. 부조리는 본질적으로 어떤 분리이다. 그것은 비교의 두 요소 중 어느 한쪽에 속하는 것이 아니다. 부조리는 그 둘의 대면에서 태어난다.

이해를 돕는 차원에서 말하자면, 부조리는 인간 속에(이러한 메타포가 의미를 가질 수 있다면) 있는 것도 아니고, 세계 속에 있는 것도 아니다. 그것은 인간과 세계 양쪽이 모두 존재한다는 사실 속에 있다. 지금으로서는 이것이 인간과 세계를 이어 주는 유일한 끈이다. 명백한 것만을 말하자면 나는 인간이 무엇을 원하는지, 세계가 인간에게 무엇을 제공해 주는지 알고 있고, 이제는 무엇이 이 둘을 이어 주는지도 안다고 말할 수 있다. 더 이상 파고들 필요는 없다. 뭔가를 찾으려는 사람에게는 확실한 것 단 하나만 있으면 그것으로 족하다. 중요한 것은 그것으로부터 가능한 모든 결과를 도출해 내는 것뿐이다.

당장에 얻을 수 있는 결과는 동시에 방법론의 한 가지 규칙이기도 하다. 이렇게 해서 밝혀진 독특한 삼위일체는, 어느 날 느닷없이 발견된 아메리카 대륙과는 전혀 성격이 다르다. 하지만 이것은 한없이 단순하면서도 한없이 복잡하다는 점에서 경험의 소여(所與)들과 공통점을 가진다. 이런 관점에서 보면, 이 삼위일체의 가장 으뜸가는 특징은 서로 분리될 수 없다는 것이다. 세 가지 항 중에서 하나를 파괴하는 것은 삼위일체 전체를 파괴하는 것이다. 인간의 정신을 벗어나면 부조리는 있을 수 없다. 그러므로 부조리는 다른 만물과 마찬가지로 죽음과 함께 끝난다. 하지만 이 세계를 벗어나도 부조리는 있을 수 없다. 그리고 나는 바로 이 근본적 기준에 따라 다음과 같이 판단한다. 즉 부조리의 개념은 본질적이고, 이것은 나의 진리들 중 가장 으뜸가는 것을 형상화할 수 있다. 앞에서 언급한 방법론의 규칙이 바로 여기 등장한다. 만약 내가 어떤 것을 진리로 판단한다면, 그것을 그대로 유지해야 한다. 만약 내가 어떤 문제의 해결책을 강구하고자 한다면, 적어도 이 해결책 자체를 통해 문제의 여러 항목 중

하나를 슬쩍 감추려 해서는 안 된다. 내게 유일하게 주어진 것은 부조리이다. 문제는 그것으로부터 어떻게 벗어날 것인지, 이 부조리의 결론이 자살이어야 하는지를 아는 데 있다. 사실상 내 연구의 유일한 조건이자 가장 첫 번째 조건은, 나를 짓누르는 것 자체를 그대로 유지하고 결과적으로 내가 그것의 본질이라고 판단하는 것을 존중하는 일이다. 나는 이제 막 그것을 하나의 대면, 끊임없는 투쟁으로 정의했다.

나는 이 부조리한 논리를 극한까지 밀고 나감으로써, 이 투쟁은 희망의 전적인 부재(절망과는 전혀 무관하다), 계속적인 거부(포기와 혼동해서는 안 된다), 그리고 의식적인 불만(사춘기의 불안정과 동일시해서는 안 될 것이다)을 전제하고 있다고 인정해야 한다. 이러한 요구들을 무시하거나 감추거나 또는 몰래 가로채는 것(다른 무엇보다 단절을 파괴하는 동의)은 모두 부조리를 완전히 파괴시키고, 우리가 이때 제시할 수 있는 자세를 평가 절하한다. 부조리는 우리가 거기에 동의하지 않는 한에서만 비로소 의미를 가진다.

순수하게 도덕적인 것으로 보이는 분명한 사실이 하나 있는데, 그것은 인간이란 언제나 자신의 진리에 사로잡혀 있다는 것이다. 일단 이 진리들을 인정하고 나면, 인간은 거기에서 멀어질 수 없을 것이다. 다소간은 제대로 된 대가를 치러야 한다. 부조리를 인식하게 된 인간은 그 부조리에 영원히 묶이게 된다. 희망을 갖지 않은 채, 이 희망 없는 상태를 의식하고 있는 인간은 더 이상 미래에 속하지 않는다. 그것은 당연하다. 하지만 그가 자신이 창조한 세상에서 빠져나가기 위해 애를 쓴다는 것 역시 당연하다. 지금까지의 이야기는 바로 이 같은 역설을 염두에 둘 때에만 비로소 의미를 가진다. 이렇게 보면 합리주의를 비판하는 데서부터 출발하여 부조리의 기류를 인정한 사람들이 어떤 방식으로 그들의 결론을 밀고 나갔는지를 검토하는 것이야말로 지금 그 무엇보다 유익한 일일 것이다.

그런데 여러 실존주의 철학에만 한정해 보자면, 내 눈에는 모든 실존주의 철학이 예외 없이 내게 도피를 제안하는 것으로 보인다. 이성의 잔해 위에 선 부조리에서 출발한 이들은 인간에게 한정된 폐쇄적인 세계 속에서 특이한 추론을 통해 자신들을 짓누르는 것을 신격화하고, 자신의 것을 빼앗아 간 것들 속에서 희망의 이유를 발견한다. 이 강요된 희망의 본질은 모든 실존주의 철학에서 종교적이다. 이 점은 충분히 주목할 만하다.

여기서는 다만 셰스토프와 키르케고르의 몇 가지 특별한 주제만 사례로 들어 분석해 보고자 한다. 그러나 희화(戱畵)의 수준까지 나아간 야스퍼스는 우리에게 이러한 태도의 전형적인 사례를 제공해 줄 것이다. 그 나머지도 그로 인해 좀 더 분명해질 것이다. 그는 초월적인 것을 현실로 구현할 능력이 없고, 경험의 깊이를 헤아릴 능력도 없으며, 충격으로 전복되어 버린 이 세계를 의식하고 있을 뿐이다. 그는 여기서 더 발전하게 될 것인가, 아니면 적어도 이 충격으로부터 어떤 결론을 이끌어 낼 것인가? 그가 새롭게 제시하는 것은 아무것도 없다. 그가 경험 속에서 발견한 것은 자기 무기력의 고백뿐, 만족할 만한 어떤 원칙을 추론할 만한 구실이라고는 전혀 없다. 그럼에도 불구하고 자기가 직접 말한 대로 아무런 자기 정당화도 없이 단숨에 초월적인 것, 경험의 존재, 삶의 초인간적 의미를 동시에 주장한다. 이에 대해 그는 이렇게 쓰고 있다. 〈실패란 모든 설명과 가능한 모든 해석을 넘어서서 허무가 아닌 초월의 존재를 보여 주는 것이 아닌가.〉 느닷없이, 그리고 인간적 신뢰라는 어떤 맹목적 행위를 통해 모든 것을 설명하는 이 존재를 야스퍼스는 〈보편적인 것과 개별적인 것의 이해 초월적 일치〉라고 정의한다. 이런 식으로 부조리는 신(이 말의 가장 넓은 의미에서)이 되고, 이 이해 불가능성은 모든 것을 계시하는 존재가 된다. 이러한 추론은 전혀 논리적이지 않다. 나는 이것을 비약이라고 부를 수 있다. 그래서 역설적이게도 초월적 경험을 실현 불가능한 것으로 만들려는 야스퍼스의 고집과 무한한 인내심을 우리는 이해할 수 있다. 왜냐하면 초월적인 것에 대한 이런 설명이 애매하면 할수록 이런 정의는 더더욱 무용해지고, 초월적인 것 자체는 그에게 더욱 현실적이 되며, 그로 하여금 초월성을 주장하게 만드는 열정은 바로 그의 설명 능력과 세계 및 경험의 비합리성 간의 격차에 비례하기 때문이다. 이처럼 야스퍼스는 보다 급진적인 방식으로 세계를 설명하면 할수록 이성의 편견들을 무너뜨리고자 더더욱 애를 쓰게 된다. 이 굴욕적 사고의 전도사는 장차 굴욕의 극한에서 존재를 그 심오한 깊이 속에서 새로이 쇄신시킬 수 있는 무엇인가를 발견하게 될 것이다.

신비주의 사상 덕분에 이러한 방식은 우리에게 익숙한 것이 되었다. 이 태도는 여느 정신적 자세와도 동등한 정당성을 지닌다. 그러나 나는 지금 어떤 문제를 엄중하게 다루려는 것처럼 행동하고 있다. 이러한 태도가 갖는 보편적 가치와 그 교육적 힘에 대해 편견을 갖지 않고, 내가 나 자신에게 제시한 조건들에 그러한 태도가 부합하는지, 이 태도가 나의 관심사인 갈등이라고 할 만한 것인지를 고려하고자 할 뿐이다. 이렇게 해서 나는 셰스토프로 되돌아온다. 어느 주석가는 주목할 만한 셰스토프의 말 하나를 이렇게 인용하고 있다. 〈유일하고 진정한 해결책은 인간의 판단에는 해결책이 없다는 바로 그 점에 있다. 그렇지 않다면 우리가 무엇 때문에 신을 필요로 하겠는가? 우리가 신을 바라볼 때란 불가능한 것을 얻고자 할 때뿐이다. 가능한 것이라면 인간으로도 충분하다.〉 셰스토프 철학이라는 것이 있다면, 그 전체적 요지는 이런 것이라고 말할 수 있다. 왜냐하면 그의 열정적인 분석 말미에 셰스토프가 모든 존재의 근원적 부조리를 발견했을 때, 그는 결코 〈이것이 부조리이다〉라고 말하지 않고 이렇게 말한다. 〈이것이 신이다. 신은 우리의 합리적 범주들 중에서 그 어느 것과도 부합하지 않지만, 그래도 신에게 일임하는 것이 맞다.〉 혼란을 피하기 위해 이 러시아 철학자는, 이 신은 어쩌면 악의적이고 가증스럽고 이해 불가능하고 모순적일지 모르지만, 신의 얼굴이 흉측하면 할수록 가장 강력한 힘을 표명한다는 점을 암시해 주기까지 한다. 신의 위대함이란 바로 그 모순에 있다. 신을 증명해 주는 건 바로 그 비인간성에 있다. 신의 품으로 뛰어들어야 하고, 이러한 비약을 통해 합리라는 환상들로부터 해방되어야 한다. 이처럼 셰스토프에게 부조리의 수용은 부조리 그 자체와 동시에 이루어진다. 부조리를 확인한다는 것은 그것을 받아들이는 것이고, 그의 사고는 부조리를 세상 밖으로 드러냄과 동시에 부조리에 동반되는 무한한 희망을 분출시키기 위해 모든 논리적 노력을 다한다. 거듭 이야기하거니와, 이러한 자세는 정당하다. 그러나 나는 여기에서도 줄기차게 단 하나의 문제와 그 결과만을 주시하고 있다. 내가 어떤 신념에 찬 행위나 신념적 사고의 비장함을 검토할 필요는 없다. 그런 검토는 평생 동안 해도 무방하다. 합리주의자는 셰스토프의 태도를 못마땅하게 여긴다는 것을 나는 알고 있다. 하지만 합리주의에 맞선 셰스토프가 옳다는 것 역시 알고 있다. 다만 그가 부조리의 원칙에 끝까지 충실한지 아닌지를 알고 싶을 뿐이다.

그런데 부조리가 희망의 반대말이라는 것을 우리가 수용한다면, 셰스토프에게 실존주의 사상은 부조리를 전제하는 것은 맞지만, 이 사상이 부조리를 증명한다는 것은 오직 부조리를 소멸시키기 위함이라는 것을 알게 된다. 이러한 사고의 교묘함은 마술사의 곡예만큼이나 비장하다. 한편, 셰스토프가 자신의 부조리를 일반적 도덕과 이성에 대립시킬 때, 그는 그 부조리를 진리나 속죄라고 부른다. 따라서 부조리에 대한 이 같은 정의와 기저에는 셰스토프가 부조리에 동의한다는 의미가 들어 있다. 만약 부조리 개념의 모든 힘은 부조리가 우리의 기본 희망들과 어떤 방식으로 충돌하는가에 있음을 인정한다면, 부조리의 존재 조건이란 우리가 절대 그것에 동의하지 않는 것임을 느낄 수 있다면, 이때 우리는 부조리가 그 진짜 얼굴, 인간적이고 상대적인 속성을 잃어버리고 이해할 수 없으면서도 동시에 만족스러운 어떤 영원성 속으로 들어가 버렸다는 것을 잘 알게 된다. 부조리가 존재한다면, 그것은 인간의 세계 속에서이다. 부조리의 개념이 영원의 발판으로 변신하는 순간, 그 개념은 인간의 명철함과는 무관해진다. 부조리는 인간이 동의하지 않은 채, 그 존재만 확인하는 자명한 사실이 더 이상 아닌 것이다. 투쟁은 면하게 되었다. 인간은 부조리를 통합하게 되고, 이러한 일치 속에서 반대, 분열, 분리라는 부조리의 본질적 특성을 사라지게 만든다. 이러한 비약은 일종의 회피이다. 〈*The time is out of joint*(뒤틀린 세월이다)〉라는 햄릿의 말을 즐겨 인용하던 셰스토프는 이 말에 일종의 지독한 희망을 부여해도 된다는 생각을 갖고 있다. 이것이 유난히 특별한 이유는 햄릿이나 셰익스피어는 그런 맥락에서 이 말을 하거나 쓴 것이 아니기 때문이다. 비합리적인 것에 대한 심취와 이 심취의 취향은 명철한 정신으로 하여금 부조리를 외면하게 만든다. 셰스토프에게, 이성은 무용지물이지만 이성 너머에는 무엇인가가 있다. 부조리한 정신에게, 이성은 무용지물이고 이성 너머에는 아무것도 없다.

적어도 이러한 비약은 부조리의 진정한 본질을 우리에게 좀 더 분명하게 밝혀 줄 수 있다. 우리는 부조리가 어떤 균형

속에서만 가치가 있다는 것, 그리고 부조리는 무엇보다 비교 속에 있는 것이지 비교되는 각각의 항 속에 있는 것이 아니라는 것을 알고 있다. 하지만 셰스토프는 모든 무게가 바로 그 힘들 중 하나에 실리게 하여 균형을 무너뜨린다. 이해하고자 하는 우리의 욕구, 절대에 대한 향수는 우리가 많은 것을 이해하고 설명할 수 있다는 범위 내에서만 설명될 수 있다. 이성을 완전히 부정하는 것은 소용없는 일이다. 이성에는 나름의 질서가 있고, 이성은 그 질서 속에서 효력을 발휘한다. 그것은 바로 인간의 경험이라는 질서이다. 바로 그 점 때문에 우리는 모든 것을 명확히 밝히려는 것이다. 만약 우리가 그렇게 하지 못한다면, 그래서 그 때문에 부조리가 탄생한다면, 그것은 바로 효율적이지만 제한적인 이성과 늘 되살아나는 비합리가 서로 조우하는 것이다. 그런데 셰스토프가 〈태양계의 운동은 불변의 법칙에 따라 이루어지고, 이 법칙들이 태양계의 이성이다〉라는 헤겔의 명제에 화를 낼 때, 어떤 식으로든 스피노자의 합리주의를 무너뜨리고자 할 때, 그는 바로 모든 이성은 헛되다는 결론을 내리는 것이다. 바로 여기서부터 자연스럽고도 정당한 근거가 없는 회귀를 통해 비합리의 우월함으로 나아가게 되는 것이다.[8] 그러나 이런 식의 진행은 당연한 것이 아니다. 왜냐하면 한계의 개념과 차원의 개념이 여기에 개입하기 때문이다. 자연법칙은 어느 한계까지는 유효하지만, 일단 이 한계를 넘어서면 법칙

8 특히 예외라는 개념에 관하여, 그리고 아리스토텔레스에 반(反)하여 —원주.

자체와 대립하여 부조리를 탄생시킨다. 혹은 이 법칙들은 묘사의 차원에서는 정당화될 수 있으나, 그렇다고 해서 설명의 차원에서 정당화되는 것은 아니다. 여기서 모든 것은 비합리적인 것에 희생되고, 명료함의 요구는 슬쩍 은폐되면서 부조리는 그 비교의 항들 중 하나와 더불어 사라져 버린다. 반면에 부조리한 인간은 이러한 균일화를 시도하지 않는다. 오히려 그는 투쟁을 인정하고, 이성을 완전히 경멸하지는 않으며, 비합리를 수용한다. 이렇게 해서 부조리한 인간은 경험의 모든 내용들을 다시 고려하게 되고, 알기도 전에 비약할 생각을 하지 않는다. 그가 알고 있는 것은, 이러한 날카로운 의식 속에는 희망의 여지가 남아 있지 않다는 것뿐이다.

레프 셰스토프에게서 느낄 수 있는 바를 어쩌면 키르케고르에게서 훨씬 더 많이 느낄 수 있을 것이다. 물론, 이렇게 애매한 사상가로부터 명쾌한 명제들을 집어내는 것은 어려운 일이다. 하지만 표면적으로는 상반되는 것처럼 보이는 글임에도 불구하고, 그의 가명(假名)과 유희, 미소 저 너머에서는 그의 작품 전반에 걸친 어떤 진리의 예감(동시에 두려움) 같은 것이 느껴진다. 이 진리는 결국 그의 말년 저작들 속에서 확실히 모습을 드러낸다. 즉 키르케고르 역시 비약을 한다. 어린 시절 그가 그토록 두려워했던 기독교, 결국 그는 이 기독교의 가장 냉혹한 얼굴로 되돌아가는 것이다. 그에게도 종교가 종교일 수 있는 기준은 모순과 역설인 것이다. 이처럼 삶의 깊이와 의미에 대해 절망케 만들었던 바로 그것이 이제는 그에게 삶의 진리와 명료함을 부여해 준다. 기독교는 그에게 스캔들이고, 키르케고르가 한결같이 요구하는 것은 바로 이그나티우스 데 로욜라[9]가 요구한 세 번째 희생, 즉 신이 가장 기뻐하는 〈지성의 희생〉이다.[10] 〈비약〉의 이 같은 효과는 기이한 구석이 있지만, 이제는 놀라울 것도 없다. 키르케고르는 부조리를 현세가 아닌 다른 세상을 규정하는 기준으로 만들어 버리지만, 부조리란 이 현세적 경험의 잔재에 불과하다. 키르케고르는 〈종교인은 자기의 실패 속에서 승리를 발견한다〉고 쓰고 있다.

이러한 태도가 어떤 감동적인 포교와 결부되어 있는지 궁금해할 필요는 없을 듯하다. 다만 부조리의 광경과 그 특유의 속성이 이 태도를 정당화해 주는지를 생각하면 된다. 이 점에 관한 한 나는 그렇지 않다는 것을 알고 있다. 부조리의 내용을 다시 한번 검토해 보면, 우리는 키르케고르를 사유하게 만든 그 방법론을 더 잘 이해하게 된다. 세계의 비합리와 부조리의 반항적 향수 사이에서 키르케고르는 균형을 유지하지 못한다. 그는 엄밀히 말해 부조리의 감정을 만드는 이 둘의 관계를 존중하지 않는다. 비합리를 벗어날 수 없다고 확신하는 그는, 적어도 척박하고 아무것도 생산해 내지 못할 것 같은 이 절망적 향수로부터 자신을 구원하고자 한다. 이

9 Ignatius de Loyola(1491~1556). 예수회의 창립자.

10 사람들은 내가 여기서 본질적 문제인 종교의 문제를 간과하고 있다고 생각할 수도 있다. 하지만 나는 키르케고르 또는 셰스토프, 좀 더 뒤쪽에 가서는 후설의 철학을 검토하는 것이 아니라(그것은 또 다른 지면과 또 다른 정신적 자세를 필요로 할 것이다), 이들로부터 하나의 주제를 빌려 와 그 주제의 결과들이 기존의 굳어진 규범들과 들어맞는지 검토하고 있다. 중요한 점은 오로지 여기에 집중하는 것이다 — 원주.

점에 대해서는 그의 판단이 옳다고 할 수 있을지라도, 그의 부정(否定)에 대해서는 그렇지 못할 것이다. 자신의 반항의 외침을 무언가에 대한 열렬한 지지로 대체한다면, 그것은 곧 여기까지 그의 지침이 되어 왔을 부조리를 무시하는 일이 될 것이고, 지금부터 가질 그의 유일한 확신, 즉 비합리를 신격화시키는 일이 될 것이다. 중요한 것은 갈리아니 신부가 데피네 부인[11]에게 말한 것처럼, 고통은 치유하는 것이 아니라 그 고통과 함께 살아가는 일임에도 말이다. 그런데 키르케고르는 치유되기를 원한다. 치유되는 것이야말로 그의 열렬한 소원이고, 이 소원은 그의 일기 전편에 걸쳐 꾸준히 드러나고 있다. 그의 지성적 노력은 모두 인간의 조건이 가진 모순으로부터 피해 가기 위한 것이다. 그런 노력이 아무 소용 없음을 그가 문득문득 깨달은 만큼, 그것은 더더욱 절망적인 노력일 터이다. 그가 스스로에 대해 이야기하면서, 신에 대한 경외심이나 신실함 그 어떤 것도 자신에게 평화를 가져다주지 못한다는 듯이 이야기할 때가 바로 그런 경우이다. 그리하여 그는 고통스럽기 짝이 없는 어떤 구실을 동원해 비합리에 얼굴을 부여하고, 자기 신에게는 부당하고 모순적이며 이해 불가능한 부조리의 속성들을 부여하게 된다. 그의 내부의 지성, 오직 그것만이 인간의 마음 저 깊은 곳의 요구를 묵살하려고 애쓴다. 아무것도 증명되지 않기에 모든 것이 증명될 수 있는 것이기 때문이다.

11 Louise d'Épinay(1726~1783). 18세기 계몽주의 시대의 여성. 갈리아니 신부와의 서한집으로 유명하다.

그런데 자신이 걸어온 길을 우리에게 제시해서 보여 주는 이가 바로 키르케고르이다. 나는 여기서 아무것도 암시하고 싶지 않다. 하지만 그의 저작들 속에서 부조리에 동의하는 왜곡과, 영혼의 거의 자발적인 왜곡의 징후들이 드러나고 있음을 발견하지 않을 수 없다. 이것이 바로 그의 『일기』에서 지속적으로 반복되고 있는 주제이다. 〈내게 부족한 것은 바로 동물적 측면이다. 이 동물적 측면 역시 인간의 운명의 일부이다……그러니 내게도 육체를 다오.〉 좀 더 뒤에는 이렇게 말한다. 〈오! 무엇보다 내 젊은 시절, 단 6개월만이라도 인간이 되기 위해서라면 난 무엇이든 감수했을 것이다…… 사실 내게 부족한 것은 육체이고, 존재의 물리적 조건들이다.〉 그러나 이같이 말했던 키르케고르가 다른 책에서는, 수 세기에 걸쳐 부조리한 인간을 제외한 수많은 이들의 마음을 움직였던 위대한 희망의 외침의 주인공이 되고 있다. 〈그러나 기독교인에게 죽음은 결코 모든 것의 종말이 아니며, 오히려 건강과 힘으로 넘쳐나는 삶이 우리에게 허락해 주는 것보다 더 많은 희망을 무한히 내포하고 있다.〉 스캔들을 통한 화해 역시 화해일 것이다. 보다시피 어쩌면 이러한 화해는 죽음으로부터 그 정반대인 희망을 이끌어 내게끔 한다. 그러나 설사 공감이 이러한 태도 쪽으로 기울어지더라도, 지나침은 아무것도 정당화하지 못한다는 말은 꼭 하고 넘어가야겠다. 이것은 인간의 척도를 넘어선 것이기에, 따라서 분명 초인간적이라고들 말한다. 하지만 이 〈따라서〉라는 표현은 너무 지나치다. 여기에는 논리적 확실성이라고는 전혀 없다. 경험적 가능성이란 것도 없다. 내가 할 수 있는 말이라고는, 사실상 그것이 나의 척도를 넘어섰다는 것뿐이다. 내가 그것으로부터 어떤 부정의 결론을 이끌어 내지는 않는다고 하더라도, 적어도 나는 이해할 수 없는 것 위에는 아무것도 쌓아 올리고 싶지 않다. 내가 알고 싶은 것은, 내가 알고 있는 바 오직 그것만 가지고 살아갈 수 있는가이다. 사람들은 여전히 내게, 이 정도에서 지성은 스스로의 오만함을 버려야 하고, 이성은 무릎을 꿇어야 한다고 말한다. 그러나 내가 이성의 한계를 인정한다고 해서 이성을 부정하는 것은 아니다. 왜냐하면 이성의 상대적 힘을 인정하기 때문이다. 내가 원하는 것은 다만 지성이 명석함을 유지할 수 있는 그 중도의 길에서 벗어나지 않는 것이다. 이것이 지성의 오만함이라고 해도, 나는 이 지성을 포기해야 할 충분한 이유를 알지 못한다. 가령 절망은 어떤 사실이 아니라 어떤 상태, 즉 죄의 상태 그 자체라고 보는 키르케고르의 관점보다 더 심오한 것은 없다. 왜냐하면 죄는 신으로부터 멀어지게 하는 것이기 때문이다. 의식 있는 인간의 형이상학적 상태인 부조리는 신에게로 인도하지 않는다.[12] 어쩌면 이 개념은 내가 〈부조리란 신 없이도 존재하는 죄악〉이라는 중차대한 발언을 감행할 때 그 의미가 밝혀질 것이다.

문제는 이 부조리의 상태, 그 안에서 살아가는 것이다. 부조리의 토대가 무엇인지 나는 알고 있다. 이 정신과 이 세계

12 나는 〈신을 배제한다〉고 말하지 않았는데, 그랬다면 이것 또한 단정하는 것이 될 것이다 — 원주.

가 서로에게 기대어 버티고 서 있지만, 그렇다고 서로 껴안지는 않은 상태가 바로 그 토대이다. 나는 이 상태에서의 삶의 규칙을 물어보지만, 사람들이 제안하는 규칙은 그 토대를 무시하고, 고통스러운 대립 항들 중 하나를 부정하며, 내게 포기하라고 요구한다. 나는 나의 조건이라고도 인정하는 그 조건이 과연 어떤 결과를 가져오는지 묻고 있는 것이다. 그 조건 속에는 어둠과 무지가 내포되어 있음을 알고 있는데, 사람들은 이 무지가 모든 것을 설명해 주며, 이 어둠이 내게 빛이 되어 줄 것이라고 확신시켜 준다. 하지만 여기에서 그들은 나의 질문에 답을 주지 못하고, 저 열렬한 서정시로서 위와 같은 역설을 가릴 수는 없다. 그러므로 외면하고 돌아서야 한다. 키르케고르는 이렇게 외치며 경고할 수도 있다. 〈만약 인간에게 영원한 의식이 없다면, 만물의 밑바닥에는 캄캄한 정염의 소용돌이 속에서 위대하거나 사소한 그 모든 것을 생산해 내는 야생의 들끓는 힘밖에 존재하지 않는다면, 그 무엇으로도 채울 수 없는 바닥없는 허무가 사물들 속에 숨겨져 있다면, 삶이란 절망이 아니고 과연 무엇이란 말인가?〉 그러나 이 절규는 부조리한 인간을 멈춰 세울 수 없다. 진리를 추구한다는 것은 바람직한 것을 추구하는 것이 아니다. 만약 〈그렇다면 삶이란 도대체 무엇인가?〉라는 고뇌에 찬 질문을 회피하기 위해 당나귀처럼 환상의 장미를 먹고살아야 한다면, 부조리한 정신은 거짓된 환상에 굴복하느니 주저하지 않고 〈절망〉이라는 키르케고르의 답변을 택할 것이다. 곰곰이 모든 것을 따져 보는 확고한 영혼이라면 언제든 적절히 대처할 것이다.

나는 여기에서 이러한 실존적 태도를 감히 철학적 자살이라 부르고자 한다. 하지만 이 말이 어떤 판단을 전제하고 있는 것은 아니다. 이것은 하나의 사유가 스스로를 부정하고, 그러한 자기 부정 속에서 스스로를 초월하려는 움직임을 가리키기 위한 편리한 한 가지 방법일 뿐이다. 실존적인 사람들에게는 부정이 곧 신이다. 정확히 말하자면, 이 신은 인간의 이성을 부정할 때에만 존재한다.[13] 그러나 자살의 문제와 마찬가지로, 이 신들도 인간들에 따라 달라진다. 본질은 비약이지만, 비약에는 여러 가지 방법이 있다. 구원을 위한 부정, 아직 뛰어넘지 못한 장애물을 부정하는 이 최후의 모순들은(이 추론이 겨냥하고 있는 것이 바로 이 역설이다) 어떤 종교적 영감뿐만 아니라 합리적 규범에 의해서도 생겨날 수 있다. 이러한 부정들은 언제나 영원을 열망하고, 이들이 비약을 하는 것은 오직 그 때문이다.

다시 한번 강조하거니와, 이 에세이가 전개하는 논리는 양식 있는 이 시대에 가장 널리 유포되어 있는 그 정신적 자세, 즉 모든 것은 이성이라는 원칙에 의거하여 세계에 대한 어떤 설명을 부여하고자 하는 자세를 완전히 배제한다. 세계가 명확해야 한다는 것을 인정한다면, 세계에 대해 명확한 시각을 부여하는 것은 자연스러운 일이고, 심지어 정당하기

13 다시 한번 더 정확히 해두자. 즉 여기서 문제 삼는 것은 신의 존재에 대한 긍정이 아니라, 그 긍정으로 연결되는 논리이다 — 원주.

까지 하다. 하지만 여기서 우리가 전개하고 있는 추론의 관심사는 아니다. 사실 우리 추론의 목적은, 세계의 무의미성에 관한 철학에서 출발하여 마침내 어떤 의미와 깊이를 발견하기에 이르는 정신의 전개 과정을 밝히는 데 있다. 이러한 과정에서 가장 비장한 것은 그 본질이 종교적이다. 그것은 비합리의 테마 속에서 확연히 드러난다. 그러나 가장 역설적이고 가장 의미심장한 것은, 처음에는 주도적 원칙이 없다고 상상했던 세계에 논리적 이유들을 하나하나 부여해 가는 바로 그 정신적 과정이다. 어쨌든 우리는 향수*nostalgie*라는 인간 정신이 무엇을 새롭게 획득했는지 알지 못하고서는 흥미로운 결론에 이르지 못할 것이다.

나는 후설과 현상학자들이 유행시킨 〈지향*Intention*〉의 주제만을 검토해 보고자 한다. 이 주제는 앞서 암시한 바 있다. 원래 후설의 방법론은 이성의 고전적 전개 과정을 부정한다. 앞서의 내용을 반복하자면, 생각한다는 것은 통일시키는 것이 아니며, 겉으로 보이는 것을 어떤 대원칙하에 친숙한 것으로 만드는 것이 아니다. 생각한다는 것은 보는 법을 다시 배우는 것이고, 자기의 의식을 주도하는 것이며, 하나하나의 이미지에 특권적 지위를 부여하는 것이다. 달리 말하면, 현상학은 세계를 설명하려 들지 않고 그저 경험한 것을 묘사하는 데 그치고자 한다. 하나의 진리가 아니라 다수의 진리가 있을 뿐이라는 현상학의 처음 주장은 부조리한 사상과 일치한다. 저녁에 불어오는 바람에서부터 내 어깨에 놓인 이 손에 이르기까지 모든 것은 나름의 진리를 가진다. 이 진리에 관심을 기울임으로써 그것을 비춰 주는 것이 바로 의식이다. 의식은 자기 인식의 대상을 만들어 내는 것이 아니라 그저 바라볼 뿐이다. 의식이란 관심을 기울이는 행동이며, 베르그송의 비유를 인용하자면 어떤 영상 위로 단번에 고정되는 영사기와 유사하다. 차이가 있다면, 영화의 시나리오가 아닌 일관성 없는 삽화들이 연속적으로 이어진다는 것이다. 이 환등기[14] 속에서는 하나하나의 이미지들이 모두 특권을 가진다. 의식은 자기가 관심을 기울이는 대상들을 경험 속에 불확실한 상태로 보류시킨다. 의식은 마치 기적에 가까운 방식으로 이 대상들을 고립시키는 것이다. 이때부터 이 대상들은 모든 판단의 외부에 자리한다. 이것이 바로 의식의 특징인 〈지향〉이다. 하지만 이 말은 목적성의 개념이 전혀 없다. 지향이 가진 〈방향성〉의 의미에 한정된다. 즉 지형학적인 의미밖에 없다.

언뜻 보기에는, 이런 식이라면 부조리의 정신과 모순되는 점은 아무것도 없는 것 같다. 이처럼 스스로 설명하기를 거부하고 묘사하는 데 그치는 이 현상학적 사유의 남다른 겸손함, 역설적으로 세계를 장황하게 재탄생시키고, 심오하고 풍부한 경험을 생성해 내는 이 자발적 규율, 이러한 것들이 바로 부조리의 전개 과정이다. 적어도 언뜻 보기에는 그렇다는 말이다. 왜냐하면 다른 데서와 마찬가지로 사유의 방법들은 언제나 두 가지 측면, 즉 심리적 측면과 형이상학적 측면을 지니기 때문이다.[15] 그런 점에서 이 방법론들은 두 개의 진리

14 프로젝터.

를 숨기는 셈이다. 만약 지향성이라는 테마가 현실이란 설명되는 것이 아니라 남김없이 소진되는 것이라는 심리적 태도를 보여 줄 뿐이라고 자처한다면, 사실 지향성의 테마와 부조리의 정신을 달리 보아야 할 이유는 전혀 없다. 지향성의 테마는 초월하지 못하는 대상들을 하나하나 열거하는 것이 목적이다. 통일성의 원칙이 전무한 가운데, 사고는 경험의 모든 면면을 하나하나 묘사하고 이해하는 데에서 여전히 기쁨을 찾는다고 주장할 뿐이다. 이때 이 각각의 면면에 문제가 되는 진리는 심리적 차원에 속하는 것이다. 이 진리는 단지 현실이 보여 줄 수 있는 〈흥미〉를 입증할 뿐이다. 이것은 무기력하게 잠자고 있는 한 세계를 일깨워 정신의 생기를 불어넣는 하나의 방법이다. 그러나 만약 이러한 진리의 개념을 확장하여 합리적 방식으로 그 정당성을 제공하려고 한다면, 이런 식으로 인식의 모든 대상의 〈본질〉을 발견한다고 자처한다면 우리는 경험 자체의 깊이를 회복시켜 주는 셈이 된다. 부조리의 정신은 이것을 이해할 수 없다. 그런데 지향적 태도에서 감지할 수 있는 것은 바로 그 겸손함과 확신 사이의 흔들림이고, 이러한 현상학적 사유의 유동적 번뜩임은 다른 무엇보다도 부조리의 추론을 잘 형상화해 줄 것이다.

왜냐하면 후설 역시 지향에 의해 밝혀지는 〈초시간적 본질〉을 이야기하고 있고, 그것은 마치 플라톤의 말처럼 들리

15 심지어 가장 엄격한 인식론조차 형이상학을 전제한다. 그리고 당대 대부분의 사상가들의 형이상학은 단 하나의 인식론만을 갖는 것이 목적이라고 할 수 있을 정도이다 — 원주.

기 때문이다. 모든 사물은 단 하나의 사물이 아닌 모든 사물을 통해 설명된다. 나는 이 두 가지에 어떤 차이가 있는지 모른다. 물론 모든 서술의 끝에 가서 의식이 〈실행하는〉 이러한 관념들 혹은 본질들이 아직은 완벽한 모델이기를 바라지 않는다. 하지만 그들은 이 본질들이 지각의 모든 여건(與件) 속에 직접적으로 현존한다고 단언한다. 이제 모든 것을 설명해주는 단 하나의 사고는 없다. 대신 무한히 많은 대상들에게 어떤 의미를 부여하는 무한히 많은 본질들이 있다. 세계는 멈추어 섰지만, 그 모습은 명확히 드러난다. 플라톤의 실재론이 직관적인 것으로 변하긴 하지만, 그래도 여전히 실재론이다. 키르케고르는 자기의 신에게로 빠져들었고, 파르메니데스는 사고를 일자(一者)에게로 몰아넣었다. 하지만 여기서 후설의 사고는 추상적 다신교로 몸을 던진다. 아니, 그 정도에서 그치지 않는다. 환각과 허구들까지도 〈초시간적 본질〉의 일부가 된다. 이 새로운 관념의 세계에서는, 켄타우로스[16]의 범주도 보다 평범한 지하철 승객의 범주에 협력한다.

부조리한 인간이 볼 때, 세계의 모든 면면이 특권적이라는 순전히 심리적인 이 견해 속에는 하나의 진리와 동시에 쓰디쓴 고통이 담겨 있다. 모든 것이 특권을 가진다는 것은 곧 모든 것이 동일한 가치를 지닌다는 말이다. 그러나 이 진리의 형이상학적 측면이 후설을 너무 멀리까지 밀고 나가는 바람에, 그는 단순히 자기가 플라톤과 더 가까울지 모른다고 느끼게 된다. 실제로 그는 모든 이미지가 하나의 특권적 본

16 그리스 신화에 등장하는 반인반마 종족.

질을 전제한다는 것도 배운다. 위계질서 없는 이 관념 세계 속에서는 정규군이 모두 장교로 이루어져 있다. 초월은 확실히 제거되었다. 그러나 사고의 급작스러운 전환으로 이 세계 속에 일종의 불완전한 내재성을 다시 도입하게 되고, 이것이 우주의 깊이를 다시 회복시켜 준다.

정작 창조자들은 좀 더 신중하게 빚어낸 테마를 내가 너무 극단적으로 밀고 나간 것은 아닌지 걱정해야 할까? 나는 단지 후설의 다음과 같은 주장을 읽을 뿐이다. 겉으로는 역설적으로 보이지만, 앞서 말한 바를 수긍한다면 그 엄격한 논리를 느낄 수 있다. 〈진실한 것은 그 자체로 절대적으로 진실하다. 진리는 하나이며 그것을 지각하는 존재가 사람, 괴물, 천사 혹은 신 그 어떤 것이든 진리 그 자체와 동일하다.〉 이 목소리를 통해 이성은 의기양양하게 승리의 나팔을 불고, 나는 그 사실을 부정할 수 없다. 부조리한 세계 속에서 그의 주장은 무엇을 의미할 수 있는가? 천사가 지각하든 신이 지각하든 그것은 내게 의미가 없다. 신성한 이성이 나의 이성을 승인해 주는 이 수학적 공간을 나는 영원히 이해할 수 없을 것이다. 여기에서도 나는 어떤 비약을 감지한다. 추상적으로 이루어진 것이라고 해도, 나에게 이 비약은 바로 내가 잊고 싶지 않은 것을 잊어버림을 의미한다. 나중에 후설은 이렇게 외친다. 〈인력(引力)의 법칙에 복종하는 물체들이 모조리 사라진다 해도, 인력의 법칙은 파괴되지 않고, 적용할 대상이 없는 상태로 남아 있을 것이다.〉 이 외침에서 나는 위안의 형이상학을 만난다. 만약 사고가 자명함의 길을 벗어나는 그 전환점을 내가 발견하고자 한다면, 후설이 정신에 대해 견지하는 유사한 추론을 다시 읽어 보기만 하면 된다. 즉 〈만약 우리가 정신적 과정의 정확한 법칙을 명확히 주시할 수 있다면, 이 법칙들은 이론적 자연 과학의 기본 법칙들처럼 영원하고 불변한 모습도 드러낼 것이다. 따라서 이 법칙들은 정신적 과정이 전혀 없다고 해도 계속 유효할 것이다.〉 설사 정신은 존재하지 않아도, 그 법칙은 존재할 것이다! 그래서 나는 후설이 어떤 심리적 진리를 하나의 합리적 규범으로 만들어 내려 한다는 것을 알 수 있다. 다시 말해 그는 인간 이성의 통합적 힘을 부정하고 난 후, 이를 핑계 삼아 영원한 이성 속으로 비약하는 것이다.

그래서 〈구체적 우주〉에 대한 후설의 테마는 내게 놀라울 것이 없다. 모든 본질들이 다 형식적인 것은 아니며 물질적인 것도 있다라든가, 전자는 논리의 대상이고 후자는 과학의 대상이라고 말하는 것 등은 한낱 정의(定義)의 문제에 불과하다. 사람들은 추상이란 구체적 보편 그 자체로 견고하지 못한 일부를 가리키는 것에 불과하다고 내게 힘주어 강조한다. 그러나 이미 드러난 추상과 보편 사이의 진동 덕분에 나는 이 용어들을 혼동하지 않을 수 있다. 왜냐하면 이것은 내 관심의 구체적 대상, 즉 저 하늘, 내 외투 자락에 반사된 저 물은 나의 관심사라는 이유로 이 세계 속에서 따로 격리되는 현실로서의 특권을 가진다는 의미일 수도 있기 때문이다. 나는 이것을 부인하지 않을 것이다. 하지만 이 말은 이 외투 자체는 보편적인 것이라서 자기의 특별하고도 충분한 본질을 가지고 있고, 형태들의 세계 속에 포함된다는 의미일 수도 있다. 그래서 나는 행렬의 순서만 바뀌었을 뿐이라는 것을 깨닫게 된다. 이 세계는 이제 더 이상 우월한 세계에 자기를 투영시키지 않는다. 대신 형태들의 하늘이 이 땅의 수많은 이미지들 속에 그 모습을 드러낸다. 내가 보기에 이것 때문에 바뀌는 건 아무것도 없다. 내가 여기서 다시 발견하게 되는 것은 구체적인 것에 대한 선호나 인간 조건의 의미가 아니라, 구체적인 것 자체를 보편화하려는 꽤나 지나친 주지주의(主知主義)이다.

굴욕당한 이성과 승리한 이성이라는 정반대의 길을 통해, 사유가 자기 스스로를 부정하게끔 만드는 명백한 역설에 그리 놀랄 필요는 없다. 후설의 추상적 신과 키르케고르의 섬광처럼 번뜩이는 신 사이의 거리는 그리 멀지 않다. 이성도 비합리도 똑같은 설교에 이르게 한다. 사실 어떤 길로 가느냐 하는 것은 중요하지 않고, 도착하려는 의지만으로도 충분하다. 이 추상적 철학자와 종교적 철학자는 똑같은 혼란으로부터 출발하여 똑같은 불안 속에서 서로를 지탱하고 있다. 하지만 그 본질은 설명을 하는 데 있다. 여기서 향수는 지식보다 강하다. 의미심장한 것은, 당대의 사유가 세계에 대한 무의미의 철학에 가장 강하게 경도된 사유이면서 동시에 그러한 결론에서는 가장 분열된 사유라는 점이다. 당대의 사유는 현실을 이성의 유형들로 분할시키려는 현실의 극단적 합리화와, 현실을 신성화하려는 극단적 비합리화 사이에서 끊임없이 흔들리고 있는 것이다. 그렇지만 이 같은 분리는 표면적인 것에 불과하다. 중요한 것은 이 둘이 화해를 하는 일인데, 이 두 경우 모두 화해는 비약만으로 충분히 가능하다. 우리는 늘 이성의 개념을 단일한 의미로 보는 오류를 범한다. 사실, 이 개념은 굉장히 엄격하고자 열망하지만, 다른 개념들과 마찬가지로 유동적이다. 이성은 지극히 인간적인 얼굴을 하고 있지만, 신성을 향할 줄도 안다. 이성을 불변의 기류와 일치시킬 줄 알았던 최초의 인물인 플로티노스 이후로 이성은 자기 원칙들 중 모순이라는 가장 귀중한 원칙을 저버리고 가장 이상한 원칙, 즉 참여라는 지극히 마술적인 원칙을 통합하는 법을 배웠다.[17] 이성은 사유의 도구이지 사유 그 자체가 아니다. 한 인간의 사유는 무엇보다 그의 향수인 것이다.

이성은 플로티노스의 멜랑콜리를 잠재우는 법을 알았던 것처럼, 영원의 친숙한 장치 속에서 현대의 불안을 잠재우는 방법을 전해 준다. 부조리한 정신은 그만큼의 행운을 얻지 못한다. 부조리한 정신에게 세계는 그렇게 합리적이지도, 그렇게 비합리적이지도 않다. 세계는 그저 비이성적일 뿐이다. 후설에게 이성이란 결국 아무런 한계를 지니지 않는 것으로 끝난다. 반면에 부조리는 자기 한계를 설정한다. 왜냐하면

17 A — 그 시대에 이성은 적응하든가 아니면 죽어야 했다. 이성은 적응한다. 플로티노스 덕분에 이성은 논리적인 것에서 미적인 것으로 변모한다. 은유가 삼단 논법을 대체하는 것이다.

B — 더군다나 플로티노스가 현상학에 공헌한 바는 이뿐만이 아니다. 이 모든 자세는 알렉산드리아 사상가들에게는 아주 중요한 사상, 즉 인간의 관념뿐만 아니라 소크라테스의 관념도 있다는 사상 속에 이미 자리하고 있다 — 원주.

이성은 부조리의 불안을 잠재우기에는 무력하기 때문이다. 한편, 키르케고르는 단 하나의 한계만 있으면 이성을 충분히 부정할 수 있다고 단언한다. 그러나 부조리는 그렇게까지 멀리 가지 않는다. 부조리에서 이 한계는 이성의 야심만을 목적으로 한다. 실존적인 사람들이 인식하는 비합리의 테마란 뒤죽박죽 엉망이 되는 이성, 스스로를 부정함으로써 자유로워지는 이성 바로 그것이다. 부조리란 자신의 한계를 확인하는 명철한 이성인 것이다.

이 어려운 길의 끝에 이르러서야 부조리한 인간은 자신의 진정한 이유들을 깨닫는다. 자신의 심오한 요구와 사람들이 그에게 제시하는 것을 비교하는 순간, 그는 앞으로 방향을 전환하게 되리라는 것을 느낀다. 후설의 우주에서는 세계가 환하게 밝아지고, 인간의 마음에 기인하는 친숙함의 욕구는 불필요한 것으로 변한다. 키르케고르의 묵시록에서는 이 명확함의 욕구가 충족되기 위해서 욕구가 스스로를 포기해야 한다. 아는 것이 죄가 아니라(이런 점에서 보면 모든 사람은 무죄다) 알고자 욕망하는 것이 죄이다. 부조리한 인간은 자기의 유죄성과 동시에 무고함을 느낄 수 있다는 점에서 이것이 바로 그의 유일한 죄이다. 사람들이 그에게 제시하는 결말을 보면, 지나간 모든 모순들이 이제는 논쟁적 게임에 지나지 않는다. 그러나 부조리한 인간은 이 모순들을 그런 식으로 느끼지 않았다. 이 모순들이 지닌 진실은 결코 해결되지 않지만, 계속 유지되어야 한다. 그는 설교를 원하는 것이 아니다.

나의 추론은 이 추론을 시작하게 만든 그 자명함에 충실하고자 한다. 이 자명함이 바로 부조리이다. 열망하는 정신과 이 열망을 저버리는 세계 사이의 분리, 통일성에 대한 나의 향수와 여기저기 흩어져 있는 이 세계, 그리고 이 둘을 서로 묶어 놓는 모순이 바로 부조리이다. 키르케고르는 나의 향수를 제거해 버리고, 후설은 이 세계를 한데 모은다. 내가 기대했던 것은 이런 것이 아니다. 중요한 것은 이러한 분열과 더불어 살아가고 생각하는 것이었으며, 받아들일 것인가 거부할 것인가를 알아내는 것이었다. 자명한 사실을 은폐할 수도 없고, 부조리라는 방정식의 두 항 중 하나를 부정함으로써 부조리를 없앨 수 있는 것도 아니다. 알아야 할 것은 부조리와 함께 살아갈 수 있는가, 또는 부조리 때문에 죽는 것이 과연 논리적인가 하는 것이다. 나의 관심사는 철학적 자살이 아니라 그냥 자살이다. 내가 원하는 바는 자살에서 그 감정적 내용들을 모두 제거하고 자살의 논리와 그 정직함을 알아보는 것뿐이다. 부조리한 정신이 볼 때, 다른 모든 입장들이 공통적으로 전제하고 있는 것은 슬쩍 감춰 버리는 속임수, 정신이 명백하게 밝혀 놓은 것 앞에서 정신이 뒷걸음치는 태도이다. 후설은 〈이미 친숙하고 편리한 존재의 조건들 속에서 살아가고 생각하는 고질적인 습관〉을 탈피하려는 욕망을 따르라고 말하지만, 그의 마지막 비약은 우리에게 영원과, 그 영원이 주는 안락함을 되찾아 준다. 이 비약은 키르케고르가 원하는 것처럼 극도로 위험한 모습을 보여 주지는 않는다. 위험은 오히려 비약하기 전의 그 미묘한 순간 속에 있다. 그 현기증 나는 모서리 위에서 균형을 잃지 않고 버틸 줄 아는 것, 이것이 바로 정직한 것이고 나머지는 핑계에 불과하다. 무력함이 키르케고르의 합의만큼이나 감동적인 합의를 불러일으킨 적은 결코 없었다는 것도 나는 알고 있다. 하지만 이 무력함이 역사의 무관심한 풍경들 속에는 들어설 자리가 있다고 하더라도, 이제 그것이 무엇을 요구하는지 알고 있는 어떤 추론 속에서는 자기 자리를 찾을 수 없을 것이다.

부조리한 자유

가장 중요한 사항은 이제 정해졌다. 나에게는 몇 가지 명백한 사실이 있고, 나는 이 사실들과 분리될 수 없다. 내가 알고 있는 것, 확실한 것, 내가 부정할 수 없는 것, 내가 거부할 수 없는 것, 이런 것들이야말로 중요한 것이다. 나는 불확실한 향수로 살아가는 나의 이 부분을 송두리째 부정할 수 있지만 통일성을 갈구하는 마음, 해결하고자 하는 욕구, 명확함과 일관성의 욕구는 부정할 수 없다. 나는 나를 둘러싸고 있고, 나와 충돌하거나 나를 다른 곳으로 데려가는 이 세계 속에서 모든 것에 반박할 수 있다. 하지만 이 혼돈, 절대 우연, 무정부 상태에서 탄생하는 이 신성한 등가성(等價性)은 부정할 수 없다. 이 세계가 스스로를 초월하는 의미를 가지고 있는지 나는 알지 못한다. 그러나 내가 이 의미를 모른다는 것은 알고 있고, 지금으로서는 내가 그것을 알아내는 것이 불가능하다는 것도 알고 있다. 나의 조건을 벗어나는 의미가 과연 내게 무슨 의미가 있을까? 나는 인간의 언어를 통해서만 이해할 수 있을 뿐이다. 내 손에 만져지는 것, 나에게 저항하는 것, 이것이 내가 알 수 있는 것들이다. 그리고 이 확실한 두 가지, 즉 절대와 통일성에 대한 나의 욕망, 그리고 합리적이고 이성적인 하나의 원칙으로 환원될 수 없는 이 세계, 내가 이 둘을 화해시킬 수 없다는 것 역시 나는 알고 있다. 내가 갖지 못한 희망, 내 조건의 한계 속에서는 아무런 의미도 없는 어떤 희망을 개입시키지 않고서, 도대체 내가 그 밖의 어떤 진리를 더 인정할 수 있을까?

내가 만약 여러 나무 중 한 그루의 나무라면, 여러 동물 중 한 마리의 고양이라면 이 삶은 의미를 가질 수 있을 것이다. 오히려 이런 문제 자체는 아무런 의미가 없었을 것이다. 왜냐하면 나는 이 세상의 일부이기 때문이다. 지금 나는 내 모든 의식과 친숙함에 대한 요구를 통해 맞서고 있는 이 세계 자체가 〈될 것이기〉 때문이다. 이토록 하찮은 이성, 바로 이것이 모든 창조물과 나를 대립시키고 있다. 나는 이것을 단숨에 부정해 버릴 수는 없다. 그러므로 내가 진실이라고 믿는 것을 나는 견지해야 한다. 나에게 확실해 보이는 것은 나와 맞서는 것이라고 해도 지지해야 한다. 세계와 내 정신 사이의 이러한 균열과 충돌의 근원이 세계에 대한 내 의식이 아니라면 도대체 무엇이란 말인가? 따라서 내가 이 충돌을 포기하지 않으려면, 쇄신을 거듭하며 줄곧 긴장을 놓지 않는 영원한 의식이라는 매개가 필요하다. 지금 내가 염두에 두어야 할 것은 바로 이것이다. 그렇게 되면, 그토록 확실하고 동시에 그토록 손에 넣기 어려운 부조리는 한 인간의 삶 속으로 돌아와 자기 고향을 되찾는다. 또한, 이제 정신은 명철한 노력이 걸어가야 하는 메마른 불모의 길을 포기할 수도 있다. 이 길은 이제 일상의 삶으로 이어진다. 이 길은 익명인 〈우리〉의 세계를 다시 만나는 것이지만, 지금부터 인간은 자신의 반항과 혜안을 가지고 이 세계로 복귀하는 것이다. 인간은 무언가를 희망하는 법을 잊어버렸다. 현재라는 지옥, 이것이 결국 인간의 왕국이다. 모든 문제들이 그 단호한 칼날을 다시 세운다. 추상적인 확실함이라는 것이 형태와 색깔의 서정시 앞에서 뒤로 물러선다. 정신들의 갈등이 구체적으로 표현되고, 인간의 마음이라는 비참하고도 훌륭한 피난처를 되찾는다. 해결된 것은 아무것도 없다. 그러나 모든 것이 달라졌다. 죽을 것인가, 비약을 이용해 피해 갈 것인가, 자기에게 맞는 관념과 형상의 집을 다시 지을 것인가? 반대로 부조리라는 비통하고도 경이로운 내기를 계속 이어 갈 것인가? 이것에 대해서는 마지막으로 노력을 한번 해보자. 그래서 우리의 결론들을 모두 이끌어 내어 보도록 하자. 이때 육체, 애정, 창조물, 행동, 인간적 품위는 이 이해할 수 없는 세계 속에서 자기 자리를 되찾게 될 것이다. 인간은 그곳에서 자기 위엄의 양식(糧食)인 부조리라는 포도주와 무관심이라는 빵을 되찾게 될 것이다.

방법론에 대해서 다시 한번 더 강조해 보자. 즉 그것은 결국 고집스럽게 버티는 것이다. 자기 길을 가는 부조리한 인간은 어느 한 지점에서 유혹의 손길과 마주친다. 역사 속에는 종교도 있고, 선지자도 있다. 심지어 신 없는 종교와 신 없는 선지자도 있다. 부조리한 인간은 비약을 요구받는다.

그가 할 수 있는 대답은 무슨 의미인지 잘 이해할 수 없다는 것, 확실치 않다는 것뿐이다. 그는 자신이 제대로 이해할 수 있는 것만을 행하고 싶어 한다. 분명 교만의 죄라는 말을 듣게 되겠지만, 그는 죄라는 개념을 이해하지 못한다. 최후에는 분명 지옥이 있을 것이라는 말을 듣겠지만, 그는 그런 이상한 미래를 스스로에게 부여할 만큼 상상력이 풍부하지 못하다. 불멸의 삶을 잃게 되리라는 말을 들어도, 그에게는 하찮아 보인다. 사람들은 그가 자신의 유죄를 인정하길 바랄지도 모른다. 하지만 그는 자신이 결백하다고 느낀다. 사실대로 말하자면, 그는 자신의 돌이킬 수 없는 결백함을 느낄 뿐이다. 이 결백함이 그에게 모든 것을 허락한다. 그렇게 해서 그가 스스로에게 요구하는 것이란, 오직 자기가 알고 있는 것만으로 살아가고, 있는 그대로의 것들에 적절히 만족하며, 확실하지 않은 것은 그 어떤 것도 개입시키지 않는 것이다. 사람들은 그에게 확실한 것은 아무것도 없다고 말한다. 그러나 적어도 이것 하나만은 확실하다. 이 확실성이야말로 부조리한 인간과 상관있는 것이다. 다시 말해 그는 구원에 호소하지 않고 살아가는 것이 가능한지 알고 싶은 것이다.

나는 이제 자살의 개념을 다룰 수 있게 되었다. 우리는 부조리한 인간에게 어떤 해결책을 부여할 수 있을지 이미 생각해 보았다. 이 지점에서 문제는 역전된다. 앞에서는 삶이 살아갈 만한 의미가 있어야 하는 것인지가 문제였다. 하지만 이제는 삶이 의미가 없기 때문에 그만큼 더 잘 살아갈 수 있게 될 것이다. 하나의 경험, 하나의 운명을 살아간다는 것은, 그것을 온전히 다 받아들이는 것이다. 그런데 우리는 운명이 부조리하다는 것을 알면서도, 의식을 통해 분명하게 밝혀진 자기 앞의 이 부조리를 계속 유지하기 위해 모든 것을 감수하지 않는다면 그 운명을 살아갈 수 없을 것이다. 그를 살아가게 만드는 이 대립의 여러 항 중 하나를 부정하는 것은 부조리를 회피하는 것이다. 의식의 반항을 없애 버리는 것은 문제 자체를 회피하는 것이다. 이렇게 해서 영구 혁명의 테마가 개인의 경험 속으로 들어오게 된다. 살아간다는 것은 바로 부조리가 살아가게 만드는 것이다. 부조리를 살아가게 만드는 것은 무엇보다 그것을 똑바로 바라보는 것이다. 에우리디케[18]와는 반대로, 부조리는 우리가 그것을 외면하고 돌아서야만 사라진다. 따라서 일관성 있는 유일한 철학적 입장의 하나가 바로 반항이다. 반항은 인간과 그 자신의 어둠이 서로 영원히 대면하는 것이다. 반항은 불가능한 투명함을 요구하는 것이다. 반항은 매 순간 이 세계에 대해 문제 제기를 한다. 위험이 인간에게 반항을 손에 쥘 수 있는 대체 불가능한 기회를 제공하는 것처럼, 형이상학적 반항은 의식을 모든 경험 전체로 확장시킨다. 반항은 인간이 자기 자신 앞에 끊임없이 현존함을 뜻한다. 반항은 동경이나 희구가 아니라 희망 없음의 상태이다. 이러한 반항은 짓누르는 운명에 대한 확인일 뿐, 이 확인에 동반되기 마련인 체념은 반항에서 제

18 그리스 신화 속 오르페우스의 아내. 죽은 아내를 지상으로 데려오던 오르페우스가 약속을 어기고 뒤돌아보자 에우리디케는 지하로 사라져 버렸다.

외된다. 바로 여기서 우리는 부조리한 경험이 자살과 얼마나 거리가 먼 것인지 알 수 있다. 자살은 반항 후에 일어난다고 흔히 생각할 수 있다. 하지만 그건 틀린 생각이다. 왜냐하면 자살은 반항의 논리적 귀결이 아니기 때문이다. 자살은 동의(同意)를 전제한다는 점에서 정확히 반항의 정반대이다. 자살은 비약과 마찬가지로 자기 한계점에서 이루어지는 수용이다. 모든 것이 완성되고 나면, 인간은 자기의 가장 중요한 역사 속으로 되돌아온다. 그는 자기의 미래, 유일하고도 끔찍한 미래를 느끼고 그 속으로 뛰어든다. 자살은 나름의 방식으로 부조리를 해소하는 것이다. 자살은 부조리를 똑같이 죽음으로 끌고 들어간다. 하지만 부조리가 무너지지 않고 버티려면 그 자체가 해소되어서는 안 된다는 것을 나는 알고 있다. 부조리는 죽음에 대한 의식이면서 동시에 죽음에 대한 거부이기 때문에 자살을 피해 간다. 부조리는 사형수의 마지막 생각의 맨 끝에서, 현기증이 날 것 같은 자신의 추락 일보 직전에도 어쩔 수 없이 눈에 들어오는 저 구두끈 같은 것이다. 정확히 말하면, 자살자의 반대말은 사형수이다.

이 반항은 삶에 그 대가를 부여한다. 한 존재의 인생 전반으로 확장되는 반항이 그 존재의 위대함을 회복시켜 주는 것이다. 한쪽만 바라보지 않는 인간에게, 그를 넘어서는 현실에 맞서 싸우는 지성의 풍경보다 더 아름다운 것은 없다. 인간적 자부심이 보여 주는 풍경은 비할 데 없이 아름답다. 여기서는 그 어떤 평가 절하도 소용이 없을 것이다. 정신이 스스로에게 강요하는 이 원칙, 불에 벼린 칼날처럼 완벽하게 달구어진 이 의지, 그리고 이 맞닥뜨림에는 강력하고 특별한 뭔가가 있다. 현실의 비인간성이 인간을 위대하게 만든다고 할 때, 이 현실을 무력하고 빈약하게 만든다는 것은 곧 인간 자체를 보잘것없게 만드는 것이기도 하다. 따라서 나는 내게 모든 것을 설명해 주는 이론들이 왜 나 자신까지 약하게 만드는지 이해할 수 있다. 이 이론들은 내 삶의 무게를 덜어 주지만, 나는 그것을 혼자 힘으로 짊어져야만 한다. 이러한 전환점에서, 나는 회의적 형이상학이 포기의 윤리와 결탁한다는 것을 결코 인정할 수 없다.

의식과 반항이라는 이 거부는 포기의 정반대이다. 인간의 마음속에 존재하는 환원 불가능하고 열정으로 가득한 모든 것은 그의 삶에 맞서 의식과 반항이라는 거부의 태도들을 불러일으킨다. 중요한 것은 완전히 동의하고 죽는 것이 아니라, 화해하지 않고 죽는 것이다. 자살은 하나의 오해이다. 부조리한 인간이 할 수 있는 것은 모든 걸 소진하고 자기 자신까지 다 소진하는 것뿐이다. 부조리는 인간의 가장 극한의 긴장이자, 혼자만의 노력으로 끊임없이 유지하는 긴장이다. 왜냐하면 그는 매일매일 이 같은 의식과 반항 속에서 도전이라는 자신의 유일한 진리를 증명하고 있음을 스스로 알고 있기 때문이다. 이것이 바로 첫 번째 결론이다.

이미 밝혀낸 개념에서 비롯되는 모든 결론(오로지 이 결론들만)을 이끌어 낸다는 입장을 유지하자면, 나는 곧 두 번째 역설과 맞닥뜨리게 된다. 이 같은 방법론에 충실한 나는 형이상학적 자유의 문제에 대해서는 전혀 관심이 없다. 인간이 자유로운지 아닌지는 내 관심사가 아니다. 나는 단지 나 자신의 자유를 경험할 수 있을 뿐이다. 나는 이 자유에 관한 보편적 개념이 아닌, 일별에 가까운 몇 가지 분명한 사항들을 알고 있다. 〈자유 그 자체〉의 문제는 의미가 없다. 왜냐하면 이것은 완전히 다른 방식으로 신과 연결된 문제이기 때문이다. 인간이 자유로운 존재인지 아닌지를 안다는 것은, 인간에게 주인이 있을 수 있는지 없는지를 안다는 것이다. 이 문제 특유의 불합리함은, 자유의 문제를 가능케 하는 개념 자체가 동시에 자유의 문제가 가진 모든 의미를 제거해 버린다는 데 있다. 왜냐하면 신 앞에서는 자유의 문제보다는 악의 문제가 더 크기 때문이다. 우리는 두 가지 선택지를 알고 있다. 하나는, 우리는 자유롭지 않고 전지전능한 신이 악에 책임을 진다는 것이다. 또 다른 하나는, 우리는 자유롭고 책임도 지지만 신은 전지전능하지 않다는 것이다. 여러 학파가 교묘한 능력들을 모두 동원해 보았지만, 이 칼날 같은 역설에 관해서는 아무것도 보태지도 빼지도 못했다.

바로 이런 이유 때문에 나는, 내 개인적 경험의 테두리를 넘어서는 그 순간부터 나를 비껴가고 의미를 상실하는 어떤 개념에 대한 찬사나 그 단순한 정의에 몰두할 수가 없다. 나는 어떤 우월한 존재가 내게 부여하게 될 자유가 어떤 것인지 알지 못한다. 나는 우열의 의미를 잃어버렸다. 자유에 대해서라면, 나는 죄수의 개념 혹은 국가 내의 근대적 개인의 개념밖에 알지 못한다. 내가 유일하게 알고 있는 것은 바로 정신의 자유와 행동의 자유이다. 그런데 부조리가 나의 영원한 자유에 대한 기회를 모두 소멸시킨다고 하더라도, 오히려 그것은 내 행동의 자유를 내게 돌려주고 촉발시킨다. 이같이 희망과 미래가 없다는 것은 인간의 행동 가능성이 더 확대된다는 것을 의미한다.

부조리와 맞닥뜨리기 이전의 일상적 인간은 숱한 목표, 미래나 변명(누구에 대한 혹은 무엇에 대한 변명인지는 문제가 되지 않는다)에 대한 관심으로 살아간다. 그는 자신의 기회를 가늠해 보고, 미래와 은퇴 혹은 자식들의 직업 따위에 기대를 걸기도 한다. 자신의 인생이 일정한 방향성을 가지고 진행되고 있다고 믿기도 한다. 실제로 그는 자유로운 듯 행동하는데, 심지어 세상만사가 이 자유와는 어긋나기만 하는데도 그렇게 행동한다. 부조리를 경험하고 나면 모든 것이 송두리째 흔들린다. 〈나는 존재한다〉는 생각, 마치 모든 것이 의미가 있는 것처럼(가끔은 나도, 아무것도 의미가 없다고 말하곤 하면서도) 행동하는 나의 태도, 이 모든 것들은 언제든 죽음이 닥칠 수 있다는 부조리함에 의해 어처구니없이 부정된다. 내일을 생각하고, 자기 목표를 설정하며, 이것보다 저것을 더 좋아하는 이 모든 행위들은 자유에 대한 믿음을 전제로 한다. 비록 이런 자유를 실감할 수 없다는 것을 분명히 알게 되는 경우가 더러 있으면서도 말이다. 하지만 지금 이 순간, 이 우월한 자유, 유일하게 진리를 구축할 수 있는 이 존재*être*의 자유는 존재하지 않는다는 것을 나는 잘 알고 있다. 죽음이 유일한 현실로서 여기 자리하고 있는 것이다. 죽고 나면 게임은 끝이다. 더 이상 나를 영속시킬 자유는 남아 있지 않고, 노예, 무엇보다 영원한 혁명의 희망도 없고 경멸에 호소할 여지도 없는 노예만이 남는다. 그런데 혁명도 경멸도 없이 과연 누가 노예로만 머물 수 있겠는가? 영원이 보장되지 않는데, 어떻게 최대한의 자유가 존재할 수 있겠는가?

하지만 이와 동시에, 부조리한 인간은 지금까지 자신이 자유에 대한 이러한 전제에 묶여 환상을 먹고 살아왔다는 것을 깨닫게 된다. 어떻게 보면, 이것이 부조리한 인간을 구속하고 있었던 셈이다. 그는 자기 삶에서 어떤 목표를 상정하면서, 도달해야 할 목표의 요구 사항에 자기를 끼워 맞추었고, 그래서 자기 자유의 노예가 되었다. 이렇게 되면 나는 한 가족의 아버지(혹은 엔지니어, 민족의 지도자, 우체국 수습사원)로밖에는 행동할 수 없게 될 것이고, 이렇게 되고자 노력하는 것 외에는 다른 행동 방식이 없을 것이다. 저런 사람이 아닌 이런 사람이 되기로 한 것은 내가 선택할 수 있는 것이라고 생각한다. 무의식적으로 그렇게 생각하는 게 사실이다. 하지만 이와 동시에 나는 내 주변 사람들의 믿음과 내가 처한 인간적 환경의 편견(다른 사람들은 자신들이 자유롭다는 것을 강하게 확신하고 있고, 이 기분 좋은 확신은 전염성이 매우 강하다!)을 통해 나의 전제를 유지한다. 아무리 거리를 둔다고 하더라도, 우리는 윤리적이고 사회적인 모든 편견과 줄곧 이어져 있을 수밖에 없으므로 부분적으로는 그것을 받아들이게 되고, 심지어 그중 최상의 편견일 경우에는(편견에도 나쁜 것과 좋은 것이 있다) 거기에 우리의 삶을 끼워 맞추기도 한다. 그리하여 부조리한 인간은 실제로는 자신이 자유롭지 못했다는 것을 깨닫는다. 분명히 말하자면, 내가 미래에 대한 희망을 가지면 가질수록, 나만의 고유한 진리와 존재 방식 혹은 창작 방식을 염두에 두면 둘수록, 급기야 내가 내 삶에 질서를 부여하고 이로써 내 삶에 의미가 있음을 인정한다는 사실을 입증하면 할수록, 나는 스스로에게 울타리를 치고 그 안에 내 삶을 가두게 된다. 내게 혐오감만 불러일으키며, 인간의 자유를 심각하게 받아들이는 것 말고는 아무것도 하지 않는 정신과 마음의 그 숱한 공무원들처럼 행동하고 있는 것이다. 이제야 내 눈에 그것이 제대로 보인다.

이 점에 대해 부조리가 나에게 분명히 가르쳐 주는 바는, 내일이란 없다는 것이다. 이제부터 나의 본질적인 자유의 근거는 바로 이것이다. 여기서 나는 두 가지 비유를 들고자 한다. 우선, 신비주의자들은 스스로에게 부여할 자유를 찾아낸다. 자기들의 신에게로 깊이 빠져들고, 신의 규율에 동의하고 나면 그들은 은근히 자유로워진다. 기꺼이 동의한 이 노예 상태 속에서 근원적 독립성을 되찾는 것이다. 하지만 이러한 자유가 무슨 의미가 있을까? 그들 스스로를 대면할 때 자유로움을 〈느낀다〉고 생각하겠지만, 자유를 느낀다기보다는 무엇보다 해방감을 느끼는 것이라고 할 수 있다. 마찬가지로 오롯이 죽음(여기서는 죽음이 가장 명백한 부조리함으로 간주된다)을 향해 있는 부조리한 인간은, 자기 속에 단단하게 자리 잡은 이 열정적 관심 이외의 것으로부터는 완전히 해방되었다고 느낀다. 그는 공동체적 규율로부터의 자유를 맛본다. 여기서 그는 실존주의 철학의 맨 처음 테마들이 그 가치를 고스란히 유지하고 있음을 알게 된다. 의식으로 되돌아가기, 일상의 무기력 바깥으로 탈주하기는 부조리한 자유의 첫 번째 작동 과정을 나타낸다. 하지만 실존주의 철학의 목표는 실존주의적 선교이고, 이와 더불어 실제로는 의식을 비껴가는 그 정신적 비약이다. 마찬가지로(이것이 나의 두 번째 비유이다), 고대의 노예들은 자유롭지 못했다. 하지만 그들도 자유를 경험했는데, 절대로 자기가 책임을 느끼지 않는 자유였다.[19] 죽음 역시 노예를 억압하지만, 죽음은 그들을 해방시키기도 하는 세습 귀족 같은 것이다.

깊이를 알 수 없는 이 확실성 속으로 빠져들어 가는 것, 그때부터 자기 자신의 삶을 충분히 낯설게 느낌으로써 삶을 확장시키고, 사랑에 빠진 사람 같은 맹목성 없이 자기 삶을 두루 섭렵할 수 있게 되는 것, 여기에 바로 해방의 원칙이 있다. 이 새로운 독립은 행동의 자유가 다 그렇듯 기한이 정해져 있다. 이 독립은 유효 기간이 무한대인 수표를 발행하지 않는다. 그렇지만 이것은 **자유**라는 환상을 대신한다. 그 환상은 죽음 앞에서 모조리 멈춰 서고 만다. 어느 새벽에 열리는 감옥 문 앞에 선 사형수의 뭐라 형언할 수 없는 자유, 삶의 순수한 불꽃 이외의 모든 것에 대한 그 믿기지 않는 무관심, 죽음과 부조리야말로 여기서는 유일하게 합리적인 자유의

19 여기서 중요한 것은 실제 사실의 비유이지, 굴욕적 상황을 옹호하는 것이 아니다. 부조리한 인간은 화해한 인간의 반대말이다 — 원주.

원칙들, 즉 인간의 마음이 느낄 수 있고 경험할 수 있는 유일한 자유의 원칙들임을 제대로 느낄 수 있다. 여기까지가 두 번째 결론이다. 부조리한 인간은 이렇게 해서 불처럼 뜨겁고 얼음장처럼 차가운 세계, 투명하면서도 어딘가는 막혀 있는 세계, 가능한 것은 아무것도 없지만 그래도 모든 것이 주어져 있는 세계, 여기를 넘어서면 추락과 허무만이 남는 그런 세계를 엿보게 된다. 따라서 그는 그런 세계에서 살아가기로, 그리고 그곳으로부터 자기의 힘과 희망의 거부와 위안 없는 삶에 대한 고집스러운 증언을 이끌어 내기로 결심할 수 있는 것이다.

그렇다면 이런 세계 속에서 삶은 어떤 의미가 있는가? 지금으로서는 미래에 대한 무관심과 주어진 것을 송두리째 소진하려는 열정 외에 다른 것은 없다. 삶의 의미에 대한 믿음은 늘 어떤 가치 체계, 선택, 우리의 호불호를 가정하게 마련이다. 우리의 정의에 따르면, 부조리에 대한 믿음은 그 반대를 가르쳐 준다. 하지만 이 점에 대해 잠시 살펴볼 필요는 있다.

나의 관심사는 오로지 구원의 호소 없이 살아갈 수 있는가를 알아보는 것이다. 나는 이 문제에서 결코 벗어나고 싶지 않다. 내게 주어진 이 같은 삶의 모습을 나는 있는 그대로 받아들일 수 있을까? 그런데 이 평범하지 않은 관심사와 대면함은, 부조리의 믿음은 경험의 질을 양으로 대체한다는 것을 의미한다. 내가 삶에는 부조리 외에 다른 면은 없다는 것을 믿는다면, 삶의 모든 균형이란 나의 의식적 반항과 이 반항이 몸부림치는 어둠 간의 영원한 대립에서 비롯된다는 것을 깨닫는다면, 나의 자유는 그 한정된 운명과의 관계하에서만 의미가 있음을 내가 인정한다면, 중요한 것은 가장 잘 사는 것이 아니라 가장 많이 사는 것이라고 나는 말해야 한다. 나는 이것이 수준 낮거나 불쾌한 일인지, 고상하거나 유감스러운 일인지 굳이 고민할 필요가 없다. 이것을 기회로 가치 판단은 여기서 완전히 배제되고 대신 사실 판단만이 남는다. 내가 할 일은 알 수 있는 것들로부터 결론을 이끌어 내고, 그 어떤 것도 함부로 전제하지 않는 것뿐이다. 그렇게 사는 것이 정직한 삶이 아니라고 전제한다면, 진정한 정직함이란 내게 파렴치한 삶을 요구하는 것일 터이다.

가장 많이 산다는 것, 넓은 의미로 보면 이러한 삶의 규칙은 아무 의미도 없다. 그러므로 좀 더 명확하게 이야기해야 한다. 우선, 사람들은 이 양의 개념이라는 것을 제대로 파악하지 못한 것 같다. 왜냐하면 이 개념은 인간 경험의 상당한 부분을 해명해 줄 수 있기 때문이다. 한 인간의 윤리와 가치 체계는 그가 축적할 수 있었던 경험의 양과 다양성을 통해서만 의미를 가진다. 그런데 현대의 삶의 조건들은 대부분의 사람들에게 똑같은 양의 경험을, 따라서 똑같은 깊이의 경험을 부과한다. 물론, 개인에 따라 달라지는 자발적 참여의 정도, 즉 그 개인 안에 〈주어져 있는 것〉 역시 제대로 고려해 보아야 한다. 그러나 나는 이것을 판단할 수 없고, 다시 한번 강조하자면, 지금 나의 원칙은 당장 눈앞에 놓인 분명함의 문제를 해결하는 것이다. 그리하여 내가 깨닫게 된 바는, 공통 윤리의 고유한 특성은 이 윤리를 살아 있게 만드는 원칙의 관념적 중요성에 있다기보다 측정 가능한 경험의 규범 속에 있다는 것이다. 다소 무리하게 말해 보자면, 우리에게 하루 여덟 시간의 근무 윤리가 있는 것처럼 그리스인들에게는 그들만의 여가 시간의 윤리가 있었던 것이다. 하지만 이미 많은 사람들을, 그리고 가장 비극적인 축에 속하는 사람들을 보면, 우리는 좀 더 긴 경험이 그 가치 체계를 바꾸어 놓는다는 것을 예측할 수 있다. 그들 덕분에 우리는 단순히 경험의 양을 통해 모든 기록을 깨버리고(나는 일부러 이 스포츠 용어를 사용한다), 그 결과 자기 고유의 윤리를 획득하는 일상의 모험가를 상상할 수 있게 된다.[20] 하지만 낭만주의와는 거리를 두자. 그리고 자기가 참가한 게임을 포기하지 않기로, 또 자신이 생각하는 게임의 규칙을 엄격하게 준수하기로 결심한 사람에게 이러한 태도가 어떤 의미를 갖는지만 생각해 보도록 하자.

모든 기록을 깨버린다는 것은, 우선 그리고 오로지, 가능한 한 가장 빈번하게 세계와 마주하는 것이다. 모순과 말장난 없이 어떻게 이것이 가능할까? 왜냐하면 부조리는 모든 경험은 우열이 없는 것임을 가르쳐 주는 한편, 다른 면에서

20 이따금 양에서 질이 나오기도 한다. 가장 최근에 수정된 과학 이론에 따르면, 모든 물질은 에너지의 핵들로 이루어져 있다. 핵의 양이 많고 적음에 따라 각각 다른 특수성을 가진 물질이 생겨난다. 10억 개의 이온과 하나의 이온은 그 양뿐만이 아니라 질에 있어서도 서로 다르다. 인간의 경험 속에서도 이런 경우를 쉽게 유추해 볼 수 있다 — 원주.

는 최대한 많은 양의 경험을 하도록 몰아가기 때문이다. 그렇다면 어떻게 앞에서 말한 그 많은 사람들처럼 하지 않을 수 있고, 이 인간적 소재를 최대한으로 우리에게 가져다주는 삶의 형태를 어떻게 선택하지 않을 수 있으며, 이로써 우리가 한편으로는 포기한다고 하는 어떤 가치 체계를 어떻게 도입하지 않을 수 있겠는가?

그러나 또다시 우리를 일깨우는 것은 바로 부조리와 그 모순된 삶이다. 왜냐하면 이 경험의 양이란 것이 우리 삶의 여건에 달려 있다는 생각은 틀렸기 때문이다. 경험의 양은 오로지 우리 자신에게 달려 있다. 여기서는 지극히 단순하게 생각해야 한다. 같은 햇수를 살아가는 두 사람에게, 세계는 언제나 똑같은 양의 경험을 제공하게 마련이다. 이를 의식해야 하는 것은 바로 우리 자신이다. 자신의 삶과 자신의 반항, 자신의 자유를 최대한으로 느끼는 것이야말로 사는 것이고, 최대한 많이 사는 것이다. 의식의 명철함이 지배하는 곳에서 가치 체계는 무용지물이 된다. 조금 더 단순하게 생각해 보자. 이를테면 유일한 걸림돌, 즉 차지할 수도 있었는데 놓쳐 버린 유일한 〈손해〉는 시기상조의 죽음으로 이루어진다는 것이다. 여기서 암시되는 세계는 죽음이라는 이 변함없는 예외와의 대립을 통해서만 유지된다. 그렇기 때문에 그 어떤 깊이도, 그 어떤 감정과 열정과 희생도 부조리한 인간의 눈에 (설사 그가 원한다고 해도) 40년 동안의 의식적 삶과 60년에 걸친 명철함이 동등한 것으로 보이게 만들지는 못할 것이다.[21]

21 허무의 사상처럼 상이한 개념에 대해서도 똑같은 고찰을 적용할 수 있

광기와 죽음, 이것은 부조리한 인간의 돌이킬 수 없는 부분이다. 인간은 선택하는 것이 아니다. 부조리와 이 부조리가 내포하는 삶의 확장은 **따라서 인간의 의지에 달린 문제가 아니라** 그 반대인 죽음에 달려 있다.[22] 표현에 유념해서 말하자면, 중요한 것은 오로지 기회의 문제이다. 여기에 동의할 수 있어야 한다. 그 무엇도 20년의 인생과 경험을 대신하지 못할 것이다.

그렇게 통찰력이 뛰어난 민족치고는 이상하게도 앞뒤가 맞지 않는 점이기는 하지만, 그리스인들은 젊어서 죽는 사람은 신들의 사랑을 받은 것이라고 생각하고 싶어 했다. 이것이 사실이 되려면 조건이 있다. 즉 제신들의 그 별 볼일 없는 세계로 들어간다는 것은 감각의 기쁨, 지상에서의 감각의 기쁨이라는 가장 순수한 기쁨을 영원히 잃어버리게 된다는 것을 인정해야만 가능하다. 한순간도 의식의 능력을 잃지 않는 영혼 앞에 펼쳐지는 현재 및 연속적으로 이어지는 현재들, 그것이 바로 부조리한 인간의 이상이다. 하지만 여기서 이상이라는 말에는 어폐가 있다. 이것은 부조리한 인간의 사명도 아니고, 단지 그 추론의 세 번째 결론일 뿐이다. 비인간적인

다. 허무의 개념은 현실에 아무것도 더하지 않고 빼지도 않는다. 허무에 대한 심리학적 실험에 따르면, 2천 년 후에 닥쳐올 사태에 대한 고찰이 이루어질 때에야 비로소 우리 자신의 허무가 진정한 의미를 갖게 된다. 어느 한 측면에서 보면, 허무란 우리의 것이 아닐 미래의 여러 삶의 총합으로 만들어진다 — 원주.

22 여기서 인간의 의지란 매개에 불과하다. 즉 의지의 목표는 의식을 유지하는 것이다. 이것은 삶의 원칙을 제공한다는 점에서 상당히 중요하다 — 원주.

것에 대한 고통스러운 의식에서 출발한 부조리에 대한 명상은, 인간적 반항이라는 열정적 불꽃의 한가운데에서 그 여정의 종착지로 돌아오게 된다.[23]

이렇게 해서 나는 부조리로부터 나의 반항, 나의 자유, 나의 열정이라는 세 가지 결론을 이끌어 낸다. 의식의 유일한 게임을 통해 나는 죽음으로의 초대를 삶의 원칙으로 바꾸어 놓는다. 그리고 나는 자살을 거부한다. 나는 오늘날 어렴풋한 울림이 줄곧 우리 곁을 떠나지 않고 있음을 분명히 알고 있다. 그러나 그 울림은 필요한 것이라는 말밖에는 할 말이 없다. 니체는 이렇게 쓴 바 있다. 〈하늘과 지상에서 중요한 것은 오랫동안 그리고 같은 방향에 **복종**하는 데 있다는 것이 분명해 보인다. 시간이 지나면, 그로부터 이 땅에서 살아갈 만한 의미를 주는 그 무엇, 예를 들면 미덕, 예술, 음악, 춤, 이성, 정신, 빛나는 모습으로 바꾸어 주는 그 무엇, 세련되고 광적인 또는 신성한 그 무엇이 생겨난다.〉 이 말은 위대한 행보의 어떤 윤리적 규범을 잘 제시해 준다. 하지만 이것은 부

23 중요한 것은 일관성이다. 여기서는 세계에 대한 동의에서 출발한다. 하지만 동양적 사유가 가르치는 바는, 세계와 〈대결하는〉 선택을 함으로써 여기서와 동일한 논리적 노력에 전념할 수 있다는 것이다. 이 역시 정당하고, 이 에세이에 나름의 전망과 한계를 부여한다. 그러나 우리와 똑같이 엄밀하게 세계를 부정할 경우, 가령 작품에 나타나는 무관심과 관련해서는 우리와 유사한 결과로 귀결되는 경우가 많다. (몇몇 베단타학파 — 힌두교의 정통 육파 철학 중 하나[옮긴이주] — 의 경우) 아주 중요한 저서인 『선택』에서 장 그르니에는 이러한 방식을 통해 진정으로 〈무관심의 철학〉의 토대를 세우고 있다 — 원주.

조리한 인간의 길을 보여 주는 것이기도 하다. 불꽃을 따르는 것, 그것은 가장 쉬운 동시에 가장 어려운 일이다. 그럼에도 불구하고 인간이 난관에 도전하며 가끔은 스스로를 평가하는 것은 좋은 일이다. 유일하게 부조리한 인간만이 이렇게 할 수 있다.

알랭[24]은 이렇게 말한다. 〈기도는 사고 위로 어둠이 찾아올 때 하는 것이다.〉 신비주의자들과 실존주의자들은 〈하지만 정신은 어둠과 맞닥뜨려야 한다〉라고 응수한다. 물론 그렇다. 하지만 이 어둠은 감은 두 눈 아래에서 인간의 의지만으로 태어나는 밤, 정신이 그 속으로 사라져 버리기 위해 만들어 내는 캄캄하고 꽉 막힌 어둠이 아니다. 그가 어둠을 만나야 한다면, 오히려 줄곧 명철함을 유지하는 절망의 밤, 극지의 밤, 깨어 있는 정신, 이로부터 어쩌면 아무도 손댄 적 없는 새하얀 빛이 솟아나 대상 하나하나를 지성의 빛 속에 또렷하게 새겨 놓을 수 있는 그런 밤이어야 한다. 이 정도에 이르면, 등가성은 열정적 이해와 만나게 된다. 따라서 실존적 비약을 심판하는 것은 더 이상 문제가 되지 않는다. 이 비약은 수백 년에 걸쳐 인간의 태도를 그려 온 프레스코화 한복판의 자기 자리로 돌아간다. 그림을 보는 관객의 경우, 의식을 유지한다면 이 비약은 여전히 부조리하다. 비약이 역설을 해결한다고 믿을수록, 비약은 역설을 고스란히 회복시켜 놓는다. 이런 점에서 비약은 감동적이다. 이런 점에서 모든 것은 자기 자리를 되찾고, 부조리한 세계는 그 다양성과 화려

24 Alain(1868~1951). 프랑스의 철학자이자 평론가.

함 속에서 다시 태어난다.

그러나 가던 길을 멈추는 것은 좋지 않고, 단 하나의 시각에 만족하거나 모든 정신적 능력 중에서 어쩌면 가장 미묘한 역설 없이 살아가기는 어려운 일이다. 지금까지의 내용은 단지 사유의 한 가지 방법을 정의해 줄 뿐이다. 이제 문제는 살아가는 것이다.

부조리한 인간

만약 스타브로긴이 믿는다 해도,
그는 자기가 믿는다는 것을 믿지 않는다.
그가 믿지 않는다 해도,
그는 자기가 믿지 않는다는 것을 믿지 않는다.
—『악령』

〈나의 영역은 바로 시간이다〉라고 괴테가 말했다. 이것이야말로 부조리한 발언이다. 부조리한 인간이란 실제로 어떤 사람인가? 영원을 부정하지는 않지만 영원을 위해서 아무것도 하지 않는 사람이다. 영원에 대한 향수가 그에게 낯선 것이라는 말이 아니라, 향수보다는 자신의 용기와 이성을 선호한다는 말이다. 용기는 그에게 구원의 호소 없이 살아가는 법과 자신이 가진 것에 만족하는 법을 가르쳐 주고, 이성은 그의 한계를 가르쳐 준다. 기한이 정해져 있는 자유와 미래가 없는 반항, 소멸할 수밖에 없는 의식을 확신하기에 그는 자신이 살아 있는 시간 동안 모험을 추구한다. 바로 여기에 그 자신의 판단을 제외한 모든 심판을 배제시킨 그의 영역과 그의 행위가 있다. 그에게 좀 더 위대한 삶이란 이승이 아닌 저세상에서의 삶을 의미하는 것이 아니다. 만약 저세상에서의 삶을 기대한다면 그것은 염치없는 태도일 것이다. 그렇다고 여기서 나는 후세(後世)라는 그 하찮은 영원성에 대해서 이야기하는 것도 아니다. 롤랑 부인[1]은 자신을 후세에 맡겼다.

이러한 경솔함은 대가를 치렀다. 후세 사람들은 그 이야기를 즐겨 떠들지만, 여기에 대한 판단은 하지 않고 잊어버린다. 후세 사람들은 롤랑 부인에게 아무 관심이 없는 것이다.

윤리와 도덕에 관하여 장황하게 늘어놓자는 것도 아니다. 나는 도덕으로 무장한 많은 사람들이 부적절하게 행동하는 것을 보았고, 정직한 사람들은 규율을 필요로 하지 않는다는 것을 날마다 확인하고 있다. 부조리한 인간이 인정할 수 있는 도덕은 하나밖에 없다. 그것은 신과 자신이 분리되지 않는 도덕, 즉 스스로 부과하는 도덕이다. 그런데 부조리한 인간은 신의 바깥에서 살아간다. 그 외 다른 도덕들(내 생각에는 반도덕주의도 포함된다)은 부조리한 인간에게 자기변명으로밖에 보이지 않는데, 그는 자기변명을 할 것이 전혀 없다. 나는 그가 무죄라는 원칙에서 출발한다.

이 무죄는 위험하다. 〈모든 것이 허용된다〉라고 이반 카라마조프는 외친다. 이 말에서도 그의 부조리가 느껴진다. 다만 통속적인 의미로 이해하지 않는다는 조건하에서 그렇다. 사람들이 이 점에 제대로 주목했는지 모르겠지만, 이것은 해방과 기쁨의 함성이 아니라 하나의 쓰디쓴 확인이다. 삶에 의미를 부여해 줄 신에 대한 확신은 나쁜 짓을 하고도 벌 받지 않을 능력보다 훨씬 더 매력적이다. 그러니 선택은 어렵지 않을 것이다. 그러나 선택의 여지는 없고, 이때부터 쓰디쓴 확인이 시작된다. 부조리는 우리를 해방시켜 주는 것이

1 Madame Roland(1754~1793). 지롱드파의 중심이라고 일컬어진 프랑스 혁명기의 여걸로, 루이 16세와 동시에 처형되었다.

아니라 묶어 둔다. 부조리가 모든 행동을 허용하는 것은 아니다. 〈모든 것이 허용된다〉는 것은 금지된 것이 전혀 없다는 뜻이 아니다. 부조리는 단지 모든 행동의 결과를 똑같은 것으로 만들어 버릴 뿐이다. 부조리는 범죄를 저지르라고 부추기는 것이 아니다. 만일 그렇다면 그것은 유치한 짓이 될 것이다. 다만 부조리는 후회를 원래부터 불필요한 것으로 만들어 버린다. 마찬가지로 모든 경험의 가치가 동등하다면 의무의 경험도 다른 경험만큼 정당하다. 그래서 우리는 그때그때 기분에 따라 덕 있는 사람이 될 수도 있는 것이다.

모든 도덕은, 어떤 행동에는 그 행동을 정당화하거나 무효로 만들어 버리는 결과들이 뒤따른다는 생각에 기초하고 있다. 부조리한 정신은 이러한 결과들을 차분하게 주시해야 한다고 판단할 뿐이다. 부조리한 정신은 대가를 치를 준비가 되어 있다. 달리 말하면, 부조리한 인간의 경우 그 결과에 대해 책임을 질 수 있다면 죄인은 없다는 뜻이다. 기껏해야 그는 과거의 경험을 이용하여 미래의 행위의 근거를 마련하는 데 동의할 수 있을 뿐이다. 과거의 시간은 미래의 시간을 살아가게 해줄 것이고, 과거의 삶은 미래의 삶에 도움이 될 것이다. 한계는 있지만 가능성으로 가득한 이 영역 속에서 부조리한 인간인 그의 명철함만 제외하고 모든 것이 그에게는 예측 불가능한 것으로 보인다. 그렇다면 이 불합리한 질서로부터 과연 어떤 규칙이 생겨날 수 있을까? 그에게 교훈으로 비칠 수 있는 유일한 진리는 결코 형식적인 것이 아니다. 즉 그것은 인간들 속에서 살아 움직이고 전개되는 진리이다. 따라서 부조리한 정신이 추론의 끝에서 찾을 수 있는 것은 결코 윤리적 규칙이 아니라, 인간의 삶이 구체적으로 보여 주는 예증들이고 그 숨결이다. 다음에 이어질 몇 가지 이미지는 바로 그러한 것들이다. 이 이미지들은 부조리의 추론을 이어 가면서 거기에 부조리한 인간의 자세와 자신들의 열기를 부여하게 될 것이다.

어떤 예를 든다고 해서 그 사례가 반드시 따라야 할 것은 아니며(부조리한 세계에서는 더더욱 아니다), 그러한 사례들이 꼭 모범적인 것도 아니라는 점을 굳이 말할 필요가 있을까? 이와 차이는 있겠지만, 루소로부터 네 발로 걸어야 한다는 결론을 도출하거나, 니체로부터 자기 어머니에게 폭력을 휘둘러도 된다는 결론을 이끌어 내려면, 유별난 사명감이 필요하다는 점 말고도, 자기 스스로 우스운 꼴이 될 것이다. 현대의 어느 작가는 〈부조리해져야 한다. 쉽게 속아 넘어가서는 안 된다〉라고 쓴다. 앞으로 중요하게 다루어질 자세들은 이와 정반대의 자세들을 고려할 때 비로소 온전한 의미를 지닐 수 있다. 우체국 수습사원과 정복자는 둘 다 같은 의식을 가지고 있다면 동등하다. 이런 관점에서 보면, 모든 경험은 동등한 가치를 지닌다. 인간에게 도움이 되는 경험도 있고, 피해를 주는 경험도 있다. 의식이 있는 사람이라면 경험은 그에게 도움이 된다. 그렇지 않다면 경험은 중요하지 않다. 즉 한 인간이 실패할 경우 그 조건을 비판하는 대신 그 인간 자신을 비판해야 한다.

내가 선택한 인간은 오직 자신을 소진하는 것 외에는 다른 목적이 없는 사람, 또는 그들이 남김없이 소진되고 있다는 사실을 내가 의식할 수 있는 사람들뿐이다. 여기서 더 나아가지 않는다. 지금은 삶이나 사고에서 미래가 존재하지 않는 세계에 대해서만 이야기하고자 한다. 인간을 부추기고 혼란스럽게 만드는 것들은 모두 희망이라는 수단을 이용한다. 따라서 거짓됨이 없는 유일한 사고는 아무런 결실을 요구하지 않는 불모의 사고이다. 부조리한 세계에서 어떤 개념이나 삶의 가치는 그것이 지닌 불모성을 통해 가늠된다.

돈 후안주의

사랑하는 것만으로 충분하다면, 만사는 너무 단순해질 것이다. 사랑하면 할수록 부조리는 더욱 견고해진다. 돈 후안이 이 여성에서 저 여성으로 옮겨 가는 것은 결코 애정 결핍 때문이 아니다. 그를 완전한 사랑을 추구하는 환상가로 생각하는 것은 우스운 일이다. 하지만 돈 후안이 타고난 자기 능력을 반복적으로 활용하며 깊이를 더해 가는 것은 여성들을 똑같은 열정으로, 매번 자신의 모든 것을 다 바쳐 사랑하기 때문이다. 그 결과 모든 여성들은 아무도 그에게 준 적 없는 것들을 그에게 가져다줄 수 있기를 희망한다. 그때마다 여성들은 완전히 착각을 하고, 그에게 그러한 반복의 필요성을 일깨워 주는 결과만 낳을 뿐이다. 그들 중 한 여자가 〈드디어 내가 당신에게 사랑을 맛보게 해주었네요〉라고 외친다. 돈 후안이 비웃으며 〈드디어라고? 아니지, 한 번 더일 뿐이지〉라고 대꾸한다면, 과연 놀라운 일일까? 많이 사랑하기 위해서 왜 자주 사랑하면 안 되는 것일까?

돈 후안의 성격이 침울하고 어두운 것일까? 그런 것 같지는 않다. 돈 후안의 실제 연대기가 어떠했는지는 거의 참고하지 않을 것이다. 그의 이러한 비웃음, 자신만만한 오만불손, 충동, 연극 취향, 이 모든 것들은 밝고 유쾌하다. 정상적인 사람이라면 누구나 한꺼번에 여러 가지를 하려는 경향이 있다. 돈 후안도 그런 경우이다. 그런데 침울하고 슬픔에 찬 사람들이 이렇게 되는 것에는 두 가지 이유가 있는데, 하나는 잘 모르기 때문이고, 또 다른 하나는 희망을 갖기 때문이다. 하지만 돈 후안은 잘 알고 있으며, 희망을 품지도 않는다. 그는 자신의 한계를 알고 있는 예술가들을 연상시킨다. 그 한계를 절대 넘어서지 않고, 그들의 정신이 자리 잡은 이 순간적인 한계 속에서도 놀랍도록 거장다운 넉넉함을 모두 갖춘 그런 예술가들 말이다. 그리고 바로 여기에 천재성, 즉 자신의 한계를 인식하는 지성이 자리한다. 육체적 죽음의 경계선에 다다를 때까지 돈 후안은 슬픔을 모른다. 앎을 획득한 그 순간부터 그는 웃음을 터뜨리고 모든 것을 용서한다. 그도 희망을 품을 때에는 슬픔을 느꼈다. 지금도 그는 이 여인의 입술 위에서 단 하나밖에 없는 지혜가 주는 씁쓸함과 위안을 다시 맛보고 있다. 씁쓸하다고? 하지만 거의 느껴지지 않는 씁쓸함이다. 이 정도의 결함은 있어야 행복을 실감할 수 있기 때문이다!

돈 후안을 「전도서」의 가르침을 받은 사람으로 보려는 시도는 말도 안 되는 기만이다. 이제 그에게는 죽고 난 후의 내세에 대한 희망을 제외하고는 헛된 것이란 없기 때문이다.

그는 하늘 자체와 맞선 채 자신의 내세를 걸고 게임을 함으로써 이것을 입증하고 있다. 쾌락 속에서 잃어버린 욕망에 대한 후회, 즉 무력함에 대한 이 진부한 주제는 그에게 해당되지 않는다. 그것은 악마에게 영혼을 팔 만큼 신을 믿은 파우스트에게나 어울리는 이야기이다. 돈 후안의 경우는 좀 더 단순하다. 몰리나[2]의 〈바람둥이〉는 지옥에 보내 버리겠다는 위협에 언제나 이렇게 대꾸한다. 〈유예 기간이나 길게 주기를!〉 죽고 나서 벌어지는 일은 의미가 없으니, 살아갈 줄 아는 이에게는 얼마나 기나긴 나날인가! 파우스트는 이 지상에서의 행복을 요구했다. 그 가련한 사람은 손을 내밀기만 하면 되는 것이었다. 자기 영혼을 즐겁게 할 줄 모른다는 것은 이미 그 영혼을 팔아 버린 것과 같다. 돈 후안은 오히려 싫증날 때까지 영혼을 즐겁게 하라고 명한다. 그가 여인을 떠나는 것은, 그녀를 더 이상 원하지 않아서가 절대 아니다. 아름다운 여인은 언제나 욕망의 대상이다. 다만 그가 다른 여인을 원하기 때문인데, 이 두 가지 이유는 같은 것이라고 할 수 없다.

지상의 삶은 그를 가득 채워 준다. 이 땅에서의 삶을 잃어버리는 것보다 더 나쁜 것은 없다. 사랑에 미친 이 남자는 위대한 현자이다. 하지만 희망을 먹고사는 사람들은 착함이 관용에게, 친절함이 남자다운 침묵에, 일체감이 고독한 용기에

2 Tirso de Molina(1584~1648). 17세기 스페인의 극작가로, 작품 「세비야의 바람둥이와 석상의 초대」는 세계 문화사에 돈 후안이라는 난봉꾼의 전형인 신화적인 인물을 탄생시킨 작품이다.

자리를 양보하는 이런 세계를 있는 그대로 받아들이지 못한다. 그래서 모두들 〈그는 심약한 자거나 이상주의자거나, 아니면 성인(聖人)이었어〉라고 한다. 모욕을 일삼는 위대함은 품격이 깎일 수밖에 없다.

우리는 돈 후안이 대놓고 떠드는 말들, 그가 모든 여성들에게 똑같이 써먹는 그 말에 대해 꽤나 분개해한다(또는 우리끼리 공모의 미소를 지으며 그가 찬양해 마지않는 것들을 비하한다). 하지만 쾌락의 양을 추구하는 사람에게 중요한 것은 효율성뿐이다. 스스로 입증된 비밀번호를 괜히 복잡하게 만들 필요가 있을까? 여자든 남자든 그 누구도 이 비밀번호를 귀담아듣지 않고, 오히려 그 번호를 말하는 목소리에 관심을 갖는다. 이 번호는 규칙이고 관례이며 정중함이다. 가장 중요한 것은 이 번호를 입 밖에 내고 나서부터 시작된다. 돈 후안은 이미 그 준비를 마쳤다. 그가 왜 도덕의 문제를 제기하겠는가? 그가 자신을 지옥에 떨어뜨리는 것은 밀로즈의 마냐라[3]처럼 성인이 되려는 욕망 때문이 아니다. 그에게 지옥이란 사람들이 의도적으로 도발하는 것이다. 신의 분노에 대한 그의 대답은 단 하나밖에 없는데, 그것은 인간의 명예이다. 〈나에게는 명예가 있다. 나는 기사이기 때문에 약속을 지킨다〉라고 그가 기사령을 가진 기사에게 말한다.

3 프랑스의 시인이자 극작가인 루비츠 밀로즈Lubicz Milosz(1877~1939)가 1912년에 쓴 6막짜리 연극 「미겔 마냐라」를 말한다. 돈 후안의 실존 모델로 알려진 세비야의 귀족 〈돈 미겔 마냐라〉의 이야기이다.

그러나 이런 그를 반도덕주의자로 간주하는 것 역시 크나큰 오류일 것이다. 이런 관점에서 보면 그는 〈다른 사람과 똑같다〉. 즉 그에게는 나름의 호(好) 또는 불호(不好)라는 도덕이 있는 것이다. 우리가 돈 후안을 제대로 이해하려면 그가 세속적으로 상징하고 있는 바, 즉 일반적인 호색가와 바람둥이는 어떠한 사람들인지 늘 참고해야 한다. 그는 평범한 유혹자이다.[4] 다른 점이 있다면 그 점을 의식하고 있다는 것이고, 이 때문에 그는 부조리하다. 명철한 의식을 지니게 된 유혹자라고 해서 달라지는 것은 없다. 유혹하는 것이 그의 본업이다. 본업이 달라지거나 더 나은 사람이 되는 경우는 소설에서나 있는 일이다. 하지만 아무것도 달라지지 않았으면서 동시에 모든 것이 변했다고 말할 수 있다. 돈 후안이 행동으로 옮기는 것은, 질(質)을 목표로 하는 성인(聖人)과 반대되는 양(量)의 윤리이다. 세상만사의 심오한 의미를 믿지 않는 것, 그것이 바로 부조리한 인간의 특징이다. 부조리한 인간은 열에 들뜨고 경이로움에 탄복하는 그 얼굴들을 두루 섭렵하고, 하나하나 모아 불태워 버린다. 시간이 그와 함께 흘러간다. 부조리한 인간은 시간과 분리되지 않는 사람이다. 돈 후안은 여인들을 〈수집〉하려는 것이 아니다. 그는 다수의 여인들을 남김없이 끝까지 사랑하며, 그 여인들과 더불어 자신의 삶의 기회까지 모두 소진한다. 수집한다는 것은 자신의 과거를 양분 삼아 살아갈 수 있다는 것이다. 하지만 돈 후안

4 이 말의 완전한 의미에서, 그리고 특유의 결함들까지 포함하는 의미에서 그렇다. 건강한 태도에는 결함들 〈역시〉 포함되어 있는 것이다 — 원주.

은 희망의 또 다른 형태인 후회를 거부한다. 그는 초상화를 어떻게 감상해야 하는지 모르는 사람이다.

그렇다고 그가 이기주의자일까? 나름 그렇다고 할 수도 있다. 하지만 여기서도 문제는 오해하지 않는 것이다. 살아가기 위해 태어난 사람도 있고, 사랑하기 위해 태어난 사람도 있다. 돈 후안이라면 기꺼이 그렇게 말할 것이다. 하지만 이것은 그가 나름대로 선택할 수 있는 암시적 표현일 것이다. 왜냐하면 여기서 말하는 사랑이란 영원이라는 환상으로 미화된 것이기 때문이다. 열렬한 사랑에 관한 전문가들이 하나같이 우리에게 가르쳐 주는 바는, 영원한 사랑이란 역경에 부딪히는 사랑밖에 없다는 것이다. 투쟁 없는 사랑은 있을 수 없다. 그런 사랑은 죽음이라는 궁극적 모순 속에서야 끝이 난다. 베르테르가 되지 않으면 아무것도 아닌 것이다. 여기서도 자살 방법은 여러 가지가 있다. 그중 하나는 자기 자신을 완전히 바치고 또 잊어버리는 것이다. 다른 사람들만큼이나 돈 후안도 이것이 감동적일 수 있다는 것을 알고 있다. 그러나 그는 그게 중요한 것이 아님을 알고 있는 몇 안 되는 사람들 중 하나이다. 그가 익히 알고 있는 것이 또 있다. 즉 위대한 사랑 때문에 개인적인 삶을 모두 등진 사람들은 자기는 풍족해질지 모르지만, 그들이 선택한 사랑의 대상들을 단숨에 피폐하게 만들어 버린다는 것이다. 어머니나 사랑에 빠진 여인은 필경 마음이 메마를 수밖에 없다. 그들의 마음은 세상을 외면하고 있기 때문이다. 단 하나의 감정, 단 한 명의 존재, 단 하나의 얼굴 외의 다른 것은 모두 소진되어 버린다. 돈 후안을 움직이는 사랑은 이와는 다르다. 이것은 그를 해방시켜 주는 사랑이다. 이 사랑은 세상의 모든 얼굴들을 불러들이며, 그의 미세한 떨림은 자신이 곧 사라질 것임을 알고 있다는 데에서 비롯된다. 돈 후안은 스스로 아무것도 아니기를 선택했다.

그에게 중요한 것은 명확하게 보는 것이다. 우리는 우리를 어떤 존재들과 연결 짓는 것을 사랑이라고 부른다. 이것은 집단의 사고방식을 통해서 이루어지는 것에 불과하고, 그러한 사고방식은 책이나 옛날이야기에 그 책임이 있다. 하지만 내가 알고 있는 사랑은 욕망과 애정, 나와 어떤 존재를 이어 주는 지성의 복합체일 뿐이다. 이 복합체로서의 사랑은 상대가 달라지면 똑같을 수가 없다. 나에게는 이 모든 경험들을 똑같은 이름으로 덮어 버릴 권리가 없다. 이렇게 되면 이 경험들을 똑같은 몸짓으로 행해야 할 필요가 없어진다. 부조리한 인간은 여기서도 자기가 하나로 통일시킬 수 없는 것을 수없이 되풀이한다. 그는 이런 식으로 새로운 존재 방식을 발견하고, 이 방식은 적어도 그에게 접근하는 이들을 해방시켜 주는 것과 마찬가지로 부조리한 인간을 해방시켜 준다. 스스로를 덧없는 존재이자 동시에 유일한 존재로 알고 있는 사랑만이 너그러운 사랑이다. 돈 후안에게 그의 삶을 하나의 다발로 만들어 주는 것은 이 모든 죽음과 이 모든 부활이다. 이것이 바로 그가 선물을 주는 방식이며, 생명을 불어넣는 방식이다. 여기서 우리가 이기주의를 이야기하는 것이 적절한지 아닌지는 각자의 판단에 맡긴다.

여기서 나는 돈 후안이 확실한 죗값을 치르기를 바라는 모든 이들이 떠오른다. 죽고 나서 저세상에 가서뿐만 아니라 현세에서도 벌을 받아야 된다는 것이다. 늙은 돈 후안에 대한 그 숱한 이야기들과 전설, 비웃음도 생각난다. 하지만 돈 후안은 이미 거기에 대비하고 있다. 확고한 의식을 갖춘 인간에게 늙는다는 것과 이 노화가 장차 어떤 모습일지는 별안간 닥치는 놀라움이 아니다. 늙음에 대한 두려움을 감추지 않는다는 바로 그 점 때문에 그는 의식적인 인간이다. 과거 아테네에는 늙음을 위한 사원이 하나 있었다. 사람들은 그곳에 어린아이들을 데리고 갔다. 돈 후안의 경우, 사람들이 그를 비웃을수록 그의 모습은 더욱 또렷이 부각된다. 그 때문에 그는 낭만주의자들이 그에게 빌려준 형상을 거부한다. 혹독한 고문을 받은 이 딱한 돈 후안을 비웃으려는 사람은 아무도 없다. 사람들이 그를 동정하고, 하늘이 나서서 그의 죄를 사해 주지 않을까? 하지만 그렇지 않다. 돈 후안이 막연히 예감하는 세상은 우스꽝스러운 것 역시 포함되어 있다. 그는 벌 받는 것이 당연하다고 생각할 것이다. 그것이 게임의 법칙이다. 그리고 게임의 법칙을 모두 수용한 것이 바로 그의 너그러움이다. 그러나 그는 자신이 옳다는 것과, 그것이 자기에게 내려진 벌이 될 수 없음을 알고 있다. 운명이 벌은 아닌 것이다.

이것이 바로 그가 저지른 죄이고, 그래서 영원을 믿는 인간들이 그의 처벌을 요구한다는 것을 우리는 이해한다. 그는 환상 없는 의식을 획득하고, 이를 통해 환상이 주장하는 바들을 모두 부정한다. 사랑하고 소유하기, 정복하고 남김없이 소진하기, 이것이 바로 그의 인식 방법이다(성경에서 자주 애용되는 이 〈인식하다*connaître*〉라는 말은 사랑의 행위를 뜻한다는 점에서 의미가 있다). 돈 후안이 그들을 무시하기 때문에, 그는 그들에게 최악의 적이다. 어느 연대기 작가의 기록에 따르면, 몰리나의 그 진짜 〈바람둥이〉는 〈출생 배경 덕분에 처벌을 면할 수 있었지만, 돈 후안의 지나친 방탕과 불경함에 끝장을 내고자〉 했던 성 프란체스코 수도사들에 의해 살해당했다. 그 후 그들은 하늘이 벼락을 내려 그를 죽였노라고 주장했다. 이 이상한 결말을 증명해 준 사람은 하나도 없다. 그 반대를 증명한 사람도 없다. 하지만 이것이 현실성 있는 결말인지 아닌지는 굳이 생각해 보지 않아도, 나는 그것이 논리적이라고 말할 수 있다. 여기서 나는 〈출생〉이라는 말을 짚고 넘어가며, 말장난을 해보고자 한다. 즉 살아가는 것이야말로 그의 무고함을 증명해 주는 것이었다고 말이다. 이제는 전설이 된 자신의 유죄성을 그는 오로지 죽음으로부터 이끌어 냈다.

그 돌로 된 기사(騎士), 감히 사유를 감행했던 피와 용기를 단죄하기 위해 움직이기 시작한 저 차가운 석상은 그 외에 무엇을 의미한단 말인가? 영원한 이성, 질서, 보편적 윤리가 가진 모든 힘, 언제든 쉽게 분노하는 신의 그 모든 기이한 위엄이 이 기사 하나로 요약된다. 저 영혼 없는 거대한 돌덩어리는 돈 후안이 영원히 부정했던 권능들을 상징할 뿐이다. 하지만 기사의 임무는 거기서 끝난다. 천둥과 번개는 사람들의 요청으로 떠나온 그 작위적이고 미심쩍은 하늘로 되돌아갈 수 있다. 진정한 비극은 천둥과 번개 밖에서 이루어진다. 돈 후안은 돌덩어리의 손아귀에서 죽은 것이 아니다. 나는 전설의 그 허세를, 존재하지 않는 신을 도발하는 그 건강한 인간의 엉뚱한 웃음을 기꺼이 믿는다. 하지만 특히 돈 후안이 안나의 집에서 기다리고 있던 그날 밤 기사는 오지 않았다는 것을, 자정이 지나자 이 불경한 인간은 자신이 옳았다는 것을 알게 되는 사람들 특유의 그 가혹하고 쓰디쓴 고통을 분명 느꼈으리라고 나는 믿는다. 또한 나는 생의 막바지에 수도원에서 은거하게 된 그의 인생담도 기꺼이 받아들인다. 이 이야기의 교훈적인 측면이 그럴듯하게 느껴진다는 뜻이 아니다. 신에게 어떤 피난처를 구한단 말인가? 오히려 이 은둔이 형상화하는 것은 부조리에 온전히 장악당한 한 인생의 논리적 귀결, 내일 없는 쾌락을 좇던 한 인간의 길들여지지 않은 결말이다. 쾌락이 여기서 금욕으로 끝난다. 우리는 쾌락과 금욕이 동일한 궁핍의 두 얼굴일 수 있음을 깨달아야 한다. 자기 육체로부터 배신당하고 제때 죽지 못하는 바람에 숭배하지도 않는 신과 대면한 채, 삶을 섬겼듯 신을 섬기며 허무 앞에 무릎을 꿇은 채 감동도 깊이도 없는 하늘을 향해 무미건조하게 두 팔을 벌리고서 결말을 기다리며 희극을 연출하는 한 인간의 모습, 이보다 더 끔찍한 모습이 또 어디 있겠는가.

스페인의 어느 언덕 위, 외딴 수도원의 독방에 갇힌 돈 후안의 모습이 눈에 선하다. 그가 무엇인가 바라보고 있다면 그것은 사라져 버린 사랑의 환영(幻影)이 아니라, 성벽의 뜨거운 총안(銃眼)을 통해 보이는 스페인의 어느 고요한 초원, 자신의 모습인 것 같은 영혼 없는 웅장한 대지일지 모른다. 그렇다. 바로 이 우울하고 환히 빛나는 대지 위에서 멈춰야 한다. 기다리기는 하지만 결코 원한 바 없는 최후의 결말, 그 마지막 결말은 경멸당해 마땅하다.

연극

〈연극, 바로 이 덫으로 나는 왕의 의식을 잡아채 버리겠어〉라고 햄릿은 말한다. 〈잡아챈다〉는 말은 아주 적절한 표현이다. 의식이란 재빨리 지나가 버리거나 자기 속으로 숨어 버리기 때문이다. 공중에 떠 있는 의식은, 순간적으로 자기 자신에게 눈을 돌리는 가늠하기 어려운 바로 그 순간 재빨리 잡아채야 하는 것이다. 일상의 인간은 뒤처지는 것을 결코 좋아하지 않는다. 오히려 모든 것이 그를 몰아붙인다. 그렇지만 이와 동시에 그 자신보다 더 그의 관심을 끄는 것은 없고, 특히 앞으로 자신이 어떻게 변할 수 있을지에 관심이 많다. 바로 여기에서 연극에 대한, 공연에 대한 흥미가 생겨난다. 즉 수많은 운명이 그에게 주어지고, 그는 그 쓰디쓴 운명의 고통을 몸소 겪지는 않지만 운명의 정취는 받아들이는 그 연극에 대한 흥미 말이다. 적어도 여기서 우리는 무의식적 인간을 식별할 수 있다. 그는 무엇인지도 모르는 희망을 계속해서 서둘러 좇아간다. 부조리한 인간은 이 희망이 끝나는 지점, 정신이 연기 감상을 멈추고 직접 그 연기 속으로 뛰어

들고자 하는 바로 그 지점에서 시작된다. 그 모든 삶들 속으로 침투해 들어가서 삶의 다양함을 겪어 보는 것, 그것이야말로 말 그대로 그 삶들을 연기해 내는 것이다. 그렇다고 배우들이 일반적으로 이러한 요청을 모두 받아들인다거나 그들이 부조리한 인간이라는 의미는 아니다. 다만 이 배우들의 운명이 부조리한 운명, 즉 분명한 혜안을 가진 마음이라면 이끌릴 수밖에 없을 그러한 운명이라는 의미이다. 앞으로 전개될 내용을 오해 없이 이해하기 위해서는 이 점을 염두에 두어야 할 것이다.

배우는 소멸하기 마련인 일시적 상황을 지배하는 자이다. 그 숱한 명예와 영광들 중에서도 배우의 영광이 가장 찰나적이다. 오가는 대화 속에서도 흔히들 그렇게 말한다. 하지만 모든 영광은 찰나적이다. 시리우스에서 내려다보면 1만 년 후 괴테의 작품들은 먼지로 날아가 버릴 것이고, 그의 명성도 잊힐 것이다. 몇몇 고고학자들이 우리 시대를 증명해 줄 〈증거들〉을 찾아내려 할지도 모른다. 이런 생각을 하다 보면 늘 뭔가를 배우게 된다. 곰곰이 생각해 보면, 이런 생각은 우리의 부산스러운 흥분과 동요를 언제나 무관심에서 목격되는 심오한 품위로 귀착시키고 만다. 특히 이런 생각은 우리의 관심을 가장 확실한 것, 다시 말해 즉각적인 것으로 몰고 간다. 그 모든 영광 중에서 가장 덜 위선적인 것은 바로 스스로 살아가는 영광이다.

그래서 배우는 셀 수 없을 만큼 무수한 영광, 즉 스스로를 바치는 영광이자 스스로를 느끼는 영광을 선택했다. 언젠가는 모두가 죽어야 한다는 사실로부터 최상의 결론을 이끌어 내는 자가 바로 배우이다. 배우는 성공하거나, 아니면 성공하지 못할 뿐이다. 작가는 무명일지라도 희망을 잃지 않는다. 그는 자기 작품들이 자신이 어떤 사람이었는지를 증명해 줄 것이라고 가정한다. 하지만 배우가 우리에게 남겨 줄 것이라곤 기껏해야 사진 한 장일 터이고, 배우 그 자체였던 것들, 즉 그의 몸짓과 침묵, 그의 짧은 호흡이나 사랑의 숨결 따위는 우리에게 전해지지 않을 것이다. 그가 유명하지 않다는 것은 연기를 하지 않는다는 것이고, 연기를 하지 않는다는 것은 그가 생명을 불어넣었을 수도 있고 혹은 되살렸을 수도 있는 모든 존재들과 함께 수없이 거듭 죽는 것과 같다.

창작물들 중에서도 가장 찰나적인 것들 위에 세워진 필멸의 영광을 발견하는 것이 특별히 놀랄 만한 일일까? 배우는 세 시간 동안 이아고[5]나 알세스트,[6] 페드르[7]나 글로세스터[8]가 된다. 그 짧은 공연 시간 동안, 배우는 50제곱미터의 무대 위에서 그 인물들을 태어나게 하고 죽게 한다. 부조리의 사례가 이처럼 훌륭하게, 이처럼 오랫동안 연출된 적은 결코 없다. 이 경이로운 인생들, 독특하고도 완전한 이 운명들은 벽과 벽 사이에서 몇 시간 동안 증식하다 끝이 난다. 이보다 더 많은 것을 보여 주는 삶의 축소판을 과연 어디에서 찾을 수 있을까? 무대에서 내려온 시히스몬드[9]는 이제 아무것도

5 셰익스피어의 「오셀로」의 등장인물.
6 몰리에르의 희곡 「인간혐오」의 주인공.
7 라신의 희곡 「페드르」의 주인공.
8 셰익스피어의 희곡 「리처드 3세」의 등장인물.

아니다. 두 시간 후면 시내에서 밥을 먹고 있는 그를 볼 수 있다. 인생이 한낱 꿈일지도 모른다는 것은 이때를 두고 하는 말일 것이다. 하지만 시히스몬드가 가고 나면 다른 사람이 등장한다. 원수를 갚은 후 포효하는 인간 대신, 불안으로 고통받는 주인공이 등장하는 것이다. 이런 식으로 수 세기에 걸쳐 수많은 사람들을 섭렵하고, 있을 수 있고 또 있는 그대로의 인간의 모습을 모방하면서, 배우는 여행자라는 또 다른 부조리한 인물과 조우한다. 여행자와 마찬가지로, 배우는 무언가를 남김없이 소진하고 쉬지 않고 편력한다. 그는 시간 여행자요, 최상의 경우 숱한 영혼들에게 쫓겨 다니는 여행자인 것이다. 언젠가 양(量)의 윤리가 자기에게 필요한 양식(糧食)을 발견하게 된다면, 그곳은 분명 이 독특하고 기묘한 무대 위가 될 것이다. 배우가 이 등장인물들로부터 어느 정도의 수혜를 입는지는 뭐라 말하기 어렵다. 하지만 중요한 것은 그게 아니다. 알아야 할 중요한 문제는 이 배우가 그 대체 불가의 숱한 삶들과 어느 정도까지 동일시될 수 있는가 하는 것뿐이다. 실제로 배우는 그 다양한 삶들을 몸에 지니고 다니기에, 그들이 원래 태어났던 시공간을 살짝 벗어나는 경우도 있다. 그 삶들이 배우와 늘 함께하는 바람에, 배우는 이제 자신이 과거에 연기한 인물로부터 쉽사리 분리되지 못한다. 자기의 컵을 집어 들려는 배우가 잔을 들어 올리는 햄릿의 동작을 따라 하는 경우가 생기는 것이다. 그렇다. 배우

9 스페인 극작가 페드로 칼데론 데라바르카Pedro Calderón de la Barca (1600~1681)의 희곡 「인생은 꿈이다」의 주인공.

와 그가 연기를 통해 살아 움직이게 했던 인물들 사이의 거리는 그리 멀지 않다. 그래서 그는 되고 싶어 하는 모습과 그의 실제 모습 간에 경계가 없다는 그 풍요로운 진리를 매달 혹은 매일 아낌없이 보여 준다. 외양이 어느 정도까지 실제처럼 보일 수 있는가, 이것이 바로 그가 좀 더 제대로 표현하기 위해 언제나 몰두하며 보여 주려는 것이다. 왜냐하면 완벽하게 흉내를 내는 것, 자기 것이 아닌 인생 속으로 가능한 한 깊숙이 침투해 들어가는 것, 그것이야말로 그의 예술이기 때문이다. 그의 노력이 막바지에 이르면, 그의 사명이 무엇인지 밝혀진다. 즉 아무것도 되지 않거나, 또는 다수의 존재가 되기 위해서 온 마음을 다해 노력하는 것이 그의 사명이다. 자신만의 인물을 창조하는 데 그에게 주어진 한계가 엄격할수록 더 많은 그의 재능이 필요해진다. 세 시간 후면 그는 오늘 그의 것이 된 얼굴로 죽음을 맞이하게 될 것이다. 그는 세 시간 안에 평범하지 않은 한 운명을 완전히 체험하고 표현해 내야 한다. 이를 두고 흔히들 자기를 잃었다가 다시 만나는 것이라고 한다. 이 세 시간 동안, 그는 출구 없는 길을 끝까지 가게 된다. 관객이 모두 경험하려면 한평생이 걸리는 길이다.

소멸할 수밖에 없는 것을 흉내 내는 배우는 오직 겉으로 보이는 외관 속에서 연습하고 자신을 완성시킨다. 연극의 관습이란, 오로지 몸짓과 몸을 통해서만 — 또는 몸과 영혼에 모두 속하는 목소리를 통해서만 — 마음을 표현하고 남을 이해시켜야 되는 것이다. 이 예술의 법칙은 모든 것이 몸의 형태를 갖추고 몸으로 표현되기를 원한다. 만약 무대 위에서 실제 사랑하는 것처럼 사랑해야 한다면, 그 무엇으로도 대체할 수 없는 마음에서 우러나는 목소리를 사용해야 한다면, 현실에서 쳐다보듯 바라보아야 한다면, 우리의 언어는 암호처럼 해독 불가능한 상태로 남을 것이다. 연극에서는 침묵이 전달되고 이해되어야 한다. 사랑이 목소리를 높여 가고, 꼼짝 않고 있는 것도 연극적 요소가 된다. 몸이 곧 왕이다. 원하기만 하는 것은 〈연극적〉이지 않다. 흔히 나쁜 의미로만 해석되는 이 〈연극적〉이라는 말은 어떤 미학, 어떤 윤리 전체를 포함하고 있다. 인간의 삶의 절반은 분명히 드러나지 않거나 외면당한 채 말없이 지나가 버린다. 연극배우는 이렇게 지나가 버리는 삶 속에 불쑥 끼어든다. 그가 사슬에 묶인 영혼의 마법을 걷어 내면, 열정은 마침내 그들의 무대로 쇄도한다. 열정은 온갖 몸짓으로 말을 하고, 소리 높인 외침을 통해서만 생명을 유지한다. 이처럼 배우가 자기 인물들을 만들어 나가는 것은 보여 주기 위해서이다. 배우는 이들을 그리거나 조각하여 그 상상의 형태 속으로 슬며시 들어가 그 유령들에게 자신의 피를 수혈한다. 지금 나는 당연히 위대한 연극, 즉 배우에게 그의 순전히 물리적인 운명을 완수할 기회를 부여해 주는 그런 연극에 관하여 이야기하고 있다. 셰익스피어를 보라. 이 첫 충동의 연극에서, 춤을 이끄는 것은 바로 육체의 광적인 열정이다. 이 열정이 모든 것을 설명해 준다. 이 열정이 없다면 모든 것은 무너질 것이다. 코델리어를 추방하고 에드거를 단죄하는 거친 행동이 없다면, 리어왕은 광기와의 약속 장소에 결코 가지 않았을 것이다. 따라서 이 비극이 광적인 분위기 속에서 전개되는 것은 당연하다. 영혼은 악마들과 그들의 시끄러운 춤판에 넘어가 버린다. 광인이 자그마치 넷이나 된다. 한 사람은 직업상, 또 한 사람은 의지로, 나머지 두 사람은 정신적 고통 때문에 그렇게 된 것이다. 뒤죽박죽이 되어 버린 네 개의 육체이자, 똑같은 조건하에 놓인 형용할 수 없는 네 개의 얼굴인 것이다.

인간의 육체라는 것만으로는 충분치 않다. 가면과 반(半)장화,[10] 얼굴을 기본 요소들로 단순화시켜 또렷하게 부각시키는 분장, 과장하기도 하고 단순화하기도 하는 의상 등, 연극의 세계는 겉으로 보이는 것을 위해 다른 것은 모두 희생하고, 어떻게 보이느냐를 위해서만 만들어진다. 부조리한 기적에 의해 여기서도 인식을 가능하게 하는 것은 바로 육체이다. 이아고를 연기해 보지 않고서는 나는 결코 그를 제대로 이해할 수 없을 것이다. 그의 말을 듣는 것은 소용이 없고, 그가 내 눈에 보이는 그 순간에만 나는 그를 포착한다. 결과적으로 배우는 부조리한 인물의 단조로움을 지니게 된다. 즉 그가 연기한 모든 인물을 통해 늘 함께하는 독특하고도 골치 아픈, 낯설고도 친근한 실루엣을 갖추게 되는 것이다. 여기서도 위대한 연극 작품은 이 단일한 어조에 복종한다.[11] 바로

10 고대 그리스 비극 배우가 신던 신발.

11 여기서 나는 몰리에르의 알세스트를 생각하고 있다. 모든 것이 너무 단순하고 명백하고 거칠다. 대립하는 알세스트와 필랭트, 셀리멘과 엘리앙트, 끝을 향해 치닫는 성격의 부조리한 결과 속에 담긴 모든 주제, 그리고 운문

여기에서 배우는 자가당착에 빠진다. 즉 똑같지만 지극히 다양한 영혼이 단 하나의 육체 속에 축약되어 있다는 모순이다. 하지만 이 모든 것을 손에 넣으려 하고 모든 것을 경험하고자 하는 저 인간, 저 무모한 시도, 저 헛된 고집, 그것은 바로 부조리한 모순 그 자체이다. 그럼에도 불구하고 자기모순의 주체는 늘 자기 속에서 융합을 이루게 마련이다. 그는 육체와 정신이 조우하고 서로를 끌어안는 그곳, 실패에 지친 정신이 자신의 가장 충실한 동지를 향해 돌아서는 그곳에 있다. 〈피와 심판이 너무도 기묘하게 뒤섞인 나머지, 제멋대로 움직이는 운명의 손가락에 따라 노래하는 피리가 될 수 없는 자들에게 축복 있으라〉라고 햄릿은 말한다.

교회가 배우의 그러한 활동을 어찌 처단하지 않을 수 있었겠는가? 교회는 연극 예술이 구사하는 영혼의 증식이라는 그 이단적 수법, 무절제한 감정, 하나의 운명만으로 살아가기를 거부하고 모든 종류의 극단을 좇는 그 파렴치한 정신의 요구를 거부했다. 교회는 그 극단적인 무절제 속에 자리한 현재 중심적 욕구, 프로테우스[12]의 승리를 금지했다. 이들은 교회의 가르침을 모두 부정하기 때문이다. 영원이란 게임의 대상이 아니다. 영원보다 연극을 더 좋아할 정도로 비정상적인 정신은 이미 구원을 상실했다는 것이다. 〈어디서나〉와

대사 자체, 단조로운 성격만큼이나 리듬감 있는 운율이라곤 거의 없는 〈형편없는 운문〉 등이 그렇다 — 원주.

12 그리스 신화에 등장하는 바다의 신으로, 예언과 변신술에 뛰어나 모습을 자유자재로 바꿀 수 있었다.

〈언제나〉 사이의 중간은 없다. 따라서 지극히 평가 절하된 이 직업은 과도한 정신적 갈등을 야기할 수 있다. 〈중요한 것은 영원한 삶이 아니라 영원한 생명력이다〉라고 니체는 말한다. 모든 드라마는 사실 이 선택 속에 있다.

아드리엔 르쿠브뢰르[13]는 임종을 앞둔 침대에서 고해 성사와 영성체는 하겠다고 말했지만, 배우라는 자신의 직업을 포기하는 것은 거부했다. 그 때문에 그녀는 고해 성사의 혜택을 받지 못했다. 이것이야말로 신에 맞서면서까지 자기 마음 속 깊은 곳의 열정을 선택한 것이 아니라면 과연 무엇이겠는가? 그리고 이 여성은 죽어 가면서도 눈물을 쏟으며 스스로 자신의 예술이라 칭했던 것에 대한 부정을 거부함으로써, 무대 위에서는 얻지 못했던 어떤 숭고함을 증명해 보였다. 그것은 그녀의 가장 아름다우면서도 가장 감당하기 어려운 역할이었다. 천국과 직업에 대한 보잘것없는 신념 중 무엇을 선택할 것인가, 영원보다 자신을 더 사랑할 것인가, 아니면 신에게 몰입할 것인가의 문제는 해묵은 비극, 즉 그 속에서 자기 자리를 차지해야 하는 비극이다.

당시의 배우들은 교회로부터 파문당한 자신들의 처지를 알고 있었다. 배우라는 직업을 선택한다는 것은 곧 지옥행을 의미하는 것이었다. 교회는 그들을 최악의 적으로 간주했다. 몇몇 문학자들은 이에 분개하기도 했다. 〈뭐라고? 몰리에르의 최후의 구원을 들어주지 않았다니!〉 하지만 그것은 전혀 문제 삼을 수 없는 일이었다. 특히나 무대 위에서 죽음을 맞

13 Adrienne Lecouvreur(1692~1730). 프랑스의 연극배우.

았고, 한평생 이리저리 분산(分散)에만 몰두하다 분장한 얼굴로 생을 마감했던 몰리에르에게는 더더욱 합당한 처사였다. 그를 언급할 때면 사람들은 모든 것에 변명이 되는 천재를 들먹였다. 하지만 천재는 그 어떤 변명도 되지 못한다. 천재야말로 변명을 거부하기 때문이다.

따라서 배우는 자신에게 어떠한 처벌이 기다리고 있는지 알고 있었다. 하지만 삶 자체가 미리 설정해 놓은 최후의 징벌에 비하면 그렇게 불확실한 위협들이 과연 무슨 의미가 있었겠는가? 그가 이미 터득하고 송두리째 받아들였던 것은 바로 그 최후의 징벌이었다. 부조리한 인간에게와 마찬가지로 배우에게도, 너무 일찍 찾아온 죽음은 돌이킬 수 없는 것이다. 그렇게 죽음이 찾아오지 않았더라면 그가 두루 편력했을 숱한 얼굴과 수 세기에 걸친 시간들은 그 무엇으로도 보상할 수가 없다. 하지만 어쨌든 문제는 죽는다는 것이다. 왜냐하면 배우는 분명 어디에나 있지만, 시간이 그를 이끌어 가고, 그에게 자기의 영향력을 발휘하기 때문이다.

따라서 약간의 상상력만 있으면 배우의 운명이 무엇을 의미하는지 충분히 느낄 수 있다. 배우가 자기 인물들을 구상해 내고 하나씩 열거하는 것은 시간 속에서 이루어진다. 그 인물들을 어떻게 지배할 수 있는지를 배우는 것 역시 시간 속에서이다. 그가 여러 다른 삶을 살아내면 낼수록, 그는 그 삶들로부터 제대로 분리된다. 무대 위에서, 그리고 이 세상에서 죽어야만 할 시간이 다가오는 것이다. 그가 살아온 것이 그의 눈앞에 있다. 그의 눈에 분명하게 보인다. 그는 이 모험이 지닌 가슴 찢기는 고통과 어떤 것으로도 대체될 수 없는 속성을 느낀다. 그는 이제 죽는 법을 알며 죽을 수 있다. 늙은 배우들을 위한 양로원들이 있다.

정복

정복자는 말한다. 〈그렇지 않다. 내가 행동하기를 좋아한다고 해서, 생각하는 법을 잊었다고 생각하지는 말지어다. 나는 오히려 내가 생각하는 바를 정확하게 표현할 수 있다. 왜냐하면 내가 그것을 강력하게 믿고 있고, 확실하고 분명하게 보고 있기 때문이다. 《난 그것을 너무 잘 알고 있어서 뭐라고 표현할 수가 없다》라고 말하는 자들을 믿지 마라. 표현을 할 수 없다면 모른다는 뜻이거나, 게을러서 대충 겉핥기만 했다는 뜻이기 때문이다.〉

나에게는 개인적인 의견이 별로 많지 않다. 인생의 막바지에 이르러 인간이 깨닫게 되는 것은, 자신이 단 하나의 진리를 확보하는 데 여러 해를 보냈다는 사실이다. 하지만 단 하나의 진리라도 그것이 명백한 것이라면, 삶을 이끌어 나가기에 충분하다. 개인에 관한 한 내게는 뭔가 분명히 할 말이 있다. 개인에 대해서는 혹독하게 이야기해야 하고, 또 필요하다면 어느 정도 경멸하는 태도가 필요하다.

인간은 그가 무엇을 말하느냐보다 무엇을 말하지 않느냐

에 따라 더욱 인간다워진다. 내가 앞으로 침묵을 지킬 것들은 많다. 하지만 굳건히 믿는 것은, 개인에 대해 판단을 내렸던 자들은 모두 우리보다 훨씬 적은 경험을 통해 그런 판단의 근거를 정했다는 점이다. 지성, 그 감동적인 지성이라는 것은 확인해야 할 것들이 무엇인지 이미 꿰뚫어 보고 있었을지도 모른다. 하지만 시대와 그 시대의 잔해, 그 시대가 흘린 피는 우리에게 자명한 사실들을 차고 넘치도록 안겨 준다. 고대인들, 심지어 우리의 기계 시대에 이르기 전까지 가장 최근의 사람들에게도 사회의 미덕과 개인의 미덕을 비교하는 것은 가능한 일이었고, 어느 쪽이 다른 쪽에 봉사해야 하는지를 연구하는 것도 가능했다. 이것이 가능했던 것은 무엇보다 인간 존재는 누군가에게 봉사하기 위해, 또는 봉사받기 위해 세상에 태어났다는 그 판단 착오, 다시 말해 인간의 마음에 끈질기게 따라붙는 그 착오 때문이었다. 그것이 가능했던 또 다른 이유는, 사회도 개인도 그들의 능력을 모두 다 보여 주지는 못했기 때문이었다.

나는 분별력을 갖춘 사람들이 피비린내 나는 플랑드르 전쟁의 한복판에서 탄생한 네덜란드 화가들의 걸작에 경탄을 금치 못하는 것을 보았다. 그 끔찍한 30년 전쟁 한복판에서 성장한 슐레지엔 신비주의자들의 기도문에 감동하는 것도 보았다. 놀라움에 젖은 그들의 눈 속에는 파란만장한 속세 저 위에 자리한 영원한 가치가 어른거린다. 하지만 그때로부터 많은 시간이 흘렀다. 오늘날의 화가들에게는 이러한 평정심이 없다. 그들의 속 깊은 곳에는 창조자라면 반드시 갖추어야 할 마음이 자리하고 있다 하더라도 — 메마른 마음이라고 말하고 싶다 — 그것은 아무런 쓸모가 없다. 왜냐하면 모두가, 심지어 성인(聖人)도 징집되는 시대이기 때문이다. 이것이 어쩌면 내가 가장 뼈저리게 느낀 것인지도 모른다. 참호 속에서 사람의 형상이 하나씩 유산될 때마다, 윤곽과 은유 혹은 기도가 칼날 아래 하나씩 으스러질 때마다 영원은 한 게임씩 뺏기는 셈이다. 내가 살고 있는 시대와 분리될 수 없다는 것을 의식하는 나는, 이 시대와 한 몸이 되기로 결심했다. 결과적으로, 내가 개인을 그토록 귀하게 여기는 까닭은 개인이야말로 보잘것없고 욕된 존재로 보이기 때문이다. 승리하게 될 명분이라는 것은 없음을 알고 있기에, 나는 패배한 명분들에 애정을 느낀다. 이러한 명분들은, 영혼의 일시적인 승리에 있어서건 패배에 있어서건 하나의 영혼을 송두리째 요구한다. 이 세계의 운명에 대해 연대감을 느끼는 사람에게 문명의 쇼크는 불안과 번민으로 다가온다. 나는 이 불안을 내 것으로 삼고, 동시에 거기에 나의 승부를 걸고자 한다. 역사와 영원 중에서 나는 역사를 선택했다. 확실한 것을 좋아하기 때문이다. 적어도 나는 역사를 확신한다. 나를 짓누르고 있는 이 힘을 어떻게 부정한단 말인가?

관조와 행동 중에서 선택을 해야 할 시간이 오게 마련이다. 이것을 두고 인간이 되는 것이라고 한다. 이 분열의 고통은 끔찍하다. 하지만 자부심이 있는 사람이라면 그 중간이란 없다. 신이냐 시간이냐, 십자가냐 칼이냐가 있을 뿐이다. 이 세계에 이런 분란을 초월하는 보다 높은 의미가 있거나, 아니면 이러한 분란 외에는 진실이라곤 없거나 둘 중 하나이다. 시간과 더불어 살아가다가 시간과 함께 죽거나, 아니면 보다 위대한 삶을 위해 시간으로부터 벗어나야 하는 것이다. 타협할 수도 있다는 것, 당대를 살아가며 영원을 믿을 수도 있다는 것을 나는 알고 있다. 이런 것을 수용(受容)이라고 한다. 하지만 나는 이 말을 혐오한다. 나는 전부 아니면 무(無)를 원한다. 내가 행동을 선택하더라도, 관조가 내게 미지의 영역 같은 것이라고 생각하지는 마시라. 하지만 관조가 나에게 모든 것을 다 줄 수는 없으니, 영원을 갖지 못한 나로서는 시간과 동맹을 맺고자 한다. 나는 향수도 쓰라린 고통도 염두에 두고 싶지 않고, 단지 명확하게 보고 싶을 뿐이다. 분명히 말해 두거니와, 내일이면 당신은 징집될 것이다. 당신을 위해서도 나를 위해서도 그것은 해방이다. 개인은 아무것도 할 수가 없지만, 그럼에도 불구하고 모든 것을 할 수 있다. 이 놀라운 처분 가능성 속에서, 당신은 내가 개인에게 열광하는 동시에 이를 억누르는 이유를 이해할 것이다. 개인을 만신창이로 만드는 것은 세계이고, 해방시키는 것은 나다. 나는 개인에게 그의 모든 권리를 제공한다.

정복자들은 행동이 그 자체로는 무용하다는 것을 알고 있다. 유용한 행동이란 단 하나밖에 없다. 즉 인간과 세계를 다시 만들어 낼 행동뿐이다. 나는 결코 인간들을 다시 만들어 내지 못할 것이다. 하지만 〈그럴 수 있는 것처럼〉 행동해야 한다. 왜냐하면 투쟁의 길이 나로 하여금 육체를 대면하게 만들기 때문이다. 비록 굴욕적 존재라고 하더라도, 육체는 내게 유일하게 확실한 것이다. 나는 오직 이 확실성 덕분에 살아갈 수 있다. 피조물의 세계는 나의 조국이다. 내가 이 부조리하고 소득 없는 노력을 선택한 것은 바로 이 때문이다. 내가 투쟁의 편에 서는 것도 이 때문이다. 이미 말했듯이 시대가 이러한 선택에 적합하다. 지금까지 정복자의 위대함은 지리적인 것이었다. 정복한 영토가 얼마나 넓은가에 따라 측정되는 것이었다. 이제 이 말의 의미가 달라져서, 더 이상 승전 장군을 가리키지 않게 된 데에는 이유가 있다. 그 위대함의 영역이 달라진 것이다. 위대함은 이제 항거와 미래 없는 희생 속에 자리한다. 여기서도 이것은 패배로 기울어지는 정서 때문이 아니다. 승리는 당연히 바람직할 것이리라. 하지만 승리는 단 하나밖에 없고, 이 승리는 영원하다. 나는 결코 손에 넣지 못할 승리이다. 여기가 바로 내 발목을 잡고, 내가 집착하는 지점이다. 혁명은 오늘날의 정복자들의 선두 주자인 프로메테우스[14]의 혁명을 필두로, 언제나 신들에 맞서서 성취되는 것이다. 그것은 자기 운명에 맞서는 인간의 자기주장이다. 그러니까 가난한 자들의 권리 요구란 하나의 구실에 불과하다. 하지만 나는 이 혁명의 정신을 그 역사적 행위 속에서만 파악할 수 있고, 바로 그런 의미에서 이 정신과 다시 만난다. 그렇지만 내가 그것을 좋아한다고 생각하지는 마시라. 다시 말해 근원적인 모순과 마주한 나는 나의 인간적 모

14 프로메테우스는 불을 훔쳐 인간에게 가져다줌으로써 신들에게 반기를 들었고, 이로 인해 간을 파먹히는 형벌을 받게 된다.

순을 저버리지 않는다. 나는 나의 명철한 정신을 부정하는 것 한복판에 나의 명철함이 우뚝 자리하게 한다. 나는 인간을 짓누르는 것 앞에서 인간을 찬양한다. 그러면 나의 자유, 나의 반항, 그리고 나의 열정은 이 긴장, 이 명철함, 이 과도한 반복 속에서 서로 결합한다.

그렇다, 인간은 인간 자신의 목적이다. 그것도 유일한 목적이다. 그가 무엇인가 되고자 한다면, 그것은 이 삶 속에서의 염원이다. 이제 나는 그것을 충분히 알고 있다. 정복자들은 이따금 정복과 극복에 대해 이야기한다. 하지만 그들이 의미하는 것은 언제나 〈자신을 극복하는〉 것이다. 이것이 무엇을 뜻하는지는 당신도 잘 알고 있다. 모든 인간은 어느 순간 자신이 신과 동등한 존재라고 느낄 때가 있다. 적어도 그렇게 말한다. 하지만 이것은 인간이 인간 정신의 놀라운 위대함을 섬광처럼 불현듯 느꼈기 때문이다. 정복자들이란 이러한 정신적 우월함 속에서 줄곧 살아가고 있다는 사실을, 그리고 이러한 위대함을 충분히 의식하면서 살아가고 있다는 사실을 확신할 정도로 자신의 힘을 느끼는 인간들일 뿐이다. 이것은 산술의 문제, 즉 많고 적음의 문제이다. 정복자들은 가장 많은 것을 할 수 있는 사람들이다. 하지만 그들은, 인간이 하고자 할 때 인간 자신이 할 수 있는 것보다 더 많은 것을 할 수는 없다. 그래서 그들은 혁명의 영혼 속 가장 뜨거운 곳으로 잠겨 들어가며, 인간의 도가니를 절대 떠나지 않는다.

그들은 그 속에서 여기저기 훼손당한 피조물을 발견하지만, 그들이 사랑하고 열망하는 유일한 가치들, 즉 인간과 그의 침묵 또한 만나게 된다. 이것은 그들의 궁핍함이면서 동시에 그들의 자산이다. 그들에게 단 하나의 사치란 바로 인간관계이다. 이 상처받기 쉬운 세상에서 인간적인, 오직 인간적이기만 한 모든 것이 좀 더 뜨거운 의미를 가진다는 사실을 어찌 깨닫지 못하겠는가? 그중에서 인간의 긴장한 얼굴들, 위협받는 동지애, 그토록 강하고 신중한 우정, 이것들이야말로 필멸의 존재라는 점에서 진정한 자산이다. 바로 이러한 자산 한가운데에서 인간의 정신은 자신의 힘과 한계, 다시 말해 그 효율성을 최대치로 느끼게 된다. 천재 운운하는 사람들도 있다. 하지만 천재라고 한다면 너무 성급한 단정이다. 나는 지성이라는 말을 더 좋아한다. 이때 지성은 경이로운 것이라는 의미이다. 이 지성은 사막에 불을 밝히고 사막을 지배한다. 지성은 자신의 굴욕을 알고 그것을 형상화하여 보여 준다. 지성은 이 육체와 동시에 죽게 될 것이다. 하지만 그 사실을 안다는 것이 바로 지성의 자유이다.

모든 교회가 우리와 대립한다는 것을 우리도 모르는 바는 아니다. 이토록 긴장을 늦추지 않는 마음은 영원을 비껴가는데, 신의 교회든 정치적 교회든 모든 교회는 영원을 열망한다. 행복과 용기, 월급이나 정의(正義)는 교회 측에서 보면 부차적인 목적일 뿐이다. 모든 교회가 내세우는 것은 하나의 교리이고, 그것에 복종하지 않으면 안 된다. 하지만 나는 관념이나 영원에 대해서는 아무 관심이 없다. 내가 감당할 수 있는 진리란 손으로 만질 수 있는 것들이다. 나는 이 진리들과 한 몸이다. 그렇기 때문에 당신들은 나를 토대로 삼아서는 아무것도 세울 수 없다. 즉 정복자로부터는 그 어떤 것도, 심지어 정복자의 원칙마저도 지속되지 못한다.

이 모든 것의 끝에는 기어코 죽음이 있다. 우리는 그것을 알고 있다. 죽음이 모든 것을 끝내 버린다는 것도 알고 있다. 바로 이런 이유 때문에 유럽을 뒤덮고 있는 묘지들, 우리 중 일부의 뇌리를 떠나지 않는 이 묘지들은 흉측하기 짝이 없다. 사람들은 자기가 사랑하는 것만 미화하는데, 죽음은 우리에게 혐오감을 일으키며 진절머리 나게 한다. 죽음 역시 정복해야 할 대상이다. 페스트 때문에 텅 비어 버린 채 베네치아 군인들에게 포위당한 파도바시(市)에 갇힌 몸이 된 카라라 가문의 마지막 영주는 폐허가 된 자기 성을 이 방 저 방 돌아다니며 울부짖었다.[15] 그는 악마를 부르며 자기를 죽여 달라고 부탁한다. 그것은 죽음을 극복하는 하나의 방법이었다. 죽음이 존경의 대상으로 숭앙받는 장소라고 자처하는 곳들을 그토록 끔찍하게 만들어 버렸다는 사실은 서구 특유의 용맹함을 나타내는 것이기도 하다. 반항의 세계에서 죽음은 불의를 촉발한다. 죽음보다 더한 권력 남용은 없다.

또 다른 사람들은 역시 타협하지 않고 영원을 선택했고, 이 세상의 환상을 고발했다. 그들의 묘지는 수많은 꽃과 새들에 둘러싸여 미소 짓고 있다. 그것은 정복자에게 어울릴 법한 것으로서, 그가 물리친 것이 무엇인지 그 분명한 모습을 그에게 제시해 준다. 반면에 정복자는 시커먼 쇠붙이 장

15 이것은 1405년의 일이다.

식들이나 이름 모를 구덩이를 택했다. 영원을 선택한 사람들 중 가장 훌륭한 이들은 자기 죽음에 대한 이러한 이미지와 함께 살아갈 수 있는 사람들 앞에서, 가끔 경외와 연민으로 가득한 공포에 사로잡힐 때가 있다. 하지만 이런 이미지를 안고 살아가는 사람들은 바로 이 이미지로부터 힘과 정당성을 이끌어 낸다. 우리의 운명은 우리와 대면하고 있고, 우리의 도발 대상은 바로 이 운명이다. 교만해서가 아니라, 아무 소용 없는 우리의 운명을 의식하고 있기 때문이다. 우리 역시 스스로에 대해 연민을 느꼈던 적이 가끔 있다. 이것이야말로 우리가 받아들일 수 있을 것 같은 유일한 연민이다. 당신은 결코 이해하지 못할 수도 있고, 무기력해 보일 수도 있는 감정이다. 그럼에도 불구하고 이 감정을 느끼는 이들은 우리 중 가장 과감한 사람들이다. 하지만 우리는 명철한 의식의 소유자를 용기 있는 사람이라고 부르며, 명철하게 볼 수 있는 눈을 갖추지 못한 힘은 원치 않는다.

다시 한번 이야기하거니와, 이 이미지들은 도덕적인 의미에서 제시되는 것이 아니며, 이 이미지들 속에는 판단이 개입되어 있지 않다. 그냥 그림일 뿐이다. 이 그림은 단지 삶의 어떤 스타일을 형상화하고 있다. 연인, 배우, 또는 모험가는 부조리를 연기하는 사람들이다. 하지만 얌전한 사람, 공무원, 대통령도 원하면 그렇게 할 수 있다. 알기만 하면 되고, 아무것도 감추지만 않으면 된다. 이탈리아의 박물관에 가면, 사형수가 단두대를 보지 못하게끔 사제가 사형수의 얼굴 앞에 들고 있던 그림이 그려진 작은 천 가리개를 이따금 볼 수 있다. 모든 형태의 비약, 신이나 영원 속으로의 추락, 일상이나 관념의 허상 속으로의 침잠 등 이 모든 가리개들은 부조리를 가리고 있다. 하지만 가리개가 없는 공무원들도 있다. 나는 바로 그들에 대해 이야기하고자 한다.

나는 가장 극단적인 사람들을 선택했다. 이 정도의 사람들이라면 부조리로부터 제왕적 힘을 부여받는다. 사실 이 왕(자)들에게는 자기 왕국이 없다. 하지만 그들은 다른 사람들에 비해 이점이 하나 있는데, 자신들의 절대 권력이 모두 허상임을 알고 있다는 것이다. 그들은 이것을 알고 있고 — 이것이 바로 그들의 위대함이다 — 그래서 그들만이 간직한 남다른 불행이나, 환상이 깨졌을 때의 무상함 따위를 이야기하는 것은 아무 소용이 없다. 희망을 잃는다는 것이 곧 절망을 뜻하는 것은 아니다. 지상의 불길은 천상의 향기에 버금가는 가치를 갖는다. 나도, 그 누구도 여기서 그들을 판단할 수 없다. 그들은 가장 훌륭한 자가 되려고 애쓰는 것이 아니라, 일관성 있는 사람이 되고자 한다. 만약 현명하다는 말을, 자기가 갖지 못한 것에 눈 돌리지 않고 자기가 가진 것만으로 살아가는 것이라는 뜻으로 해석한다면, 그들이야말로 현자(賢者)이다. 이러한 현자에 속하는 사람들 중 정신의 현자인 정복자, 의식의 현자인 돈 후안, 지성의 현자인 배우는 이러한 사실을 누구보다도 잘 알고 있다. 다시 말해 〈자기의 소중하고 사랑스럽고 양처럼 순한 마음을 완벽의 경지에 이르게 했다고 해서, 이 지상과 천상에서 어떤 특권을 누려야 할 이유는 전혀 없다. 제아무리 잘되어 봐야 뿔 여러 개 난 것 말고는 아무것도 없는 우스꽝스러운 어린 양에 불과한 것이다 — 설령 지나치게 교만하지도 않고, 심판관인 양하는 태도로 물의를 일으키지 않는다고 해도 말이다.〉

어쨌든 부조리의 추론에 좀 더 열띤 얼굴을 회복시켜 줄 필요가 있었다. 상상력을 발휘하면 또 다른 얼굴들이 여기에 많이 추가될 수 있다. 시간에 묶인 채 유배되어 있지만, 희망이 없음에도 무기력하지 않은 세계에 상응하며 살아갈 줄 아는 얼굴들이다. 부조리하고 신이 없는 이 세계는 그래서 명철하게 사고하고 더 이상은 희망을 갖지 않는 사람들로 가득하다. 나는 그중 가장 부조리한 인물, 즉 창조자에 대해서는 아직 이야기하지 않았다.

부조리한 창조

철학과 소설

부조리의 인색한 분위기 속에서 유지되는 그 모든 삶들은, 자신에게 강한 생명력을 불어넣어 주는 어떤 심오하고 변함없는 사상 없이는 유지될 수 없을 것이다. 여기서 그것은 어떤 특이한 충성심일 수밖에 없다. 우리는 의식 있는 사람들이 더할 나위 없이 어리석은 전쟁 한복판에서 자기모순에 빠져 있음을 생각도 못 한 채 자신의 임무를 완수하는 것을 보았다. 그 어떤 것도 회피하지 않는 것이 중요했기 때문이다. 이처럼 세계의 부조리를 지탱하는 데에는 형이상학적 행복이 존재한다. 정복 또는 연기, 셀 수 없이 많은 사랑, 부조리한 반항, 이런 것들은 인간이 일찍이 패배한 전장에서 스스로의 존엄에 바치는 경의의 표시이다.

중요한 것은 전투의 규칙에 충실히 임하는 것뿐이다. 이러한 생각만으로도 하나의 정신을 충분히 성장시킬 수 있다. 즉 이러한 생각이 여러 문명을 온전히 지탱해 왔고, 지금도 지탱하고 있다. 우리는 전쟁을 부인하지 않는다. 전쟁 때문에 죽든가 또는 그것 때문에 살아야 하는 것이다. 부조리도 이와 마찬가지다. 다시 말해 중요한 것은 부조리와 함께 숨 쉬는 것이고, 부조리가 가르쳐 주는 바들을 인정하는 것이며, 그 교훈의 살아 숨 쉬는 육신을 되찾는 것이다. 이러한 관점에서 보면 가장 탁월한 부조리의 즐거움은 바로 창조이다. 니체는 말한다. 〈예술, 오로지 예술, 우리는 결코 진리 때문에 죽지 않으려고 예술을 보유하고 있다.〉

내가 여러 가지 방식으로 묘사하고자 하고 느낄 수 있게 하려는 경험에서 확실한 점은, 고통이란 다른 고통이 소멸되는 바로 그 지점에서 솟아난다는 것이다. 잊으려고 어린아이처럼 애쓰거나 고통에 만족하려고 호소해 봐야 더 이상 아무런 대답도 돌아오지 않는다. 하지만 이 세계를 마주하고 선 인간을 지탱시켜 주는 그 변함없는 긴장, 그로 하여금 모든 것을 받아들이도록 몰고 가는 질서 정연한 광기는 그에게 또 다른 열정의 여지를 남긴다. 따라서 이러한 세계 속에서, 작품이란 자기의식을 유지하고 이 의식의 모험을 안정적으로 자리 잡게 만들 수 있는 유일한 기회이다. 창조한다는 것, 그것은 두 번 사는 것이다. 프루스트 같은 사람이 불안 속에서도 더듬거리며 모색해 가는 것, 꽃과 각종 태피스트리, 불안과 번민을 하나하나 섬세하게 수집해 나가는 것도 이와 의미가 다르지 않다. 그와 동시에 이러한 노력은 배우와 정복자와 모든 부조리한 인간들이 매일같이 몰두하는 지속적이고 헤아릴 수 없이 많은 창조보다 영향력이 더 큰 것도 아니다. 그들은 모두 모방하고, 반복하고, 그들 자신의 것인 현실을 재창조하려고 애쓰고 있다. 우리는 결국 우리의 진실이라는 얼굴밖에 가진 게 없다. 영원을 외면하는 인간에게 온전한 존재란 부조리라는 가면을 쓴 엄청난 모방에 불과하다. 창조란 원대한 모방이다.

이 사람들은 우선 알고 있는 자들이다. 그다음 그들이 기울이는 모든 노력이란 자신들이 지금 막 당도한 미래 없는 섬을 두루 훑어보고, 확장시키며, 풍요롭게 만드는 것이다. 하지만 우선은 알아야 한다. 왜냐하면 부조리한 발견이란 미래의 열정들이 구상되고 정당성을 획득하는 어떤 휴지기와 일치하기 때문이다. 복음서가 없는 사람들도 그들 나름의 감람나무 동산은 있는 법이다. 그리고 그들의 감람나무 동산[1] 위에서도 잠이 들면 안 된다. 부조리한 인간에게는 더 이상 설명하고 해법을 찾는 것이 중요하지 않다. 그 대신 느끼고 묘사하는 것이 중요하다. 모든 것은 명철한 무관심으로부터 시작된다.

묘사하는 것, 이것이 바로 부조리한 사유의 최후의 야심이다. 과학 그 자체도 자기 역설의 막바지에 이르면 뭔가 제시하기를 멈추고, 여러 현상의 늘 순진무구한 풍경을 관조하고 묘사하는 데 그친다. 그렇게 되면 우리를 세계의 여러 얼굴과 대면하게 만드는 이 감정이라는 것이 세계의 깊이가 아닌 세계의 다양성으로부터 우리에게 다다르게 된다는 것을 마음으로 깨닫게 된다. 설명은 소용이 없고 감각은 남으며,

1 예수가 십자가에 못 박히기 전에 기도하던 곳으로, 복음서에 따르면 예수가 기도를 마친 후 제자들이 잠들어 있는 것을 보고는 그들에게 시험에 들지 않도록 깨어 기도하라고 말했다고 한다.

이 감각과 함께 무궁무진한 양(量)의 세계를 갈망하는 끝없는 호소도 남는다. 여기서 우리는 예술 작품이 차지하는 위상을 이해할 수 있다.

예술 작품은 한 경험의 죽음과 그 증식을 동시에 표현한다. 예술 작품이란 세상이 이미 오케스트라용으로 편곡해 놓은 테마들을 단조롭고도 열정적으로 반복하는 것과 유사하다. 사원들의 박공에 그려진 무궁무진한 이미지인 육체, 형태 또는 색채, 숫자 또는 고뇌 등이 이 테마이다. 따라서 마지막 단계로, 창조자의 경이롭고도 순진한 세계 속에서 이 에세이의 주요 테마들을 다시 발견하는 것은 나름대로 의미가 있을 것이다. 여기서 어떤 상징을 발견하거나, 예술 작품이 결국은 부조리의 피난처로 간주될 수 있으리라 생각하는 것은 옳지 못할 것이다. 예술 작품은 그 자체로 하나의 부조리한 현상이며, 중요한 것은 오직 그 현상을 묘사하는 것이다. 예술 작품은 정신의 병에 탈출구를 제공해 주지 않는다. 오히려 예술 작품은 한 인간의 사유 전체로 반사되는 이 병의 징후들 중 하나일 뿐이다. 하지만 예술 작품은 정신으로 하여금 처음으로 스스로에게서 벗어나게 하여 타자들과 대면시킨다. 정신이 여기서 길을 잃고 헤매게 하려는 것이 아니라, 그 누구도 벗어날 수 없는 출구 없는 길을 명확하게 보여 주기 위해서이다. 부조리한 추론의 단계에서 창조는 무관심과 발견의 뒤를 따라온다. 창조는 열정이 솟아오르는 그 지점, 추론이 멈추는 지점을 나타낸다. 이 에세이에서 창조의 지위는 이렇게 정당성을 얻는다.

창조자와 사상가의 공통된 몇 가지의 테마가 무엇인지 밝혀내기만 하면, 우리는 부조리에 연루된 사유의 모순들을 예술 작품 속에서 모두 재발견할 수 있을 것이다. 사실 지성들 간의 유사성이란, 그들이 똑같은 결론을 내린다기보다는 공통된 모순들을 갖고 있다는 데 있다. 사유와 창조도 이와 마찬가지다. 인간이 이러한 입장을 가질 수밖에 없는 것은 어떤 똑같은 고민 때문이라는 사실을 내가 굳이 말할 필요가 있을까. 이러한 입장들의 출발점이 일치하는 것도 바로 이 때문이다. 하지만 부조리에서 출발하는 모든 사유들 중에서 부조리를 끝까지 견지하는 경우를 나는 거의 본 적이 없다. 그러므로 오직 부조리에만 속하는 사유를 가장 뚜렷하게 가늠할 수 있는 기준은 바로 부조리와의 간격 또는 어긋남이다. 이와 함께 나 스스로에게 던져야 할 질문이 있다. 부조리한 작품이 과연 가능한가?

예술과 철학 사이의 해묵은 대립이 임의적이라는 사실은 아무리 강조해도 지나치지 않을 것이다. 이 대립 관계를 지나칠 정도로 명확하게 이해하려고 하면 분명 부정확해진다. 다만 이 두 가지 규율에는 각각 나름의 특별한 여건이 있다는 정도만 인정하고자 하면 좀 모호하기는 하지만 맞을지도 모른다. 수긍할 수 있는 유일한 논거가 있다면, 그것은 자기 체계 **한복판에** 갇힌 철학자와 자기 작품 **앞에** 놓인 예술가 사이에 제기되는 모순에 대한 것이다. 그러나 그것은 예술과 철학의 어떤 형태에서나 의미가 있는 문제로, 우리는 여기서 그 문제를 별로 중요하게 생각하지 않는다. 창조자와 분리된 예술이라는 관념은 시대에 뒤처졌을 뿐만 아니라 틀린 것이다. 예술가에 대한 태도와는 반대로, 우리는 그 어떤 철학자도 다수의 체계를 만들어 낸 적이 없다고 지적한다. 하지만 이런 지적은 그 어떤 예술가도 서로 다른 형태를 통해 결국은 단 한 가지만을 표현했다고 보는 조건하에서만 옳다. 예술은 즉각적으로 완성되는 것이며 반드시 새롭게 재탄생할 필요가 있다고 믿는 것은 편견에 불과하다. 왜냐하면 예술 작품 역시 하나의 구성 작업이다 보니, 위대한 창조자라는 사람들이 얼마나 단조로울 수 있는지 누구나 다 알기 때문이다. 예술가도 사상가와 마찬가지로 자기 작품 속에 깊숙이 연루되어 있고, 작품 속에서 자신의 모습을 찾는다. 이러한 상호 침투 작용은 가장 중요한 미학적 문제를 제기한다. 게다가 정신이 단일한 목적을 지향한다고 확신하는 이들에게, 갖가지 방법과 대상에 따른 이러한 구분보다 무의미한 것은 없다. 인간이 이해하고 사랑하기 위해 스스로에게 제시하는 원칙들 간에는 경계가 없다. 이 원칙들은 상호 침투하며, 동일한 고뇌를 통해 서로 뒤섞이는 것이다.

이 이야기를 하면서 시작할 필요가 있겠다. 부조리한 작품이 가능하기 위해서는 가장 명철한 형태를 띤 채 사고가 그 작품 속에 섞여 들어가야 한다는 것이다. 하지만 그와 동시에, 이 형태는 질서를 부여하는 지성의 자격이 아니고서는 작품 속에 절대 드러나서는 안 된다. 이러한 역설은 부조리에 의해 설명된다. 예술 작품은 지성이 구체적인 것을 논리적으로 따지려는 시도를 포기할 때 탄생한다. 예술 작품은 살아

숨 쉬는 육체의 승리를 나타낸다. 작품의 탄생을 촉발하는 것은 명철한 사고이지만, 이 촉발 행위 속에서 사고는 자신을 포기한다. 이 명철한 사고는 묘사에 좀 더 심오한 의미를 덧붙이려는 유혹에 넘어가지 않을 것이다. 사고는 이 의미가 부당하다는 것을 알고 있다. 예술 작품은 지성의 드라마를 구현해 내지만, 그 지성을 간접적으로 증명할 뿐이다. 부조리한 작품은 이러한 한계를 의식하고 있는 예술가와, 구체적인 것은 그 자체일 뿐 그 이상의 의미는 없는 예술을 요구한다. 이러한 작품은 삶의 목적도, 의미도, 위안도 될 수 없다. 창조를 하든, 혹은 하지 않든 달라지는 것은 아무것도 없다. 부조리한 창조자는 자기 작품에 집착하지 않는다. 그는 자기 작품을 포기할 수도 있을 것이다. 사실, 가끔 포기하기도 한다. 아비시니아[2]만으로도 충분하기 때문이다.

이와 동시에 우리는 여기서 하나의 미학적 규범을 볼 수 있다. 진정한 예술 작품은 언제나 인간적 기준에 따라 가늠되고, 이러한 작품은 본질적으로 말을 〈적게〉 하는 작품이라는 것이다. 한 예술가의 총체적인 경험과 이 경험을 반영하는 작품 사이에는, 가령 『빌헬름 마이스터』와 괴테의 성숙함 사이에는 모종의 관계가 있다. 작품이 설명의 문학이라는 그럴듯한 종잇장을 통해 경험을 모조리 전달하려고 마음먹는 순간, 이 관계는 나쁜 관계가 된다. 작품이 경험 속에서 잘라 낸 한 조각일 때, 내면의 광채가 무한대로 집약된 다이아몬

2 에티오피아의 옛 이름. 여기에서는 시(詩)를 포기하고 아비시니아로 떠난 시인 랭보를 암시한다.

드의 한 결정면에 불과할 때, 이 관계는 좋은 관계이다. 전자인 나쁜 관계의 경우, 지나친 욕심과 영원을 향한 거창한 포부가 있다. 후자인 좋은 관계의 경우, 경험이 암시하는 모든 것들을 통해 작품은 풍요로워지고, 우리는 이 풍부한 경험이 어떤 것인지 추측하게 된다. 부조리한 예술가에게 중요한 것은 요령이나 수완을 초월하는 삶의 지혜를 터득하는 것이다. 결국, 이러한 분위기 속에서 위대한 예술가란 무엇보다 위대한 생존자이다. 여기서 생존한다는 것, 살아 있다는 것은 성찰하는 것 못지않게 제대로 느낀다는 의미이다. 따라서 작품은 지성의 드라마 한 편을 구현해 낸다. 부조리한 작품은 사고가 자신의 특권을 포기한 채 겉으로 보이는 것만을 작품화하고, 합리적 이치에 맞지 않는 것들에 이미지를 부여하는 지성의 지위에만 만족한다는 것을 구체적인 형상을 통해 보여 준다. 만약 세계가 명쾌하다면, 예술은 존재하지 못할 것이다.

나는 여기서 그 빼어난 겸허함을 갖춘 묘사만이 지배하는 형태나 색채의 예술에 대해서 이야기하려는 것이 아니다.[3] 표현은 사고가 끝나는 곳에서 시작된다. 사원과 박물관을 가득 채우고 있는 멍한 시선의 이 젊은 남녀들, 그들의 철학은 자신의 몸짓 속에 새겨져 있다. 부조리한 인간에게 이런 철학은 그 어떤 도서관보다 많은 것을 가르쳐 준다. 다른 측면

3 회화들 중에서도 가장 지적인 회화, 즉 현실을 그 본질적 요소들로 환원시키려고 하는 회화가 마지막에 이르면 두 눈의 즐거움에 불과하다는 사실은 흥미롭지 않을 수 없다. 이런 회화는 세계로부터 오직 색채만을 가져와 간직한다 — 원주.

에서 보면 음악도 마찬가지이다. 만약 가르침이라는 것과 무관한 예술이 있다면, 그것은 바로 음악이다. 이것은 수학의 무상성(無償性)을 빌려 올 수밖에 없을 정도로 수학과 너무나도 유사하다. 합의된 신중한 규칙에 따라 정신이 자기 자신과 벌이는 이 게임은 우리의 것인 소리 공간에서 전개되며, 퍼져 나간 그 울림은 이 공간을 넘어 어떤 비인간적 세계에서 서로 만난다. 이보다 더 순수한 감동은 없다. 이러한 사례들은 너무 이해하기 쉽다. 부조리한 인간은 이러한 하모니와 형태들을 자기 것으로 인정한다.

하지만 여기서 내가 이야기하고자 하는 것은 어떤 작품, 즉 설명의 유혹이 여전히 가장 크게 남아 있고, 환상이 환상 그 자체를 목적으로 하며, 결론이 거의 필연적으로 등장하는 그런 작품이다. 소설 창작이 바로 그것이다. 이제 생각해 볼 문제는, 과연 부조리가 소설 속에서 끝까지 유지될 수 있느냐 하는 것이다.

생각한다는 것, 그것은 무엇보다 하나의 세계를 창조해 내고자 하는 것(또는 자기 세계에 어떤 한계를 정하는 것인데, 결국 같은 말이다)이다. 그것은 인간을 자기 경험으로부터 분리시키는 근원적 불화로부터 출발하여 자신의 향수를 따르는 어떤 합의의 영역을, 견딜 수 없는 이 분리를 해소시켜 주는 어떤 세계를, 이성으로 완전히 제어되거나 유사성들로 환히 조명되는 세계를 발견하고자 하는 것이다. 철학자는, 심지어 그가 칸트라고 할지라도 창조자이다. 그에게는 자신만의 등장인물들과 자신만의 상징, 자신만의 비밀스러운 행동이 있다. 자신만의 결론도 있다. 이와는 반대로, 시와 에세이에 대한 소설의 우위는 겉보기와 달리 예술에 대한 보다 위대한 지성화를 상징할 뿐이다. 가장 위대한 소설들의 경우만을 말하는 것이니 오해하지 않기를 바란다. 한 장르의 생명력과 위대함은 그 속에 담긴 불필요한 부분들을 통해 가늠되는 경우가 많다. 조악한 소설의 수가 많다고 해서 최고의 소설들이 가진 위대함을 망각해서는 안 된다. 이 최고의 소설들은 그 자체로 자기 세계를 품고 있다. 소설은 소설 나름의 논리, 추론, 직관, 설정이 있다. 명쾌함에 대한 요구도 있다.[4]

앞에서 언급했던 예술과 철학 간의 고전적 대립은 이 특수한 경우에는 정당성을 얻기가 훨씬 어렵다. 그러한 대립은 철학과 그것을 만든 철학자를 쉽게 분리할 수 있을 때에는 가치가 있었다. 사고가 더 이상 보편성을 추구하지 않고, 사고의 가장 바람직한 역사는 스스로를 수정하는 역사라고 할 수 있는 오늘날, 타당하고 유효한 체계라면 그것을 만들어 낸 사람과 분리되지 않는다는 것을 우리는 알고 있다. 『윤리

4 잘 생각해 볼 일이다. 즉 이것은 최악의 소설들을 설명해 주는 말이기 때문이다. 거의 모든 사람들이 스스로 생각할 능력이 있다고 믿으며, 잘하든 못하든 그것은 어느 정도 사실이다. 반면에 스스로를 시인으로 혹은 문장을 잘 만드는 사람으로 상상하는 경우는 거의 없다. 하지만 사고가 문체보다 더 우위를 차지하게 된 이후 대중이 소설을 점령해 버렸다. 이것은 흔히 말하는 것처럼 그렇게 나쁜 일이 아니다. 최고의 소설이란 소설 자체에 대한 더 많은 요구들과 만날 수밖에 없다. 여기서 쓰러지는 소설은 살아남을 가치가 없었던 것이다 — 원주.

학』 자체도 그 여러 측면 중 하나에 비추어 보면, 장황하고 엄격한 자기 고백에 불과하다. 추상적 사고가 결국 육체라는 물리적 실현 매체를 만나게 되는 것이다. 이와 마찬가지로, 육체와 열정을 다루는 소설의 유희는 한 세계관의 요구를 좇아갈 때 좀 더 질서를 갖출 수 있다. 이제 〈이야기〉를 들려주는 시대는 지나갔다. 이제는 자기 세계를 창조해 가는 시대이다. 위대한 소설가들은 철학적 소설가들, 다시 말해 경향 소설의 작가들과는 정반대의 작가들이다. 몇 명을 인용하자면 발자크, 사드, 멜빌, 스탕달, 도스토옙스키, 프루스트, 말로, 카프카 등이 그런 소설가들에 속한다.

하지만 논리가 아닌 이미지로 글을 쓰겠다는 그들의 선택은 그들이 공유하는 어떤 사고를 증명해 준다. 즉 설명의 모든 원칙은 불필요하다고 확신하고, 겉으로 보이는 감각적 외형이 주는 교육적 메시지를 믿어 의심치 않는 사고가 바로 그것이다. 그들은 작품을 하나의 목적인 동시에 출발점으로 생각한다. 작품이란 표현되지 않는 경우가 많은 어떤 철학의 종착지이고, 그 구체적 발현이자, 정점이다. 하지만 작품은 이러한 철학의 숨겨진 암시를 통해서만 완벽해질 수 있다. 작품은 마침내 어떤 오래된 주제의 변주에 정당성을 부여한다. 어설픈 사고는 이 주제를 삶과 멀어지게 하지만, 풍부한 사고는 이것을 삶으로 복귀시켜 준다. 사고는 현실을 승화시킬 능력이 없고, 그것을 모방하는 데 만족한다. 여기서 문제가 되는 소설은 상대적이면서 동시에 고갈되지 않는 인식, 사랑의 인식과도 아주 유사한 인식의 도구이다. 소설의 창조에는 사랑에서 얻을 수 있는 시작 단계의 그 경이로움과 생명력 넘치는 반추 작용이 자리하고 있다.

적어도 내가 소설 창조에서 처음부터 인정했던 것은 특권들이다. 하지만 이 특권들은 내가 굴욕적 사고의 제왕들에 대해서도 인정했던 바이다. 하지만 그 후에 나는 그들의 자살을 목격할 수 있었다. 나의 관심사는 바로, 그들을 환상이라는 공통의 길로 이끄는 힘을 파악하고 묘사하는 것이다. 따라서 여기서도 똑같은 방법이 내게 도움이 될 것이다. 그 방법을 이미 사용했기 때문에 장황하지 않게 나의 추론 과정을 좀 줄일 수 있을 것이고, 정확한 한 가지 사례를 통해 간단히 정리할 수 있을 것이다. 내가 알고 싶은 것은, 구원을 호소하지 않고 살아가기로 한 사람이 역시 그 어떤 호소 없이 일하고 창조할 수 있는 것인지, 그러한 자유로 나아가는 길은 어떤 길인지 하는 것이다. 나는 나의 세계를 그 유령으로부터 해방시키고, 이 세계를 오직 육체, 그 존재를 부정할 수 없는 육체의 진실만으로 채우고자 할 뿐이다. 나는 작품을 부조리하게 만들 수 있고, 다른 태도가 아닌 창조적 태도를 선택할 수 있다. 하지만 부조리한 태도가 부조리한 상태를 유지하기 위해서는 자신의 무상성을 지속적으로 의식하고 있어야 한다. 작품도 마찬가지다. 부조리의 요구 사항이 작품 속에서 지켜지지 않는다면, 작품이 분리와 반항을 형상화하지 않는다면, 작품이 환상을 좇으며 희망을 부추긴다면 그 작품은 무상성을 잃게 된다. 그렇게 되면 나는 이제 작품으로부터 떨어질 수 없게 된다. 나의 삶이 작품 속에서 어떤 의미를 찾을 수 있기 때문이다. 이는 터무니없는 일이다. 작품은 더 이상 한 인간 삶의 찬란함과 무용성을 완성하는 거리 두기와 열정의 실천이 되지 못하는 것이다.

설명의 유혹이 가장 강하게 남아 있는 창조 속에서, 누가 이러한 유혹을 극복할 수 있을까? 현실 세계에 대한 의식이 가장 강한 허구의 세계 속에서, 나는 결론을 이끌어 내려는 욕망에 굴하지 않고 부조리에 계속 충실할 수 있을까? 이런 문제들이야말로 마지막 노력을 경주하며 고려해 보아야 할 것들이다. 이 문제들이 무엇을 의미하는지 우리는 이미 깨달은 바 있다. 이 문제들은 최후의 환상을 대가로 자신이 깨달은 최초의 교훈, 그 힘든 교훈을 저버리게 될까 봐 두려워하는 의식의 마지막 불안감이다. 부조리를 의식하는 인간이 취할 수 있는 가능한 태도들 중 하나로 간주되는 것이 바로 창조이다. 이 창조에 유효한 것은 인간에게 주어지는 삶의 모든 양식에 대해서도 유효하다. 정복자나 배우, 창조자나 돈 후안은 자신들의 삶의 실천이 그 기상천외한 특징을 의식하지 않고는 진행될 수 없으리라는 것을 망각할 수도 있다. 우리는 너무나 빨리 습관에 익숙해진다. 누구나 행복하게 살기 위해 돈을 벌고자 하고, 삶의 모든 노력과 가장 좋은 부분은 이 돈을 얻는 데 집중된다. 행복은 잊히고, 수단이 목적으로 간주되는 것이다. 마찬가지로 정복자의 모든 노력은 좀 더 위대한 삶을 향한 길에 불과했던 야심으로 표출될 것이다. 돈 후안 역시 자신의 운명에 동의할 것이고, 반항을 통해서만 위대한 가치를 얻게 되는 그 삶에 만족하게 될 것이다. 전자의 경우에는 의식이, 후자의 경우에는 반항이 중요한데, 이 두 경우 모두 부조리는 사라져 버렸다. 인간의 마음속에는 수많은 희망이 끈질기게 따라붙는다. 가진 것 하나 없는 사람들도 결국은 환상에 동의하고 마는 경우가 간혹 있다. 평화로움을 향한 욕구에서 비롯되는 이러한 동의는 실존적 동의와 정신적으로 형제간이다. 빛의 신과 진흙탕의 우상은 이런 식으로 존재한다. 하지만 발견해야 할 것은 인간의 얼굴에 이르는 그 중간의 길이다.

지금까지 부조리의 요청이 무엇인가에 대해 우리에게 가장 잘 가르쳐 준 것은 부조리한 요구의 실패이다. 똑같은 방식으로 우리가 경계를 늦추지 않으려면, 소설의 창조가 어떤 철학들처럼 모호함을 제공할 수도 있음을 인식하고 있으면 된다. 따라서 나는 이런 소설의 사례를 위해 부조리한 의식을 드러내는 표시가 총망라되어 있는 어떤 작품, 즉 출발은 명쾌하고 분위기는 명철한 작품을 선택할 수 있다. 이 작품의 결과가 우리에게 가르쳐 줄 것이다. 만약 부조리가 작품 속에서 지켜지지 않는다면, 환상이 어떤 매개를 통해 작품 속으로 끼어드는지 알게 될 것이다. 그렇다면 정확한 하나의 사례, 하나의 주제, 창조자의 변함없는 충실함으로 충분할 것이다. 이것은 앞에서 보다 장황하게 이루어진 분석과 똑같다.

나는 도스토옙스키가 좋아하는 주제 하나를 살펴보려고 한다. 다른 작품들을 연구해 볼 수도 있었을 것이다.[5] 하지만

5 예를 들면 말로의 작품. 하지만 그러려면 사실상 부조리한 사유가 피해

도스토옙스키의 작품에서는, 문제가 위대함과 감동이라는 방향 속에서 직접적으로 다루어지고 있다. 이것은 앞에서 다루었던 실존적 사유의 경우와 유사하다. 이러한 유사성이 나의 목표에 도움이 된다.

갈 수 없는 사회적 문제를 동시에 다루어야 했을 것이다(부조리한 사유가 이 문제에 대해 판이한 다수의 해결책들을 제시해 줄 수도 있지만). 그러나 범위에 제한을 둘 수밖에 없다 — 원주.

키릴로프

도스토옙스키의 주인공들은 모두 삶의 의미에 의문을 제기한다. 이런 점에서 그들은 근대적이다. 다시 말해 어리석게 보이는 것을 두려워하지 않는 것이다. 근대적 감수성과 고전적 감수성의 차이는, 후자는 윤리적 문제들에 중점을 두고, 전자는 형이상학적 문제에 중점을 둔다는 데 있다. 도스토옙스키의 소설들 속에서는 이 문제가 극도로 밀도 있게 제기되는 만큼, 극단적 해결책이 개입될 수밖에 없다. 즉 삶은 거짓이거나 **아니면** 영원하다. 도스토옙스키가 이러한 성찰에만 그쳤다면, 그는 철학자일 것이다. 하지만 그는 이러한 정신의 유희가 인간의 삶 속에서 불러일으킬 수 있는 결과들을 구체적으로 보여 주고 있다는 점에서 예술가이다. 이 결과들 중에서도 그를 사로잡고 있는 것은 마지막 결론, 즉 그 자신이 『작가 일기』에서 논리적 자살이라고 일컬었던 결론이다. 실제로 1876년 12월 일기에서 그는 〈논리적 자살〉의 전개를 머릿속에 그리고 있다. 불멸에 대한 신념이 없는 이에게 인간 존재란 하나의 완벽한 부조리라고 확신한 사람은 절망적으로 이러한 결론에 도달한다.

행복에 관한 나의 질문에 대해 내 의식을 통해 답변 형식으로 선언된 바는, 나는 이해할 수도 없고 앞으로도 결코 이해하지 못할 우주와의 조화를 이루지 않고서는 행복할 수 없다는 것이다. 그러므로 분명한 것은…….

결국 세상의 이치가 이러하다면 나는 원고의 역할과 변호사의 역할, 판사와 피고의 역할을 동시에 맡게 되고, 또한 나는 자연이 맡아 연기하는 그 연극이 너무도 어처구니없다고 생각하며, 나조차 그런 역할을 맡는 것이 굴욕적이라 여겨지기 때문에…….

원고인 동시에 변호사, 판사인 동시에 피고라는 논란의 여지 없는 자격으로, 나는 이 자연을 단죄한다. 자연은 파렴치하게도 나를 태어나게 했고, 고통만 겪게 했다. 나는 자연이 나와 함께 소멸될 것을 선고한다.

이러한 입장에는 여전히 약간의 유머가 포함되어 있다. 이 자살자가 자살하는 이유는 형이상학적 차원에서 **자존심이 상했기** 때문이다. 어떻게 보면 그는 복수를 하는 셈이다. 〈당하고만 있지 않으리라〉는 것을 증명하는 나름의 방식인 것이다. 그런데 이와 똑같은 주제가, 하지만 가장 폭넓은 규모로 『악령』의 인물 키릴로프에게서 구현되고 있다. 키릴로프 역시 논리적 자살의 신봉자이다. 건축 기사인 키릴로프는 자기가 스스로 목숨을 끊으려는 이유는 바로 〈그것이 자기 생각〉이기 때문이라고 어디선가 말한다. 이 말을 글자 그대로 이해해야 한다는 것을 우리는 잘 알고 있다. 그가 자신의 죽음을 준비하는 것은 바로 하나의 생각, 하나의 사상 때문이라는 것이다. 이것은 고차원적인 자살이다. 키릴로프의 가면이 조금씩 밝혀지는 장면들을 따라가다 보면, 그를 움직이는 치명적 사고가 어떤 것인지 우리에게도 전해진다. 사실, 이 건축 기사는 『작가 일기』의 논리적 과정을 되풀이하고 있는 것이다. 그는 신이 필요하다고, 또 반드시 존재해야 한다고 느낀다. 하지만 그는 신은 존재하지 않고, 존재할 수도 없다는 것을 알고 있다. 그는 이렇게 외친다. 〈이 정도면 자살할 만한 이유가 충분하다는 것을 너는 어째서 이해하지 못하는 거지?〉 이러한 태도는 키릴로프 자신에게도 몇 가지 부조리한 결론을 이끌어 내게 한다. 그는 자신이 경멸해 마지않는 명분을 위해 자기의 자살이 이용되는 것을 초연하게 받아들인다. 〈지난밤 나는 아무래도 상관없다고 마음먹었다.〉 그는 마침내 반항과 자유가 혼재된 감정 상태에서 자신의 행위를 준비한다. 〈나의 반항과 나의 새롭고도 끔찍한 자유를 주장하기 위해 나는 스스로 목숨을 끊을 것이다.〉 이것은 이제 복수가 아니라 반항이다. 따라서 키릴로프는 부조리한 인물이다. 비록 그가 자살한다는 점에서 본질적으로 판단을 유보할 지점이 있기는 하지만. 그렇지만 그 스스로 이러한 모순을 설명하고 있고, 그렇기 때문에 완전무결하게 순수한 상태의 부조리한 비밀 역시 동시에 누설하고 있다. 실제로 그는 자신의 치명적 논리와 함께 범상치 않은 어떤 야망을 이야기하고 있다. 그 야망은 이 인물의 전적인 의도가 무엇인지 알려 준다. 즉 그는 신이 되기 위해 자살하려는 것이다.

이 논리에는 고전적인 명쾌함이 있다. 만약 신이 존재하지 않는다면 키릴로프가 신이다. 만약 신이 존재하지 않는다면 키릴로프는 자살해야 한다. 따라서 키릴로프는 신이 되기 위해 자살해야 한다. 이것은 부조리하지만 필요한 논리이다. 하지만 흥미로운 것은 지상으로 내려온 이 신성에 어떤 의미를 부여하는가 하는 것이다. 이것은 그의 선언, 즉 〈만약 신이 존재하지 않는다면 내가 신이다〉라는, 아직은 꽤나 모호한 선언을 해명하는 것에 다름 아니다. 무엇보다 중요한 일은 이 터무니없는 주장을 내세우는 인간이 분명 이 지상의 인간이라는 점에 주목하는 것이다. 그는 건강을 유지하기 위해 매일 아침 운동을 한다. 그는 부인을 되찾은 샤토프의 기쁨에 감동한다. 그가 죽고 난 뒤 발견될 종이에는, 〈그들에게〉 혀를 내밀며 놀리는 얼굴 하나를 그려 두고 싶어 한다. 그는 어린아이처럼 철없고 화도 잘 내며, 열정적이면서 논리정연하고 예민하다. 그의 초인적인 면이라고는 논리와 고정관념뿐이고, 그 외에는 지극히 인간적인 면만을 갖추고 있을 뿐이다. 그럼에도 불구하고 자신의 신성에 대해 아무렇지도 않게 이야기하는 것이 바로 이 사람이다. 그는 미치지 않았다. 그게 아니라면 도스토옙스키가 미친 것이다. 따라서 그는 과대망상에 사로잡혀 이러는 것이 아니다. 이 경우 말을 글자 그대로 받아들이는 것은 우스운 꼴이 될 것이다.

키릴로프 자신이 우리가 좀 더 제대로 이해할 수 있도록 도와준다. 스타브로긴의 어떤 질문에 대해 그는 자신이 신인(神人)을 이야기하는 것이 아님을 확실히 한다. 이것은 자신을 예수와 구분하려는 의도일 것이라고 생각할 수도 있다. 하지만 사실 이것은 예수를 인간으로 통합시키는 것이다. 실제로 언젠가 키릴로프는 죽어 가는 예수가 **천국으로 되돌아가지 않았다고** 상상한다. 이때 그는 참을 수 없는 예수의 고통이 불필요한 것이었음을 깨달았다. 그는 이렇게 말한다. 〈자연의 법칙은 예수를 거짓의 한복판에서 살아가게 했고, 거짓을 위해 죽게 했다.〉 오직 이런 의미에서 예수는 인간의 드라마를 온전히 제대로 구현한다고 볼 수 있다. 그는 가장 부조리한 조건을 실현한 인간이라는 점에서 완벽한 인간이다. 그는 신인(神人, *dieu-homme*)이 아니라, 인신(人神, *homme-dieu*)이다. 그리고 예수처럼 우리 각자도 십자가에 못 박힐 수 있고 기만당할 수 있다. 어느 정도는 실제로 그러하다.

따라서 여기서 문제되는 신성이란 철저하게 지상의 것이다. 〈나는 3년 동안 내 신성의 속성을 찾아 헤맸다. 그건 바로 독립이다〉라고 키릴로프는 말한다. 이때부터 우리는 〈신이 존재하지 않는다면 내가 신이다〉라는 키릴로프의 선언이 의미하는 바를 이해할 수 있다. 신이 된다는 것은 단지 이 지상에서 자유로워지는 것이고, 불멸의 어떤 존재를 섬기지 않는다는 뜻이다. 물론, 그것은 이 고통스러운 독립의 귀결점을 모두 이끌어 내는 것이기도 하다. 신이 존재한다면 모든 것은 신에게 달려 있고, 우리는 신의 의지에 맞서서 할 수 있는 일이 아무것도 없다. 신이 존재하지 않는다면 모든 것은 우리에게 달려 있다. 니체의 경우처럼 키릴로프에게도 신을 죽인다는 것은 자기가 신이 된다는 뜻이다. 이것은 복음서가 말하는 영원한 삶을 지상에서 실현시키는 것이다.[6]

하지만 이런 형이상학적 범죄만으로 인간이 완성될 수 있다면, 여기에 왜 자살까지 필요한 것인가? 이미 자유를 획득했다면, 왜 굳이 자살을 하고 이 세상을 떠나는 것인가? 이것은 모순이다. 〈네가 이것을 느낄 수 있다면 너는 황제이다. 너는 자살은커녕 최고의 영광 속에서 살아가게 될 것이다〉라고 덧붙이는 키릴로프는 이 모순을 잘 알고 있다. 하지만 사람들은 이를 알지 못한다. 그들은 〈이것〉을 느끼지 못하는 것이다. 프로메테우스 시대처럼 사람들은 자기 내면에 맹목적 희망을 키운다.[7] 그들은 누군가 길을 안내해 주길 원하고, 설교 없이는 살아갈 수 없다. 따라서 키릴로프는 인류에 대한 사랑으로 자살을 해야 하는 것이다. 그는 자기 형제들에게 가장 확실하고도 가기 힘든 왕도(王道)를 제시해 주어야 하고, 자신이 제일 먼저 그 길에 올라야 할 것이다. 이것은 교육적 의미의 자살이다. 따라서 키릴로프는 자기희생을 한 셈이다. 하지만 그는 십자가에 못 박히더라도 기만당하지 않

6 〈스타브로긴: 당신은 저세상에서의 영원한 삶을 믿으십니까?
키릴로프: 아닙니다, 하지만 이 땅에서의 영원한 삶은 믿습니다〉— 원주.

7 〈인간은 자살하지 않으려고 신을 만들어 냈을 뿐이다. 이것이 바로 지금까지의 보편 역사를 한마디로 요약한 것이다〉— 원주.

을 것이다. 그는 미래 없는 죽음을 확신하며, 복음서의 우울함에 깊이 젖어든 채, 여전히 인신(人神)으로 남아 있다. 그는 〈나는 불행하다. 나의 자유를 주장하지 **않을 수 없기** 때문이다〉라고 말한다. 하지만 그가 죽고 나서, 마침내 사람들이 깨닫게 되면 이 땅은 황제들로 가득할 것이고, 인간의 영광으로 환히 빛날 것이다. 키릴로프가 당긴 방아쇠는 최후의 혁명을 알리는 신호탄이 될 것이다. 이와 같이 그를 죽음으로 몰고 간 것은 절망이 아니라 인류애 그 자체이다. 피를 흘리며 뭐라 형용할 수 없는 정신적 모험에 종지부를 찍기 직전, 그는 인간의 고통만큼이나 오래된 한마디 말을 남긴다. 〈모든 게 다 잘되었다.〉

따라서 도스토옙스키에게 자살이란 주제는 진정으로 부조리한 주제이다. 다음으로 넘어가기 전에 한 가지 짚고 가야 할 점은, 스스로 새로운 부조리 주제에 연루되는 또 다른 인물들 속에서 키릴로프가 재현된다는 사실이다. 스타브로긴과 이반 카라마조프가 실생활에서 부조리한 진실을 실천하는 것이다. 키릴로프의 죽음 덕분에 해방을 맞이한 자들이 바로 그들이다. 그들은 황제가 되려고 시도했다. 스타브로긴은 〈아이러니한〉 삶을 영위하는데, 그 삶이 어떤 것인지 우리는 잘 알고 있다. 그는 자기 주변에 증오를 불러일으킨다. 하지만 이 인물을 파악할 수 있는 키워드는 〈나는 아무것도 증오할 수 없었다〉라는 그의 유언에서 발견된다. 그는 무관심한 황제이다. 이반 역시 정신의 절대 권력 포기를 거부함으로써 황제가 된다. 그의 형제처럼 신을 믿으려면 굴욕을 감수해야 한다는 것을 스스로의 삶을 통해 증명하는 이들에게, 이반은 그 조건은 그럴 만한 가치가 없다고 대답할 수도 있다. 그의 키워드는 바로 슬픔의 뉘앙스가 적당히 섞인 〈모든 것이 허락된다〉이다. 물론, 신을 살해한 자들 중 가장 유명한 니체처럼 이반도 끝까지 광기를 버리지 못한다. 하지만 이것은 기꺼이 무릅쓸 만한 위험이고, 이 비극적 결말 앞에서 부조리한 정신이 취하는 가장 중요한 반응은 이렇게 묻는 것이다. 〈그것이 무엇을 증명해 주는가?〉

이처럼 도스토옙스키의 소설은 『작가 일기』와 마찬가지로 부조리의 문제를 제기한다. 이 소설들은 죽음에 이르는 논리와 광기, 〈끔찍한〉 자유, 황제들의 인간화된 영광을 만들어 낸다. 모든 것이 잘되었고, 모든 것이 허락되며, 미워할 만한 것은 아무것도 없다. 이것이 바로 부조리한 판단이다. 하지만 이 불과 얼음의 존재들이 우리에게 이토록 친숙하게 다가오게끔 만드는 창조는 얼마나 경이로운 것인가! 이 존재들의 심장에서 끓어오르는 그 초연함에 열광하는 세계는 우리에게 전혀 괴물로 다가오지 않는다. 우리는 그 속에서 우리의 일상적 고뇌들을 다시 만나는 것이다. 분명 부조리한 세계에 그토록 친근하고 그토록 고통스러운 마력을 부여한 사람은 도스토옙스키 외에는 없을 것이다.

그러나 그의 결론은 무엇인가? 다음 두 개의 인용문을 통해 이 작가를 다른 계시들의 세계로 이끄는, 형이상학의 완전한 역전을 볼 수 있을 것이다. 논리적 자살의 추론이 비평가들의 항의를 몇 차례 불러일으키자, 도스토옙스키는 『작가 일기』의 다음 호(號)에서 자신의 입장을 개진하며 다음과 같은 결론을 내린다. 〈불멸에 대한 믿음이 인간 존재에게 그토록 필요한 것이라면(그래서 그 믿음이 없으면 자살이라는 극단적 선택을 할 수밖에 없다면), 그것은 그 믿음이 인간에게는 정상적이고 당연한 것이기 때문이다. 상황이 이러하다면 인간 영혼의 불멸이란 틀림없이 존재하는 것이다.〉 또 한편으로는, 자신의 마지막 소설의 마지막 페이지에서, 신과의 거대한 전투의 막바지에 이르렀을 때 아이들은 알료샤에게 이렇게 묻는다. 〈카라마조프, 종교에서 말하는 것이 사실인가요? 그러니까 죽은 사람들 가운데서 우리가 부활할 거라든지, 죽어서 우리가 모두 다시 만나게 될 거라는 거 말이에요.〉 그러자 알료샤는 이렇게 대답한다. 〈물론이지, 우리는 다시 만나게 될 것이고, 과거의 모든 일들을 즐겁게 서로 이야기하게 될 거란다.〉

이처럼 키릴로프, 스타브로긴, 이반은 패배자들이다. 『카라마조프 씨네 형제들』이 『악령』에게 화답하는 것이다. 이것이 바로 결론이다. 알료샤의 경우는 무슈킨 공작[8]의 경우처럼 모호하지 않다. 몸이 아픈 무슈킨은 미소와 무관심이 미묘하게 뒤섞인 영원한 현재 속에서 살아가는데, 이 지복의 상태가 그 공작이 말하는 영원한 삶이 될 수도 있을 것이다. 반면에 알료샤는 〈다시 만나게 될 거야〉라며 영원한 삶을 분

8 도스토옙스키의 『백치』의 주인공. 도스토옙스키의 인물들 중 보기 드물게 선하고 순수한 인물이다.

명히 말하고 있다. 자살과 광기는 더 이상 문제가 되지 않는다. 불멸과 자신의 기쁨을 확신하는 이에게 그런 것들이 무슨 소용이 있단 말인가? 인간은 자신의 신성과 행복을 맞바꾸는 것이다. 〈우리는 과거의 모든 일들을 즐겁게 서로 이야기하게 될 거란다.〉 이처럼 러시아 어딘가에서 키릴로프의 총성이 울렸지만, 세상은 계속해서 눈먼 희망의 바퀴를 굴렸다. 사람들은 (황제의) 〈그것〉을 깨닫지 못했기 때문이다.

따라서 우리에게 말을 하고 있는 사람은 부조리한 소설가가 아니라 실존주의적 소설가이다. 여기서도 비약은 여전히 감동적이고, 비약을 불러일으키는 예술에 위대함을 부여한다. 이것은 의혹으로 빚어진 가슴 뭉클하고 막연하며 열렬한 지지이다. 『카라마조프 씨네 형제들』에 대해 이야기하면서 도스토옙스키는 이렇게 썼다. 〈이 책의 모든 부분에서 추구하게 될 주요 문제는, 내가 평생에 걸쳐 의식적 혹은 무의식적으로 씨름했던 문제, 즉 신의 존재라는 문제이다.〉 한 편의 소설이 일생에 걸친 그 고민을 유쾌한 확신으로 바꿔 주기에 충분했다고는 믿기 어렵다. 한 해설가가 이 점을 제대로 지적하고 있다.[9] 도스토옙스키와 이반은 서로 공모 관계라는 것이다. 그리고 『카라마조프 씨네 형제들』 중에서 확신으로 가득 찬 장(章)들을 쓰는 데에는 3개월의 노력이 필요했지만, 그가 〈신성 모독〉이라고 부르는 부분들은 3주 만에 신들린 듯한 상태에서 완성했다. 살 속에 이런 가시가 박혀 있지 않은 사람, 그 가시로 아파하지 않는 사람, 또는 그 치료약을

9 보리스 드 슐뢰제르Boris de Schloezer — 원주.

감각과 부도덕함[10]에서 찾지 않는 사람은 그의 작중 인물이 될 수 없다. 아무튼 이 의혹에 대해 좀 더 생각해 보도록 하자. 여기 작품이 한 편 있다. 한낮의 햇빛보다 강렬한 어떤 희미한 빛 속에서, 자기 희망과 맞서 싸우는 인간의 투쟁을 포착할 수 있는 그런 작품이다. 말미에 이르면, 작품의 창조자는 자기 인물들에게 불리한 선택을 한다. 이러한 모순 때문에 우리는 미묘한 뉘앙스의 차이를 두고 이렇게 말할 수 있다. 즉 지금 이야기되고 있는 이런 작품은 부조리한 작품이 아니라 부조리의 문제를 제기하는 작품이라고.

도스토옙스키의 대답은 굴종이고, 스타브로긴에 따르면 〈수치〉이다. 반면에 부조리한 작품은 대답을 주지 않는다. 이것이 바로 그 둘의 차이이다. 마지막으로 반드시 기억해야 할 것이 있다. 이 작품 속에서 부조리와 대립하는 것은 작품의 기독교적 속성이 아니라, 작품이 내세를 예고한다는 점이다. 사람은 기독교인이면서 부조리할 수 있다. 내세를 믿지 않는 기독교인들의 사례는 많이 있다. 따라서 예술 작품에 대하여, 앞에서 예상할 수 있었던 부조리한 분석 방향들 중 하나를 명확히 제시할 수 있을 것이다. 이 분석은 결국 〈복음서의 부조리성〉을 제기하는 데까지 이르게 된다. 그것은 신념이 있다고 해서 무신앙을 막지는 못한다는 생각, 예상치 못한 많은 문제들을 제기할 수 있는 이런 생각을 분명히 드러내고 있다. 그런데 이런 길에 익숙한 『악령』의 저자가 마

10 앙드레 지드의 특이하고도 날카로운 지적, 즉 도스토옙스키의 거의 모든 주인공들은 일부다처라는 사실이다 — 원주.

지막에는 완전히 다른 길을 선택했음을 우리는 분명히 알 수 있다. 창조자가 자기 인물들에게, 그러니까 도스토옙스키가 키릴로프에게 제시한 뜻밖의 해답은 실제로는 이렇게 요약될 수 있다. 〈존재는 거짓이다. **그리고** 그것은 영원하다.〉

내일 없는 창조

따라서 내가 여기서 깨달은 바는, 희망이란 피한다고 영원히 피해 갈 수 있는 것이 아니며, 희망으로부터 해방되고 싶어 하는 사람들조차 희망에 동화시켜 버릴 수 있다는 사실이다. 이것은 지금까지 다루어진 작품들 속에서 내가 깨닫게 된 흥미로운 점이다. 적어도 창조의 차원에서 나는 진정으로 부조리한 작품 몇 편을 열거할 수도 있을 것이다.[11] 하지만 모든 것에는 시작이 있어야 한다. 이 연구의 목적은 어떤 일관성이다. 교회가 이단에게 그토록 가혹했던 것은, 길 잃고 방황하는 자식보다 더 위험한 적(敵)은 없다고 판단했기 때문이다. 그 이유밖에 없다. 하지만 대담한 그노시스파[12]의 역사와 마니교파[13]의 집요함은, 그 모든 기도문들이 정통 교리의 구축을 위해 이바지한 것보다 더 많은 일들을 했다. 둘의 차이가 없지는 않지만, 어쨌든 이것은 부조리에도 마찬가지로

11 예를 들면 멜빌의 『모비 딕』— 원주.

12 다양한 지역의 이교 교리가 혼합된 모습을 보이며, 이원론이나 구원 등의 문제에서 정통 기독교와 극복할 수 없는 차이를 보였다.

13 광명-선과 암흑-악의 이원론을 기본으로 하는 고대 페르시아 종교.

적용된다. 우리는 부조리에서 멀어지는 길들을 발견함으로써 부조리의 길을 찾아낸다. 부조리의 추론이 말미에 이르면, 희망이 자신의 가장 비장한 모습으로, 부조리의 논리가 요구하는 태도 중 하나 속으로 또다시 침투하는 것을 발견하게 된다. 이것은 무시할 수 없는 문제로, 고행과도 같은 부조리의 길이 얼마나 어려운지를 보여 준다. 더군다나 이것은 변함없이 유지되는 의식이 얼마나 필요한지를 알려 주며, 이 에세이의 전체적인 틀과 일치한다.

하지만 부조리한 작품들을 열거하는 것이 아직은 중요하지 않다고 하더라도, 부조리한 존재를 완성시킬 수 있는 태도 중의 하나인 창조적 태도에 대해서는 결론을 내려 볼 수 있다. 예술은 부정적 사고에 의해서만 제대로 이해될 수 있다. 검은색을 이해하는 데 흰색이 필요한 것과 마찬가지로, 부정적 사고의 모호하고 겸허한 과정은 위대한 작품을 이해하는 데 필수적이다. 〈아무 목적 없이〉 일하거나 창조하는 것, 진흙으로 조각하는 것, 자신의 창조에 미래가 없음을 아는 것, 자기 작품이 하루아침에 무너지는 것을 보고도 그것이 오랜 세월에 걸쳐 건축하는 것과 똑같이 중요하다는 것을 뼈저리게 의식하는 것, 그것이 바로 부조리한 사유를 통해 얻어지는 쉽지 않은 지혜이다. 두 가지 임무를 동시에 수행하는 것, 다시 말해 한편으로는 부정하면서 다른 한편으로는 열광하는 것, 이것이 바로 부조리한 창조자 앞에 펼쳐진 길이다. 그는 허무에 자기 색깔을 부여해야 하는 것이다.

이것은 예술 작품에 대한 어떤 특별한 개념과 연결된다.

우리는 한 창조자의 작품을 일련의 고립된 증언들로 간주하는 경우가 빈번하다. 그래서 예술가와 문인들을 혼동하는 것이다. 심오한 사상은 끊임없는 형성 과정 속에 있기 때문에, 삶의 경험과 결합하여 그 속에서 지속적으로 다듬어진다. 이와 마찬가지로 한 인간의 독특한 창조는 여러 작품이라는 연속적이고 다양한 모습 속에서 점점 견고해지는 것이다. 여러 작품이 서로를 보완해 주고, 교정해 주거나 넘어지지 않게 붙잡아 주는가 하면, 서로 반박하기도 한다. 만약 창조를 마무리 지어 주는 것이 있다면, 그것은 〈나는 할 말을 다했다〉라는 눈먼 예술가의 의기양양하고 헛된 외침이 아니라, 그의 경험과 천재적인 책을 닫아 버리는 창조자의 죽음이다.

이러한 노력, 이러한 초인적 의식이 반드시 독자의 눈에 보이는 것은 아니다. 인간의 창조에는 신비한 점이 없다. 의지가 창조라는 기적을 낳는 것이다. 하지만 최소한 진정한 창조에는 비밀이 있게 마련이다. 아마도 일련의 작품들이란 동일한 사상에 대한 일련의 근사치들일 수밖에 없을 것이다. 하지만 나란히 병치시킴으로써 나아가는 또 다른 종류의 창조자들을 생각해 볼 수 있다. 그들의 작품들은 서로 무관해 보일 수도 있다. 어떤 점에서는 서로 모순되기도 한다. 하지만 이 작품들을 모두 모아 놓으면 그들 간의 정연한 질서를 재발견할 수 있다. 이런 식으로 이 작품들은 자신들의 결정적 의미를 죽음으로부터 받아들인다. 작품은 저자의 삶 자체로부터 자신의 가장 밝은 빛을 받게 되는 것이다. 이때 연속적으로 이어지는 그의 작품들은 실패를 모아 놓은 것에 불과하다. 그러나 이 실패들이 모두 똑같은 울림을 간직하고 있다면, 그 창조자는 자기 고유의 조건이 지닌 이미지를 반복할 수 있고, 그가 보유하고 있는 불모의 비밀이 울려 퍼지게 할 수 있었다는 의미이다.

여기서 통제와 지배의 노력은 상당하다. 그렇지만 인간의 지성은 훨씬 더한 노력도 충분히 해낼 수 있다. 지성은 창조의 자발적 면모를 증명해 줄 뿐이다. 나는 다른 곳에서 인간의 의지란 의식을 유지하는 것 외에는 다른 목적이 없다는 점을 강조한 바 있다. 하지만 이것은 규율을 준수하지 않으면 소용이 없다. 인내와 명석함을 내세우는 모든 학교들 중에서 창조가 단연 가장 효율적이다. 창조는 인간의 유일한 위엄, 즉 자신의 조건에 맞서는 끈질긴 반항과, 성과 없는 노력 속에서도 멈추지 않는 집요함을 파격적으로 증언해 주는 것이기도 하다. 창조가 요구하는 것은 일상의 노력, 자아의 절제, 진실의 한계에 대한 정확한 판단, 절도(節度)와 힘이다. 창조는 금욕을 설정하는 것이다. 〈아무것도 바라지 않는〉 이 모든 것은 그저 반복하고 제자리걸음만 할 뿐이다. 하지만 위대한 예술 작품은 작품 그 자체일 때보다 그 작품이 인간에게 요구하는 시험 속에서, 그리고 인간이 자기 망령을 극복하고 자신의 적나라한 현실에 가까이 다가갈 수 있도록 작품이 제공해 주는 기회 속에서 더 큰 중요성을 갖는지도 모른다.

미학적인 것에 대해서는 오해가 없길 바란다. 여기서 나는 어떤 주의 주장에 대해 줄기차게 정보를 제공하거나, 별 소용없는 일임에도 불구하고 끊임없이 설명을 하려는 것이 아니다. 내가 명쾌하게 설명했는지는 잘 모르겠지만, 오히려 그 반대다. 경향 소설, 즉 무엇인가를 증명하려고 한다는 점에서 그 어느 것보다 가장 혐오스러운 작품은, 대개의 경우 **스스로 흡족해하는** 어떤 사고에서 비롯된다. 자기가 보유하고 있다고 믿는 진실을 입증하려는 것이다. 하지만 이때 작동되는 것은 관념이고, 관념은 사고의 정반대이다. 이런 창조자들은 수치스러운 철학자들이다. 반면에 내가 이야기하는, 혹은 내가 생각하는 예술가들은 명석한 사상가들이다. 사고가 스스로를 되돌아보는 어느 지점에서 이 창조자들은 자기 작품의 이미지들을 내세워, 한계가 있고 언젠가는 소멸되기 마련인 반항적 사상의 명백한 상징으로 삼는다.

이 이미지들이 무언가를 증명할지도 모른다. 하지만 소설가들은 그 증거들을 남들에게 제공하기보다는 자기 자신이 간직한다. 중요한 것은 소설가들은 구체적인 것 속에서 승리를 거두며, 이 점이 바로 그들의 위대함이라는 것이다. 전적으로 육체적인 이 승리는, 추상적 힘이 무색해지는 사유에 의해 예고되었던 것이다. 이 추상적 힘의 영향력이 완전히 무색해짐과 동시에, 육체는 창조가 그의 모든 부조리한 광채로 찬란히 빛나게 해준다. 바로 이 아이러니한 철학들이 열정적인 작품들을 만들어 내는 것이다.

통일성을 포기하는 모든 사고는 다양성을 촉발시킨다. 그리고 이 다양성이 바로 예술이 이루어지는 장소다. 정신을 해방시키는 단 하나의 사고는, 자신의 한계와 곧 닥칠 종말을 확신하는 정신을 홀로 내버려 두는 사고다. 그 어떤 독단도 이 정신을 방해하지 못한다. 이 정신은 작품과 삶의 성숙을 기다린다. 이러한 정신에서 떨어져 나온 작품은 희망으로부터 영원히 해방된 영혼의 희미한 목소리를 다시 한번 더 들려줄 것이다. 혹은 자신의 게임에 진력이 난 창조자가 이 길을 벗어나 버릴 경우에는 아무것도 들려주지 못할 것이다. 이 둘은 결국 똑같은 것이다.

이처럼 내가 부조리한 창조에 요구하는 것은, 사고와 반항과 자유와 다양성에 대해 요구했던 것들이다. 이후 부조리한 창조는 자신의 뿌리 깊은 무용성을 드러낼 것이다. 지성과 열정이 서로 뒤섞이고 서로를 열광케 하는 이 일상의 노력 속에서 부조리한 인간은 자기 힘의 근본을 이루게 될 하나의 규율을 발견한다. 거기에 필요한 열의, 집중과 통찰력은 이렇게 해서 정복자의 자세와 일치하게 된다. 창조한다는 것은 이처럼 자신의 운명에 형태를 부여하는 것이다. 그 모든 작중 인물들의 경우, 적어도 작품이 인물들을 통해 규정되는 만큼 작품은 이 인물들을 규정한다. 겉으로 보이는 모습과 그 원래 모습 사이에는 경계가 없다는 것은 배우가 이미 우리에게 가르쳐 준 바 있다.

한 번 더 반복해 보자. 이 모든 것들 중에서 현실적 의미를 가진 것은 아무것도 없다. 이러한 자유의 길 위에서도 여전히 한 걸음 더 올라서야 한다. 창조자 또는 정복자라는 마치 형제 같은 이 정신들이 마지막으로 해야 할 일은, 자신들의 기획으로부터 해방되는 법 역시 알아내려고 노력하는 것이다. 다시 말해 작품 그 자체는, 그것이 정복이든 사랑이든 창조든 간에, 존재하지 않을 수도 있다는 것을 인정하는 것이다. 또한 이런 식으로 모든 개인적 삶의 뿌리 깊은 무용성을 완성시키는 것이다. 그 덕분에 정신은 이런 작품을 좀 더 쉽게 실현할 수 있게 된다. 정신이 삶의 부조리함을 인식하게 되면, 그 삶 속으로 지나칠 만큼 빠져드는 것과 마찬가지다.

남은 것은 운명이고, 이 운명의 결말만이 숙명적이다. 죽음이라는 이 유일한 숙명을 벗어나면 쾌락이든 행복이든 모든 것이 자유다. 인간만이 유일한 주인인 세계는 그대로 남아 있다. 그 인간을 구속하고 있던 것은 바로 내세에 대한 환상이다. 인간 사고의 운명은 더 이상 자기희생이 아니라, 이미지들 속에서 새롭게 태어나는 것이다. 이 사고는 아마도 신화들 — 하지만 인간적인 고통의 깊이 외에는 다른 깊이가 없는 신화들, 그리고 그 고통만큼이나 결코 끝나지 않는 신화들 — 속에서 펼쳐질 것이다. 이것은 즐겁게 해주고 눈멀게 해주는 신들의 우화가 아니라, 이 지상의 모습이자 몸짓이며 드라마이다. 혹독한 지혜와 내일 없는 열정이 이 신화 속에 고스란히 응축되어 있는 것이다.

시지프 신화

신들은 시지프에게 바위 하나를 산 정상까지 쉬지 않고 굴려 올리라는 형벌을 내렸다. 하지만 정상까지 올라간 바위는 그 무게 때문에 굴러떨어지게 마련이다. 신들의 이런 형벌에는 이유가 있었다. 아무 소용 없고 희망 없는 노동보다 더 참혹한 형벌은 없다고 생각했기 때문이다.

호메로스에 따르면, 시지프는 인간들 중에서 가장 현명하고 가장 신중한 자였다. 하지만 다른 설화에 따르면, 그는 강도였다고도 한다. 나는 이 두 이야기가 모순된다고 보지 않는다. 그가 헛수고하는 지옥의 노동자가 된 이유에 대해서는 의견이 분분하다. 무엇보다 신에 대한 그의 경솔한 태도가 비난의 원인으로 꼽힌다. 그는 신들의 비밀을 여기저기 이야기하고 다녔다. 아소포스[1]의 딸 아이기나가 유피테르에게 납치되었다. 딸의 실종에 놀란 아소포스는 시지프에게 읍소했다. 납치 사건을 알고 있었던 시지프는 아소포스에게 코린토스의 성채에 물을 제공해 주면 그 사건에 대해 알려 주겠

1 그리스 신화 속 강의 신.

다고 제안했다. 그는 신들의 천벌보다 물의 축복이 더 좋았던 것이다. 그가 지옥의 형벌을 받게 된 것은 이 때문이다. 호메로스에 따르면, 시지프는 죽음의 신을 사슬로 묶어 버렸다고도 한다. 명부의 왕 플루톤은 황량하고 적막한 지하 세계의 풍경이 견딜 수 없었다. 그는 전쟁의 신을 급파하여 죽음의 신을 시지프로부터 풀려나게 했다.

또 다른 이야기에 따르면, 죽음을 목전에 둔 시지프는 경솔하게도 자기 아내의 사랑을 시험해 보고 싶어졌다. 그는 아내에게 자기가 죽으면 시신을 땅에 묻지 말고 사람들이 지나다니는 장소 한복판에 던져 버리라고 했다. 그리고 그는 지옥에 떨어졌다. 인간에 대한 애정이 있다면 절대 그럴 수 없음에도 불구하고 자기 말을 그대로 따른 아내에게 화가 난 시지프는, 플루톤으로부터 그녀를 벌하러 지상으로 다시 올라가도 된다는 허락을 얻어 냈다. 하지만 지상에 다시 올라가 물과 태양, 따뜻한 돌멩이와 바다를 맛본 그는 지옥의 어둠 속으로 돌아가고 싶지 않았다. 돌아오라는 신의 명령, 분노, 경고도 아무 소용이 없었다. 그는 다시 여러 해 동안 굴곡진 만(灣)과 눈부신 바다, 대지의 미소를 바라보며 살았다. 신들의 결정이 필요했다. 메르쿠리우스가 그 교만한 인간의 목덜미를 잡아채러 왔고, 지상의 즐거운 삶으로부터 그를 끌어내 지옥으로 데리고 갔다. 지옥에는 그의 바위가 준비되어 있었다.

이쯤 되면 시지프가 부조리의 영웅이라는 것을 알아챌 수 있다. 그가 영웅이 된 것은 그가 겪는 고통 때문이기도 하지만, 동시에 그의 열정 때문이기도 하다. 신에 대한 경멸, 죽음에 대한 증오, 삶에 대한 열정은 모든 것을 쏟아부어도 아무것도 얻을 수 없는, 말로 다 할 수 없는 형벌을 그에게 가져다주었다. 이 지상에 대한 열정 때문에 그가 치러야 하는 대가인 것이다. 우리는 지옥에서의 시지프에 대해서는 아무것도 들은 바가 없다. 신화가 만들어지는 이유는 상상력이 그것을 살아 움직이게 하기 위해서이다. 시지프의 신화의 경우, 우리 눈에 보이는 것은 거대한 바위를 들어 산비탈로 굴려 올리기를 끊임없이 되풀이하느라 팽팽하게 긴장한 육체의 노력뿐이다. 일그러진 얼굴, 바위에 바짝 갖다 붙인 뺨, 진흙투성이 바위를 받치는 한쪽 어깨와 그 어깨를 지탱하는 한쪽 발, 쭉 뻗어 다시 바위를 받아 드는 팔, 흙투성이 두 손에서 순전히 인간적인 확신이 보인다. 하늘 없는 공간과 깊이 없는 시간을 통해 가늠되는 이 기나긴 노력 끝에 목표는 이루어진다. 이때 시지프는 바위가 순식간에 저 아래 세계로 굴러떨어지는 것을 바라본다. 그 아래로부터 바위를 다시 들어 정상으로 밀어 올려야 하는 것이다. 그는 평지로 다시 내려간다.

시지프가 나의 관심을 끄는 것은 그가 아래로 되돌아가는 그 시간, 그 짧은 휴식 시간 동안이다. 그토록 바위에 바짝 붙어 고통스러워하는 얼굴은 이미 바위 그 자체이다! 무겁지만 일정한 발걸음으로 언제 끝날지도 모르는 고통을 향해 다시 걸어 내려가는 그 남자가 보인다. 호흡과도 같고, 그의 불행만큼이나 분명하게 되풀이되는 이 시간은 바로 의식의 시간이다. 그가 산 정상을 떠나 신들의 누추한 소굴을 향해 조금씩 빠져 들어가는 이 순간순간, 그는 그의 운명보다 우위에 있다. 그는 그의 바위보다 더 강하다.

만약 이 신화가 비극이라면, 그것은 주인공이 의식적이기 때문이다. 한 걸음 내디딜 때마다 이번에는 성공하리라는 희망이 그를 지탱해 준다면, 과연 그가 고통스러워해야 할 이유가 있을까? 오늘날 노동자는 평생에 걸쳐 매일같이 똑같은 일을 한다. 이 운명도 시지프보다 덜 부조리하지 않다. 하지만 이 노동자는 그가 의식을 되찾는 몇몇 드문 순간에만 비극적이다. 신들의 프롤레타리아로 무력하고 반항적이었던 시지프는 자신의 비참한 조건이 어느 정도인지 확실하게 알고 있다. 즉 평지로 내려오는 동안 그가 생각하는 것은 바로 그 조건이다. 그가 겪는 고통의 근원일 수밖에 없는 이 통찰력은 동시에 그에게 완전한 승리를 가져다준다. 경멸로서 극복되지 않는 운명이란 없는 것이다.

이처럼 어떤 날에는 내려오는 길이 고통스럽다고 하더라도, 어떤 날에는 즐거운 하산이 될 수도 있다. 이것은 터무니없는 말이 아니다. 나는 자기 바위를 향해 되돌아오는 시지프를 다시 상상해 본다. 그러자 시작부터 고통이었다. 지상의 이미지들이 너무도 강렬하게 기억을 사로잡을 때, 행복을 너무도 간절히 호소하게 될 때에는 인간의 마음속에 슬픔이 고개를 든다. 즉 그것은 바위의 승리요, 바위 그 자체이다. 거대한 슬픔은 품고 있기에 너무 무겁다. 이것은 우리가 맞이하는 겟세마네의 밤들이다. 하지만 감당하기 힘든 진실들도 그 정체를 알고 나면 사라진다. 오이디푸스는 운명을 알지 못한 채 운명에 복종부터 한다. 그가 운명을 알게 된 순간부터 그의 비극은 시작된다. 하지만 그와 동시에 눈멀고 절망한 오이디푸스는 자신과 세계를 이어 주는 유일한 끈은 바로 젊은 딸의 건강한 손이라는 것을 깨닫는다. 그때 의미를 가늠하기 힘든 놀라운 말이 울려 퍼진다. 〈그 많은 시련에도 불구하고, 먹을 대로 먹은 나이와 내 영혼의 위대함 덕분에 나는 모든 것이 다 잘되었다고 판단한다〉라고. 소포클레스의 오이디푸스는 도스토옙스키의 키릴로프처럼 부조리한 승리의 문구를 이런 식으로 표현한다. 고대의 지혜가 현대의 영웅주의와 만나는 셈이다.

부조리를 발견하게 되면 행복에 대한 안내서를 쓰고 싶다는 생각이 들지 않을 수 없다. 〈아니, 뭐라구! 그렇게 좁은 길로……?〉 하지만 세계는 하나밖에 없다. 행복과 부조리는 같은 땅의 두 아들이다. 이들은 떨어질 수 없다. 부조리를 발견해야만 행복도 생겨난다고 말하는 것은 오류일 것이다. 오히려 부조리의 감정이 행복으로부터 형성되기도 한다. 오이디푸스는 〈나는 모든 것이 다 잘되었다고 판단한다〉라고 하는데, 이 말은 신성하다. 이 말은 인간의 저 길들여지지 않고 한계가 정해져 있는 세계 속에 울려 퍼진다. 이 말은 모든 것이 다 소진되지는 않으며, 소진되지도 않았음을 가르쳐 준다. 이 말은 불필요한 고통을 원하며 만족을 모른 채 이 세상에 들어왔던 신을 세상 밖으로 몰아낸다. 또 운명을 인간의 문제로, 인간들끼리 조율해야 하는 문제로 만들어 버린다.

시지프의 말 없는 모든 기쁨은 바로 여기에 있다. 그의 운명은 그의 것이고, 그의 바위도 그의 것이다. 이와 마찬가지로, 부조리한 인간이 그의 고통을 조용히 바라보면 모든 우상은 입을 다물게 된다. 느닷없이 자기 침묵으로 되돌아간 세계 속에서, 이 땅의 수많은 목소리, 경탄해 마지않는 작은 목소리들이 수없이 솟아난다. 무의식적이고 비밀스러운 호소, 모든 얼굴들을 초대하는 이 목소리들은 승리의 필연적 이면이자 대가이다. 그림자 없는 태양은 없는 법이기에 어둠이 무엇인지도 알아야 하는 것이다. 부조리한 인간은 〈예스〉라고 말한다. 그리고 그의 노력은 앞으로도 멈추지 않을 것이다. 개인의 운명은 있어도 결코 그것을 초월하는 운명이란 없다. 그게 아니라면 최소한 부조리한 인간이 판단하기에 숙명적이라고 경멸받아 마땅한 운명이 있을 뿐이다. 그 외에 부조리한 인간은 자신이 자기 삶의 주인이라는 것을 알고 있다. 인간이 자기 삶을 향해 되돌아가는 바로 그 미묘한 순간, 바위를 향해 되돌아가는 시지프는 그 연결되지 않는 일련의 행위들을 조용히 바라본다. 그 행위들은 그의 운명이 된다. 시지프 자신이 만들어 냈고, 자기 기억의 시선 아래 통합되어 곧 그의 죽음에 의해 봉인될 운명이다. 이처럼 인간적인 모든 것의 기원, 전적으로 인간적인 이 기원을 확신하며, 눈멀었지만 보기를 열망하고 밤은 끝이 없다는 것을 알고 있는 시지프의 행보는 언제까지나 계속된다. 바위는 또다시 굴러 떨어진다.

나는 시지프를 산 아래에 내버려 둔다! 우리는 그가 짊어져야 하는 무게와 늘 다시 만난다. 하지만 시지프는 신을 부정하고 바위를 들어 올리는 우월한 성실함을 가르쳐 준다. 시지프 역시 모든 게 다 잘됐다고 생각한다. 이제부터 주인 없는 이 세계는 그에게 불모로도, 하찮게도 보이지 않는다. 그 돌덩이의 부스러기 하나하나, 그 캄캄한 산의 광물 조각 하나도 그에게는 하나의 세계가 된다. 산꼭대기를 향한 투쟁 그 자체만으로도 인간의 마음을 가득 채울 수 있다. 행복한 시지프를 상상하지 않을 수 없다.

부록

여기 부록으로 실린 프란츠 카프카 연구는 『시지프 신화』 초판에서는 「도스토옙스키와 자살」이라는 장(章)으로 대체되어 출간한 것이었다. 이 카프카 연구는 1943년, 『아르발레트*L'Arbalète*』지를 통해 발표되었다.

본문의 도스토옙스키에 관한 내용에서 이미 다룬 바 있는 부조리한 창조에 대한 비평을 여기서는 또 다른 관점에서 다시 만날 수 있을 것이다 — 프랑스판 편집자 주.

프란츠 카프카 작품 속의 희망과 부조리

카프카의 기술(記述)은 독자로 하여금 다시 읽어 보지 않을 수 없게 만든다는 데 있다. 그가 보여 주는 결말들 또는 결말의 부재는 설명이 필요하다는 것을 암시하지만, 이 설명들이 명확한 것은 아니어서 분명한 근거가 있는 설명으로 보이기 위해서는 이야기를 새로운 관점에서 다시 읽어 보아야 할 것이다. 가끔은 이중 해석의 가능성이 있기 때문에, 두 번 읽기의 필요성이 생기는 것이다. 작가가 노린 것도 바로 이것이다. 하지만 카프카 작품의 세세한 부분을 모두 해석하려 드는 것은 잘못된 생각일 것이다. 상징은 언제나 일반적인 것들 속에 있기 마련이고, 상징의 해석이 아무리 정확하다고 할지라도 예술가가 할 수 있는 것은 그 해석이 다시 변화를 겪게 하는 것뿐이다. 즉 단어와 단어가 일대일로 대응하는 해석은 없는 법이다. 그뿐만이 아니라 상징적인 작품보다 더 이해하기 어려운 것도 없다. 하나의 상징은 그것을 사용하는 사람을 넘어서게 마련이고, 실제로 그 사람이 의식적으로 표현하려는 것보다 더 많은 것을 말하게 한다. 이런 관점에서 보면 이 상징을 파악할 수 있는 가장 확실한 방법은, 그것을 도발하지 않고, 생각을 미리 정해 놓고 작품에 접근하지 않으며, 작품의 비밀스러운 흐름을 찾으려 하지 않는 것이다. 카프카의 경우, 특히 그의 게임에 응하여 겉으로 보이는 모습을 통해 극에 접근하며, 형태를 통해 소설에 접근하는 것이 적절하다.

언뜻 보기에, 그리고 집중하지 않는 독자에게 그것은, 자신들도 딱히 뭐라 말하기 힘든 문제들을 추적하는 고집 세고 위태로운 인물들을 내세운 불안한 모험들이다. 『소송』에서 요제프 K는 피고인이다. 그런데 그는 자기가 무엇 때문에 고소를 당했는지 알지 못한다. 그는 분명 자기를 변호하려고 애를 쓰지만, 그 이유는 모른다. 변호사들은 그의 동기를 변호하는 것이 어렵다고 생각한다. 그러는 동안에도 그는 사랑도, 식사도, 자기의 일기 읽기도 소홀히 하지 않는다. 이후 그는 재판을 받는다. 그런데 법정이 아주 어둡다. 그가 알아들을 수 있는 것은 별로 없다. 자기가 유죄 선고를 받은 것이라고 추측만 할 뿐, 무엇 때문인지 궁금해하는 일은 거의 없다. 가끔은 그 선고를 의심쩍어하지만, 그래도 계속 살아간다. 오랜 시간이 흐른 후, 말쑥하게 차려입고 예의 바른 두 남자가 그를 찾아와서는 따라오라고 한다. 그들은 깍듯하게 예의를 차리며 그를 어두컴컴한 교외로 데리고 가서는 그의 목을 돌 위에 찍어 누르고 숨통을 끊어 놓는다. 죽기 직전 그 죄인이 남긴 단 한마디는 〈개죽음이군〉이다.

가장 뚜렷한 특징이 바로 자연스러움인 이야기에서는 상

징에 대해 논하기가 어렵다는 것을 우리는 알고 있다. 하지만 자연스러움이라는 것이 어떤 범주인지 이해하기는 쉽지 않다. 독자에게 사건이 자연스러워 보이는 작품들이 있다. 반면에 인물이 자신에게 일어나는 사건을 자연스럽다고 생각하는 작품들(사실, 이런 작품은 전자보다 드물다)도 있다. 독특하지만 명백한 역설 덕분에 작중 인물의 모험이 비범해질수록 이야기의 자연스러움은 더 크게 느껴질 것이다. 즉 자연스러움은 한 인간의 삶의 기묘함과 그가 이 기묘함을 받아들이는 단순함 사이에서 느껴지는 간격에 비례한다. 이 자연스러움이야말로 카프카의 자연스러움일 것이다. 바로 이 때문에 우리는 『소송』이 의미하는 바를 제대로 느낄 수 있다. 사람들은 그 의미가 인간 조건이 가진 어떤 이미지라고들 했다. 아마 그럴 것이다. 하지만 그것은 좀 더 단순하기도 하고, 좀 더 복잡하기도 하다. 내가 말하고자 하는 바는, 이 소설의 의미가 카프카에게는 보다 특별하고 좀 더 개인적인 것이라는 점이다. 어떻게 보면 그가 우리 모두에 대해 고백하고 있다고 하더라도, 결국 말을 하는 사람은 그인 것이다. 그는 살아가다가 유죄 선고를 받는다. 그는 이 사실을 자신이 이 세상에서 계속 추구하고 있는 소설의 첫 부분에서 알게 된다. 그리고 상황을 개선시키고자 몇 차례 시도하기는 하지만, 전혀 예상치 못한 상황이라는 반응은 보이지 않는다. 자신이 전혀 놀라지 않는다는 점에 대해서도 그 후로도 결코 놀라지 않는다. 바로 이러한 모순들 속에서 부조리한 작품의 첫 번째 징후들을 발견할 수 있다. 부조리한 정신이 그 정신적 비극을 구체적인 것 속에 투사하는 것이다. 그리고 이 정신이 그렇게 할 수 있는 것은 오직 항구적 역설, 즉 색깔에게 허무를 표현하는 힘을 부여하고, 일상의 몸짓에 영원한 야망을 표현하는 힘을 부여하는 영원한 역설 덕분이다.

이와 마찬가지로, 『성(城)』은 행동으로 옮겨진 신학일지도 모른다. 하지만 이것은 무엇보다 은총을 추구하는 한 영혼의 개인적 모험이자, 지상의 사물들에게는 그들의 장엄한 비밀을, 여인들에게는 그녀들 속에 잠자는 신의 징후를 찾으려 하는 한 인간의 개인적 모험이다. 『변신』의 경우, 명철함의 윤리를 형상화한 무시무시한 비유가 분명하다. 하지만 이것은 인간이 자신도 모르는 사이에 벌레가 되었음을 느낄 때 경험하는 그 측정 불가능한 경악의 산물이기도 하다. 카프카의 비밀은 바로 이 근원적인 모호함 속에 있다. 자연스러운 것과 이상한 것, 개인적인 것과 보편적인 것, 비극적인 것과 일상적인 것, 부조리한 것과 논리적인 것 사이의 이 영원한 균형 잡기가 카프카의 작품 전체를 관통하고 있다. 이것이 작품 전체에 울림과 동시에 의미를 부여해 준다. 부조리한 작품을 이해하기 위해서는, 이 역설들을 하나하나 나열해야 하고, 이 모순들을 강화해야 한다.

하나의 상징은 사실 두 개의 차원, 즉 관념 세계와 감각 세계라는 두 개의 세계, 그리고 이 둘 사이의 상응 사전(辭典)을 전제로 한다. 이 사전의 어휘를 구축하는 것이 가장 어려운 일이다. 하지만 서로 마주한 이 두 세계를 의식한다는 것은 이 둘의 비밀스러운 관계의 길로 접어드는 일이다. 카프카에게 이 두 세계는 일상의 세계와 초자연적인 불안의 세계이다.[1] 이것은 니체의 〈중요한 문제들은 길거리에 있다〉라는 말을 새삼스레 또 끌어다 쓰는 꼴이다.

인간의 조건, 이것은 모든 문학의 공통분모인데, 이 속에는 부정할 수 없는 위대함과 동시에 근원적인 부조리함이 자리하고 있다. 이 둘은 당연하다는 듯 서로 일치한다. 다시 말하자면, 이 둘 다 우리의 난폭한 영혼과 필멸할 육체의 쾌락을 따로 떼어 놓는 그 엉뚱한 단절 속에서 등장한다. 부조리란 육체를 그렇게 터무니없이 초월하는 것이 육체의 영혼이라는 사실이다. 이러한 부조리를 표현하고자 하는 사람이라면, 평행선을 그리는 대조의 게임 속에서 부조리에 생명을 부여해야 할 것이다. 바로 이런 이유 때문에 카프카는 일상적인 것을 통해 비극을, 논리적인 것을 통해 부조리를 표현하는 것이다.

배우는 비극적 인물을 과장하지 않으려고 조심하는 만큼 그 인물에게 더 많은 힘을 부여하게 된다. 인물이 절제력이 있는 사람이라면, 그가 불러일으키는 공포는 더 엄청날 것이다. 이런 점에서 보면, 그리스 비극은 시사하는 바가 아주 많다. 비극 작품에서 운명은 언제나 논리적인 모습과 자연스러

1 유의할 점은, 카프카의 작품들을 사회 비평의 방향에서(예를 들면 『소송』에서) 분석할 수도 있는데, 이 역시 정당한 방식이라는 것이다. 사실 둘 중 하나를 굳이 선택할 사안은 아닌 것 같다. 두 가지 해석 모두 좋다. 부조리의 관점에서 보면, 이미 보았듯이 인간들에 대한 반항은 〈또한〉 신에 대한 반항이기도 하다. 다시 말해 위대한 혁명들은 늘 형이상학적인 것이다 — 원주.

운 모습 속에서 더 잘 느껴지기 때문이다. 오이디푸스의 운명은 미리 예고되어 있다. 그가 살인과 근친상간을 저지르리라는 것은 초자연적으로 이미 정해져 있는 것이다. 연극은 추론에 추론을 거듭하며 주인공의 불행을 완벽히 마무리하게 될 그 논리적 체계를 최선을 다해 보여 주는 것이다. 단지 이 유별난 운명을 우리에게 미리 알려 주기만 하는 것이라면 두려울 것도 없다. 왜냐하면 있을 법하지 않은 운명이기 때문이다. 그러나 그 필연성은 사회, 국가, 익숙한 감정 등 일상의 틀 속에서 우리에게 제시되고, 그렇기 때문에 공포는 그만큼 더 강력하다. 인간을 뒤흔들어 놓고 〈그것은 있을 수 없는 일〉이라고 말하게 만드는 이 반항 속에는, 〈그것〉은 있을 수도 있는 일이라는 절망적 확신이 이미 자리하고 있다.

이것이 그리스 비극의 모든 비밀, 혹은 적어도 그 일면이 보여 주는 비밀이다. 왜냐하면 또 다른 일면이 있기 때문이다. 이것은 앞의 내용과는 정반대로, 카프카를 더 잘 이해할 수 있도록 해줄 것이다. 인간의 마음은, 유감스럽게도 자신을 힘들게 하는 것만을 운명이라고 부르는 경향이 있다. 하지만 행복 역시 그 나름대로 이유가 없기는 마찬가지다. 행복도 불가피한 것이기 때문이다. 현대인은 이 사실을 모르지 않으면서, 그래도 행복의 장점을 자기의 능력 덕으로 돌린다. 반면에 율리시스처럼 최악의 모험 한가운데서도 스스로를 구하는 그리스 비극의 특권적 운명과 전설의 총애를 한 몸에 받는 운명에 대해서는 할 이야기가 많을 것이다.

어쨌든 기억해야 할 것은, 비극에서 논리적인 것과 일상적인 것을 결합시키는 이 은밀한 공모 관계이다. 『변신』의 주인공 잠사가 외판원인 것은 바로 이 때문이다. 그를 한 마리 벌레로 만들어 버리는 그 기묘한 모험 속에서 유일하게 그를 괴롭히는 것이, 사장이 그의 결근을 못마땅해할 것이라는 점도 바로 그 때문이다. 그에게 발과 더듬이가 생기고, 등이 굽고, 배에는 흰 반점들이 여기저기 생기지만 — 그가 놀라지 않았다는 말은 아니다. 그렇게 되면 효과가 사라질 테니 말이다 — 그는 그저 〈좀 성가실 뿐〉이다. 카프카의 기술은 모두 이 같은 미묘한 뉘앙스 속에 자리한다. 그의 주요 작품 『성』 속에서 다시 우위를 점하는 것은 바로 이런 소소한 일상들이다. 그렇지만 어떠한 결론도 없고, 모든 것이 처음으로 다시 돌아가는 이 이상한 소설 속에 형상화되어 있는 것은, 바로 은총을 추구하는 한 영혼의 근원적 모험이다. 이 문제를 이런 식으로 행동에 녹여 표현하는 것, 일반적인 것과 특수한 것의 이러한 일치는, 모든 위대한 창조자들 고유의 사소한 기교 속에서 발견할 수 있다. 『소송』에서 주인공의 이름은 슈미츠 혹은 프란츠 카프카였을 수도 있다. 하지만 주인공의 이름은 요제프 K이다. 이 사람은 카프카가 아니지만, 그래도 이 사람은 카프카이다. 그는 평균 수준의 평범한 유럽인이다. 그는 특별한 사람이 아니다. 하지만 그는 육체라는 방정식의 미지수 x를 가정하는 요인 K이기도 하다.

이와 마찬가지로 만약 카프카가 부조리를 표현하고자 한다면, 그는 일관성을 사용할 것이다. 우리는 욕조에서 낚시하는 미친 사람의 이야기를 알고 있다. 정신병 치료에 일가

견이 있는 한 의사가 그에게 〈입질이 오는지〉 물어보자, 환자는 단호하게 이렇게 대답했다. 〈그럴 리가. 이 멍청한 양반아, 여긴 욕조잖아.〉 이것은 장르를 논하기 어려운 괴상한 이야기이다. 그렇지만 이 속에서 부조리의 효과라는 것이 지나칠 정도의 논리성과 어떻게 연결되는지 생생하게 느낄 수 있다. 카프카의 세계는 사실 말로는 규정하기 어렵다. 즉 한 마리도 낚지 못한다는 것을 알면서도 욕조에서의 낚시라는 괴로운 호사를 감수하는 세계인 것이다.

따라서 나는 여기서 그 기본 원칙이 부조리한 작품을 한 편 발견한다. 예를 들어 『소송』의 경우, 이러한 원칙이 완전히 성공했다고 나는 기꺼이 말할 수 있다. 육체가 승자인 것이다. 표현되지 않은 반항(하지만 이 반항이 글을 쓴다), 명철하고 말 없는 절망(하지만 이 절망이 창조한다), 소설의 인물들이 최후의 죽음에 이르기까지 열망하는 놀라운 자유분방함, 그 어느 것 하나 부족함이 없다.

그럼에도 불구하고, 이 세계는 겉으로 보이는 것처럼 그렇게 닫혀 있지 않다. 나아지는 것 없는 이 세계에서, 카프카는 기묘한 형태의 희망을 개입시키려고 한다. 이런 관점에서 보면, 『소송』과 『성』은 같은 방향으로 나아가지 않는다. 이 둘은 서로 보완 관계다. 한 작품에서 다른 작품으로 진행될 때 우리가 간파할 수 있는 눈에 잘 띄지 않는 진전은, 도피 차원에서의 과도한 정복을 보여 준다. 『소송』이 제기하는 문제를 『성』은 어느 정도 해결하고 있다. 『소송』은 어느 정도

과학적 방법에 가까운 묘사를 하고 있지만 결론은 없다. 『성』은 어느 정도 설명을 하고 있다. 『소송』은 진단을 하고, 『성』은 치료를 생각한다. 하지만 여기에 제시된 약은 병을 고치지 못한다. 그저 그 병을 정상의 삶 속으로 되돌려 놓을 뿐이고, 그 병을 받아들이게끔 도와준다. 어떤 의미에서(키르케고르를 생각해 보자) 약은 병에 집착하게 만든다. 측량 기사 K는 자신을 갉아먹는 고민 외에 다른 근심거리는 생각할 수 없다. 그의 주변 사람들도 이 허무와 이 이름 없는 고통에 몰두하고 있다. 고통이 여기서는 어떤 특권을 행사하는 듯하다. 프리다는 K에게 말한다. 〈난 당신이 너무 필요해. 당신을 알고 나서부터 당신이 곁에 없으면 난 버림받은 것 같아.〉 우리를 고통스럽게 만드는 것에 집착하게 하고, 출구 없는 세계 속에 희망을 탄생시키는 이 묘약, 모든 것을 변하게 만드는 이 느닷없는 〈비약〉, 이것이 바로 실존적 혁명과 『성』 그 자체가 지닌 비밀이다.

『성』만큼 엄격한 전개 방식을 보여 주는 작품은 흔치 않다. 성의 측량 기사로 임명된 K가 마을에 도착한다. 그런데 마을에서 그 성까지는 연락이 불가능하다. 수백 페이지에 걸쳐 K는 성으로 가는 길을 찾으려 고심하고, 온갖 방법을 다 동원하며, 술책도 쓰고 우회적인 방법도 쓴다. 하지만 그는 화내는 일 한 번 없이, 뜻밖의 놀라운 고집으로 자기에게 주어진 임무를 완수하려고 한다. 각 장(章)은 한 번씩의 실패이자 한 번씩의 새로운 시작이기도 하다. 이것은 논리가 아니라, 연속적으로 이어지는 정신이다. 이런 정도의 고집이 작품의 비극성을 만들어 낸다. K가 성에 전화를 했을 때, 그의 귀에 들리는 것은 여러 목소리가 뒤섞인 듯 알 수 없는 목소리, 희미한 웃음소리, 멀리서 부르는 소리 따위였다. 이 정도면 희망을 품기에 충분하다. 여름 하늘에 떠오르는 몇 가지 징조, 또는 우리 삶의 이유가 되어 주는 저녁 약속들처럼 말이다. 여기서 우리는 카프카 특유의 멜랑콜리한 비밀을 찾아볼 수 있다. 사실 이것은 프루스트의 작품이나 플로티노스의 자연 풍경 속에서 호흡할 수 있는 향수, 즉 잃어버린 낙원에 대한 향수와 동일한 것이다. 〈바르나베가 아침마다 성에 간다고 말하면 난 완전히 우울해져. 분명 갈 필요가 없고, 분명 하루를 버리는 셈이고, 분명 소용없는 희망이니까〉라고 올가가 말한다. 〈분명〉, 또다시 이러한 뉘앙스에 카프카는 자기 작품 전체를 걸고 있다. 하지만 아무 효과가 없다. 영원의 추구는 여기서 세심하고 면밀하기 때문이다. 그리고 어떤 계시를 받은 로봇 같은 카프카의 인물들은 위희(慰戱)[2]를 박탈당한 채 신이 내린 굴욕에 고스란히 내던져진 우리 미래의 모습 그 자체를 우리에게 제시한다.

『성』에서 이러한 일상으로의 매몰은 하나의 윤리가 된다. K의 원대한 희망은 성에서 그를 받아 준다는 승낙을 얻어 내는 것이다. 혼자서는 그 목표에 이를 수 없기에 그는 그 마

2 『성』에서 파스칼적 의미의 〈위희〉는 분명 조수들, 즉 K로 하여금 고민에서 〈딴 데로 눈을 돌리게 하는〉 조수들을 통해 형상화되고 있는 것 같다. 프리다가 결국 그 조수들 중 한 명의 애인이 되는 것은, 그녀가 진실보다는 외형을, 고뇌를 공유하기보다는 매일의 일상을 더 좋아하기 때문이다 — 원주. (〈위희〉는 본질을 외면하게 만드는 오락을 말한다.)

을의 주민이 되고, 모든 사람들로부터 어쩔 수 없이 느끼게 되는 자신의 이방인적 속성을 상실함으로써, 그런 은총을 입을 자격을 갖추려고 최선을 다한다. 그가 원하는 것은 직업, 가정, 평범하고 건강한 인간의 삶이다. 그는 자신의 광기를 더는 견딜 수 없다. 그는 이성적인 사람이고자 한다. 자신을 마을의 이방인으로 만드는 그 특별한 저주로부터 벗어나려고 한다. 이런 관점에서 보면, 프리다의 에피소드는 의미심장하다. 성에서 일하는 한 공무원을 알게 된 이 여성이 K의 애인이 된 것은 그녀의 과거 때문이다. 그는 그녀에게서 자기를 넘어서는 무언가를 찾아내고, 그와 동시에 그녀를 이 성에 영원히 어울리지 않는 사람으로 만들어 버리는 것이 무엇인지 알아차린다. 여기서 우리는 레기네 올젠에 대한 키르케고르의 특별한 사랑을 떠올리게 된다. 어떤 이들은 자신들을 집어삼키는 영원이라는 불길이 너무도 위대하여, 주변 사람들의 마음까지 그 불에 태워 버린다. 신의 것이 아닌 것을 신에게 줘버리는 이 불길한 실수는 『성』에 등장하는 에피소드의 주제이기도 하다. 하지만 카프카에게 이것은 분명 실수가 아닌 듯하다. 오히려 하나의 교리이고 〈비약〉이다. 신의 소유가 아닌 것은 하나도 없다.

훨씬 더 의미심장한 것은, 이 측량 기사가 프리다의 곁을 떠나 바르나베 자매들에게 간다는 사실이다. 왜냐하면 바르나베 가족은 그 마을에서 성으로부터, 그리고 마을 자체로부터 철저히 버림받은 유일한 가족이기 때문이다. 언니인 아말리아는 성의 공무원 하나가 한 치욕스러운 제안들을 거절했다. 잇따른 비윤리적 저주 때문에 그녀는 신의 사랑으로부터 영원히 내쳐지게 된다. 신 때문에 자신의 명예를 잃어버릴 수 없다는 것은, 은총을 받을 자격이 없어지는 것을 의미한다. 여기서 우리는 실존주의 철학의 친숙한 테마, 즉 윤리와 배치되는 진리라는 테마를 발견한다. 상황은 좀 더 진행된다. 카프카의 주인공이 밟아 가는 과정, 즉 프리다에서 바르나베 자매들로 나아가는 과정은 낙관적인 사랑으로부터 부조리의 숭배로 나아가는 과정 그 자체다. 여기서 카프카의 사상은 다시 키르케고르와 만난다. 〈바르나베 이야기〉가 책의 말미에 등장하는 것도 놀라운 일이 아니다. 이 측량 기사의 마지막 시도는 신을 부정하는 것들을 통해 신을 되찾는 것이고, 우리의 선의와 아름다움의 범주가 아닌, 흉측하고 텅 빈 신의 무관심한 얼굴 뒤에 자리한 부당함과 증오의 범주에 따라 신을 재발견하는 것이다. 성이 자신을 받아 주기를 요구하는 이 이방인은 자기 여행의 끝에 이르면 좀 더 고립되어 있다. 왜냐하면 이번에는 자기 스스로에게 충실하지 않은 채 도덕과 논리, 정신의 진실들을 저버리고, 오직 자신의 비정상적인 희망에만 부풀어 신의 은총이라는 사막 속으로 들어가려고 하기 때문이다.[3]

여기서 사용한 희망이라는 말은 터무니없지 않다. 오히려 카프카가 전달하는 조건이 비극적일수록 이 희망은 더욱더

3 이것은 분명 카프카가 우리에게 남긴 『성』의 미완성 본에만 해당된다. 하지만 작가가 소설의 마지막 장에서 소설의 통일된 어조를 과연 깨뜨렸을지는 의문이다 — 원주.

완고하고 도전적으로 변한다. 『소송』이 진정으로 부조리할 수록 『성』의 열렬한 〈비약〉은 더욱 절절하고 부당한 것으로 비친다. 하지만 우리는 여기서 실존주의적 사고의 역설을 그 순수한 상태에서 다시 만나게 된다. 키르케고르는 이 역설의 사례를 이렇게 표현한다. 〈우리는 지상의 희망을 끝까지 죽여 버려야 한다. 그렇게 해야만 진정한 희망*espérance véritable*에 의해 구원받기 때문이다.〉[4] 이것은 〈『성』을 시작하기 위해서는 그 전에 『소송』을 썼어야 한다〉는 의미로 해석될 수 있다.

카프카에 대해 이야기한 대부분의 사람들은, 그의 작품을 인간에게 아무런 구원이 남아 있지 않은 절망적 외침으로 정의하는 것이 사실이다. 하지만 이것은 수정될 필요가 있다. 희망이 있고 또 희망이 있기 때문이다. 앙리 보르도의 낙관적인 작품은 내게 특히 실망스럽다. 다소 까다로운 마음의 소유자들에게는 아무것도 허락하지 않기 때문이다. 반면에 말로의 생각은 여전히 활력을 불어넣어 준다. 그렇지만 이 두 사람이 말하는 희망과 절망은 똑같지 않다. 내가 알게 된 것은, 부조리한 작품 그 자체는 내가 피하고 싶은 배신으로 나아갈 수 있다는 사실뿐이다. 불모의 조건을 헛되이 반복만 했을 뿐이고, 결국은 소멸하게 마련인 것들을 열정적으로 꿰뚫어 보기만 했던 작품은 여기서 환상의 요람으로 변해 버린다. 설명을 하고, 희망에 어떤 형태를 부여하고 있기 때문이다. 창조자는 이제 더 이상 작품에서 분리될 수 없다. 마땅히

4 『마음의 순결』 — 원주.

비극적 유희여야 했지만, 이 작품은 이제 그렇지 못하다. 작가의 삶에 어떤 의미를 부여하고 있기 때문이다.

여하튼 카프카, 키르케고르 또는 셰스토프의 작품들처럼 비슷한 영감에서 비롯된 작품들, 간단히 말해 온통 부조리와 그 결과로 쏠려 있던 실존주의 소설가와 철학자들의 작품들이 결국에는 희망이라는 거대한 외침으로 귀결되는 것은 특이한 일이다.

이 소설가 및 철학자들은 자신들을 집어삼키는 신을 부둥켜안는다. 희망은 바로 비천한 처지를 통해 끼어든다. 왜냐하면 이 세상의 부조리는 그들로 하여금 초자연적인 현실을 조금 더 확신시켜 주기 때문이다. 만약 현세에서의 삶의 길이 신에게로 귀착된다면 출구는 있는 셈이다. 키르케고르, 셰스토프, 그리고 카프카의 주인공들로 하여금 그들의 여정을 반복하게 만드는 그 인내심은 이러한 확신이 갖는 열렬한 힘을 특이한 방식으로 보증해 주는 것이다.[5]

카프카는 그의 신이 위대한 도덕성, 자명함, 선의, 일관성을 가지고 있다고 인정하지 않는다. 하지만 그것은 그 신의 품속으로 좀 더 제대로 뛰어들기 위한 것이다. 부조리가 인정되고 수용되면, 인간은 어쩔 수 없이 이것을 받아들이게 되는데, 바로 이 순간부터 그가 더 이상 부조리하지 않다는 것을 우리는 알게 된다. 인간 조건의 한계 속에서, 이 조건을 회피할 수 있게 해주는 희망보다 더 큰 희망이 어디 있겠는

5 『성』에서 유일하게 희망을 품지 않는 인물은 아말리아이다. 측량 기사가 가장 폭력적으로 저항하는 대상이 바로 이 여인이다 — 원주.

가? 새삼 다시 확인할 수 있는 것은, 실존주의 사상은 일반적인 견해와는 달리 과도한 희망으로 가득하다는 점이다. 이러한 희망이 바로 초기 기독교 및 복음의 전파와 함께 고대 세계를 견인했던 것이다. 하지만 실존주의 사상의 전체적 특성인 이러한 비약과 고집스러움 속에서, 이 외형 없는 신성의 측량 속에서 명철함이 자기를 포기하고 있다는 확실한 흔적을 어찌 부정할 수 있을까? 사람들은 단지 이것이 구원받기 위해 자존심을 포기하는 것이기를 바란다. 이렇게 포기하고 나면 많은 걸 얻을 수 있기 때문이다. 하지만 포기한다고 해서 달라지는 건 없다. 내가 보기에는, 자존심이 그런 것처럼 명철함도 아무 쓸모없는 것이라고 말한다고 해서 명철함의 도덕적 가치가 떨어지는 것은 아니다. 왜냐하면 진리 역시 그 자체로는 아무 쓸모없는 것이기 때문이다. 자명함이라는 것들도 모두 그러하다. 모든 것이 주어져 있지만, 아무것도 설명해 주지 않는 세계 속에서, 어떤 가치 또는 어떤 형이상학의 생산성이란 의미가 없는 개념이다.

아무튼 여기서 우리는 카프카의 작품이 어떠한 사상적 전통 속에 자리하는지 알 수 있다. 사실, 『소송』에서 『성』으로 이어지는 과정이 정확하게 계산된 것이라고 보는 것은 어리석은 생각일 것이다. 요제프 K와 측량 기사 K는 카프카를 끌어당기는 양극에 불과하다.[6] 나는 카프카처럼 말할 수 있

6 카프카 사상의 이 두 측면에 관해서는 『유형지에서』 중 〈유죄성(물론 인간의)은 의심의 여지가 없다〉와 『성』의 한 구절(모무스의 말) 〈측량 기사 K의 유죄성은 밝혀내기가 어렵다〉를 비교해 볼 것 — 원주. (모무스는 성의 고관 클람이 보낸 비서.)

고, 그의 작품이 꼭 부조리한 것은 아니라고 말할 수도 있다. 하지만 그렇게 말한다고 해서 그의 위대함과 보편성을 보지 못하는 것은 아니다. 이 위대함과 보편성은 카프카가 희망에서 비탄으로, 절망적 지혜에서 자발적 눈멂으로 진행되는 일상의 과정을 그 정도로 폭넓게 표현할 줄 알았다는 사실에서 비롯된다. 인간성을 회피하면서 자신의 모순들 속에서 믿음의 이유를 길어 내고, 자신의 풍요로운 절망 속에서 희망의 이유를 길어 내며, 죽음을 깨우쳐 가는 무시무시한 배움의 과정을 삶이라고 부르는 남자의 감동 어린 얼굴을 표현한다는 점에서, 그의 작품은 보편적이다(진정으로 부조리한 작품은 보편적이지 않다). 그의 작품이 보편적인 이유는 종교적 암시에서 비롯되기 때문이다. 모든 종교가 그렇듯이, 그의 작품 속 인간은 자기 삶의 무게를 벗어던진 사람이다. 하지만 내가 이 사실을 알고 있고, 나 역시 그것에 존경을 표할 수는 있지만, 내가 추구하는 것이 보편적인 것이 아닌 진실이라는 것 역시 나는 알고 있다. 보편과 진실, 이 둘은 일치하지 않을 수 있다.

진정으로 사람을 절망하게 만드는 사고는 이와 대립되는 기준들에 의해 명확하게 정의되는 것이고, 비극적 작품은 미래의 모든 희망이 배제된 채 행복한 인간의 삶을 묘사할 때 비극적일 수 있다고 내가 말한다면, 이러한 관점을 좀 더 제대로 이해할 수 있을 것이다. 삶이 열정적일수록 삶을 잃어버린다는 생각은 더욱 부조리해진다. 니체의 작품 속에서 느껴지는 그 화려한 건조함의 비밀은 아마 여기에 있을 것이다. 이러한 차원의 사유들 중에서도, 니체는 부조리 미학의 극단적 결론들을 이끌어 낸 유일한 예술가로 보인다. 그의 궁극적 메시지는 메마르고 자신만만한 명철함 속에, 모든 초자연적 위안을 집요하게 부정하는 데 있기 때문이다.

그래도 지금까지의 내용은 이 에세이의 틀 속에서 카프카의 작품이 차지하는 핵심적 중요성을 간파하는 데 충분했을 것이다. 우리는 이제 인간의 사고의 가장 끝자락에 도달하게 된다. 가능한 가장 폭넓은 의미에서, 이 작품 속의 모든 것이 다 본질적이라고 말할 수 있다. 어쨌든 이 작품은 부조리 전체의 문제를 제기한다. 만약 우리가 이러한 결론들과 처음에 우리가 했던 지적들을, 내용과 형식을, 『성』의 비밀스러운 의미와 그 의미를 자연스럽게 표현한 기법들을, K의 열정적이고도 오만한 탐색과 이 탐색이 진행되는 일상의 무대를 비교해 보고자 한다면, 이 작품의 위대함이 어디에 있는지 이해할 수 있을 것이다. 왜냐하면 향수가 인간적인 것을 나타내는 표식이라고 해도, 그 회한의 망령들에게 그 엄청난 살과 부침을 부여한 이는 아무도 없었을 것이기 때문이다. 하지만 이와 동시에 우리는 부조리한 작품이 요구하는 특별한 위대함, 아마 여기에는 없을 그 위대함이란 것이 무엇인지 깨달을 수 있을 것이다. 만약 예술의 고유한 속성이 일반적인 것과 특수한 것, 물 한 방울의 찰나적 영원성과 그 빛의 유희를 결합시키는 것이라면, 부조리한 작가가 이 두 세계 사이에 설정하는 거리를 통해 이 작가의 위대함을 평가하는 것이 좀 더 진실되어 보일 것이다. 부조리한 작가의 비밀은 이 두 세계가 가장 불균형한 상태에서 조우하는 그 정확한 지점을 발견할 줄 아는 데 있다.

사실대로 말하면, 인간적인 것과 비인간적인 것이 만나는 이 수학적 접점을 순수한 마음의 소유자들은 어디서나 볼 수 있다. 파우스트와 돈키호테가 걸출한 예술적 창조라면, 그것은 그들이 자신들의 지상의 손으로 우리에게 보여 주는 그 엄청난 위대함 때문이다. 그럼에도 불구하고, 이들의 손이 만질 수 있는 진리가 정신에 의해 부정되는 순간은 오게 마련이다. 창조가 더 이상 비극적인 것에 사로잡히지 않는 순간, 즉 창조가 오직 진지한 것에만 몰두하는 순간이 오는 것이다. 이때 인간은 희망에 관심을 가진다. 하지만 이것은 인간의 소관이 아니다. 인간이 할 일이란 기만적 술책을 과감히 외면하는 것뿐이다. 그런데 카프카가 이 세상 전체를 향해 제기하는 맹렬한 소송의 끝에 내가 발견하게 되는 것은 바로 그 기만적 술책이다. 믿기 힘든 카프카의 판결은, 두더지들까지 희망을 챙기려 드는 이 추악하고 기막힌 세계를 결국 무죄 석방한다.[7]

7 위에 제시된 내용은 물론 카프카의 작품에 대한 하나의 해석일 뿐이다. 하지만 한 가지 덧붙이면 좋은 것은, 모든 해석과 무관하게 순전히 미학적 관점에서만 카프카 작품을 고찰해도 아무 문제가 없다는 것이다. 예를 들어 그뢰튀젠B. Groethuysen은 『소송』에 붙인 탁월한 서문에서, 그가 〈자면서 깨어 있는 자〉라는 인상적 표현으로 지칭한 것의 고통스러운 상상력을 따라가고 있을 뿐이다. 우리보다 더 현명한 방식이다. 모든 것을 다 제공하지만 아무것도 단정 짓지 않는 것이야말로 바로 이 작품의 운명이자, 어쩌면 그 위대함일지도 모른다 — 원주.

역자 해설

희망 없는 행복한 세상 살아가기

알베르 카뮈의 첫 번째 철학 에세이 『시지프 신화*Le mythe de Sisyphe*』는 1942년 10월, 갈리마르 출판사에서 출간되었다. 그 유명한 소설 『이방인*L'étranger*』이 같은 해, 같은 출판사에서 출간된 지 5개월 만의 일이다. 한 해 전인 1941년 2월 21일자 그의 『작가 수첩*Carnets*』에서 〈『시지프』 탈고. 세 가지 《부조리》를 끝내다〉라는 기록을 볼 수 있다. 집필 순서에 따른 희곡 「칼리굴라Caligula」, 소설 『이방인』, 철학 에세이 『시지프 신화』가 바로 카뮈의 〈부조리 3부작〉에 해당한다.[1]

카뮈는 이미 산문집 『안과 겉*L'envers et l'endroit*』과 『결혼*Noces*』을 각각 1937년과 1939년에 알제리에서 출간한 바 있다. 더불어 일간지 『알제 레퓌블리캥*Alger républicain*』의 편집 기자로서 문학 서평과 사회 비판적 기사들을 다수 생산한 그의 이력은 장차 세계적인 명성을 준비하는 발판이 된

1 「칼리굴라」는 1938년 집필을 시작하여 1941년 3막 형식의 희곡으로 완성되었고, 1944년 5월에 4막의 희곡으로 갈리마르 출판사에서 「오해Le malentendu」와 함께 한 권의 책으로 정식 출간된다.

다. 그리고 1913년 프랑스령 알제리의 도시 몽도비에서 포도원 관리인의 아들로 출생한 카뮈가 알제 문과 대학 졸업장과 기자 이력을 뒤로하고, 1940년 프랑스 파리에서 탈고한 『이방인』과 1942년 갈리마르 출판사에서 함께 출간한 『시지프 신화』는 주지하다시피 프랑스 지성계와 문학계에서의 그의 여정에 결정적인 분기점이 되었다.

무엇보다 이 철학 에세이는 〈종전 후 최대 걸작〉이라는 최고의 호평과 더불어 프랑스 주류 문학계에 데뷔한 소설 『이방인』을 〈부조리〉 사상을 통해 설명해 주는 더할 나위 없는 해설서로 받아들여졌다. 5개월의 시차를 두고 출간된 두 작품 간의 이러한 관계는 부조리 이론에 근거해 『이방인』과 그 주인공 뫼르소를 읽어 낸 장 폴 사르트르의 「이방인 해설」의 영향과 무관하지 않을 것이다. 즉 『시지프 신화』는 부조리 사상 혹은 철학에 대해 카뮈 나름의 독특한 문제 제기, 논리 전개, 결론 및 사례를 제시하고 있는 것이다.

〈부조리*l'absurde*〉의 사전적 혹은 일상적 의미는 〈비합리〉, 〈이치에 맞지 않음〉 혹은 〈부당한(행위)〉 등의 완곡한 표현이다. 나아가 철학에서는 반(反)합리주의 철학, 특히 실존주의 철학에서 근대 합리주의 철학과 대립되는 새로운 가치로 언급되는 개념이라고 할 수 있다. 하지만 이 에세이가 다루고자 하는 것은 카뮈가 서문에서 언급하고 있듯이, 부조리의 〈철학〉이 아니라 아직은 출발점이자 잠정적인 해석 차원에 머무는 부조리의 〈감수성〉이다. 다시 말해 이 책은 어떤 형이상학이나 확고한 결론을 주장하는 본격적인 철학서라기보다는, 부조리라는 병적 징후를 있는 그대로 묘사한다는 입장이자 한계를 전제하고 있다. 그럼에도 불구하고 내용이 후반부로 나아가면, 독자는 부조리를 대면한 인간이 이 세계를 살아가는 방식에 대해 카뮈가 일정한 지침을, 그것도 무척이나 열정적인 어조로 제시하고 있음을 분명 인지할 수 있을 것이다. 이러한 면모 덕분에 이 책은 〈에세이〉로 명명되는 것이 더 자연스러울지도 모른다. 〈하나의 체계*système*를 믿을 수 있을 정도로 논리라는 것을 신뢰하지 않는다〉[2]는 점에서 자신은 철학자가 아니라고 했던 카뮈이고 보면, 처음부터 논문식의 글쓰기 체계와 그 무거움을 좋아하지 않았던 것처럼 보이기도 한다. 대학에서 철학을 전공한 철학도이지만, 프로 철학자가 되기보다는 자신의 철학적 사유를 문학 작품이나 기사(記事) 등 다양한 장르의 글쓰기를 통해 표현하려 했다는 평가에 수긍이 가는 이유다. 체계와 논리가 갖는 〈차가운〉 속성이 아닌 어떤 〈열렬함〉을 동반한 채 전개되는 카뮈의 에세이가 누군가에게는 철학자적 자질의 부족으로 비칠 수도 있다. 하지만 그 무엇보다 〈어떻게 살 것인가〉를 치열하게 고민하는 그의 사유가 〈살아 있는〉 글, 삶 그 자체로서의 글로 구현된다는 것은 지극히 자연스러운 결과로 보이기도 한다.

이 에세이에 대한 저자의 최초 언급이 1936년 그의 『작가수첩』에 〈철학 작품: 부조리〉라고 등장하는 것으로 보아, 실제 집필에 거의 5년이 걸린 셈이다. 저자가 이 책을 헌정한

2 1945년 『세르비르*Servir*』지와의 인터뷰.

파스칼 피아[3]와 저자의 은사이자 그 자신도 뛰어난 문학가인 장 그르니에의 추천, 앙드레 말로의 적극적 지원 덕분에 이 책은 세상에 나오게 된다.

삶이 무의미하다면 그 결론은

우선, 책 서두에 있는 핀다로스의 인용이 이 책의 전반적인 어조를 짐작하게 한다. 즉 고대 그리스인들의 현세(現世) 중심적 세계관을 단적으로 보여 주는 제사(題詞) 〈불멸의 삶을 꿈꾸지 말고, 가능의 영역을 남김없이 소진하라〉는, 앞으로 전개될 묘사와 성찰이 불멸과 영원의 차원이 아닌 한정된 시간과 지극히 인간적인 가능성의 차원에 자리하고 있다는 것을 명확히 함으로써, 이 에세이의 입장을 에둘러 전하고 있는 것이다. 요컨대 시간이라는 벗어날 수 없는 틀, 인간의 유한성, 내세의 거부라는 것 등에 찍힌 방점이 바로 이 작품을 꿰뚫고 있는 일관성이 되리라는 것을 독자는 짐작해야 할 것이다.

이 에세이는 총 4부로 구성되어 있다. 〈부조리의 추론〉이라는 제목의 1부는 이 글이 끝까지 견지하고자 하는 방법론, 즉 이론의 문제를 제기하고 있다. 즉 삶이 부조리하다면 자살을 선택해야 하는가 그렇지 않은가의 문제와, 자살과 직결

3 Pascal Pia(1903~1979). 1938년에 일간지 『알제 레퓌블리캥』을 창간하여 카뮈를 편집 기자로 채용했고, 1939년 9월 『수아르 레퓌블리캥』으로 제명을 바꾼 이 신문이 1940년 1월에 급기야 발행 금지 처분을 받게 되자, 직장을 잃은 카뮈를 일간지 『파리수아르*Paris-Soir*』에 추천함으로써 카뮈의 프랑스 이주에 계기를 마련해 주기도 한다.

된 삶의 부조리란 것이 무엇인지를 다룬다. 우선 저자가 〈부조리와 자살〉이라는 도발적인 소제목하에 자살이야말로 철학의 가장 진지한 근본 문제라고 당당히 주장하는 것은, 삶이 살아갈 가치가 있는지 없는지, 즉 삶의 의미라는 것과 떨어질 수 없는 문제가 바로 자살이기 때문이다. 카뮈가 생각하는 본질적 문제란 목숨을 버리게 하거나 반대로 삶의 열정을 키워 주는 문제이기 때문에, 삶의 의미와 자살이야말로 가장 절박한 질문일 수밖에 없다는 것이다. 사회와는 딱히 관계가 없는 자살은 개인의 마음속에서 시작되는 것이며, 이 죽음의 실체는 누가 뭐라고 해도 〈삶이 살아갈 만한 가치가 없다〉는 것을 고백하는 것에 다름 아니다. 삶이라는 이름의 이러저러한 습관들, 심오한 의미 따윈 없는 인생, 부산스럽거나 고통스러운 일상의 그 어이없음과 쓸데없음을 알아차린 사람에게 세상은 더 이상 친숙한 대상이 아니다. 〈인간과 자기 삶의 분리〉라고 할 수 있는 것이 바로 부조리의 감정이며, 이것과 자살의 직접적인 연관성은 부정할 수 없을 것이다.

이 에세이는 우선 부조리와 자살의 이러한 관계와, 자살이 부조리에 대해 정확히 어떤 해결책이 될 수 있는지를 분명히 밝히고자 한다. 그리고 부조리를 다루는 저자의 방식은 마치 화학 실험에서 침전물을 통해 결과를 도출하듯이 부조리를 진단하고, 그것이 어떠한 삶의 유형을 보여 주는지를 묘사함으로써 그 귀결점을 알아내는 방식이다. 그런 의미에서 저자의 태도는 처음부터 〈임상 실험적〉이고, 이 부조리 감정이 묘사하는 병과 저자의 현실을 혼동하지 않으려 노력하고 있다.

그렇다면 자기 자신에게 정직한 사람일 경우, 부조리한 감정의 경험은 자살이라는 군더더기 없는 결론으로 이어지는 것이 당연해 보이지만, 자살을 둘러싼 현실은 모순과 혼동이 존재해 왔다. 극소수의 몇 명을 제외하고는, 한 상 그득 차린 식탁 앞에서 자살을 찬양한 쇼펜하우어나, 자신이 추종하는 명백한 의미가 있음에도 불구하고 오히려 그것 때문에 목숨을 끊는 사람들이 존재하기도 하는 것이다. 카뮈는 이러한 모순의 본질을 그가 〈회피〉 혹은 〈치명적 희망〉이라고 부르는 것 속에서 찾는다. 내세에 대한 희망일 수도 있는 이것은, 어쨌든 삶 그 자체가 아니라 삶을 초월하거나 이상화함으로써 만들어지는 어떤 이념을 위해 사는 사람들의 속임수이다.

사실 이런 식의 혼동이 존재하는 것은, 삶의 무의미를 인정하는 것과 자살이라는 두 가지 판단 사이에 필연적인 기준이 전혀 없기 때문이다. 삶이 살 만한 가치가 없기 때문에 자살하는 것은 너무도 자명한 진실이지만, 이때 카뮈는 삶의 무의미라는 부조리가 반드시 희망이나 자살 같은 삶의 회피로 이어지는가, 즉 자살이 부조리의 해결책이 될 수 있는가라는 문제야말로 가장 우선적으로 밝혀내야 할 핵심임을 지적한다. 이때 필요한 것이 바로 〈끝까지 논리적일 수 있는〉 사고이다. 설사 이 논리의 끝에 죽음이 있다고 하더라도, 감정을 배제하고 자명함과 확실성에만 근거하고자 한다는 점에서 〈실험적〉인 이 논리 전개가 바로 1부 1장의 제목인 〈부조리와 자살〉이다. 이 추론의 끝, 사고가 더 이상 진행되지 못하는 극한 지점에서 죽음 외에는 다른 선택지를 찾지 못한 이들은 목숨을 던지기도 했다. 지극히 평범한 사람들이 대부분 이런 경우에 속한다면, 지성의 최고 권위자들은 물리적인 죽음이 아닌 사유의 자살을 감행함으로써 아무런 구원 없는 그 척박한 한계에서 도망치듯 빠져나왔던 것이다. 하지만 카뮈는 인내심과 통찰력을 가지고 그 삭막함을 버텨 내면서 부조리와 희망, 죽음 간의 대화를 기꺼이 추적하고자 한다.

부조리의 벽이 우리를 에워싸다

이 같은 기획의 첫 단계는 부조리한 감정이 과연 어떤 방식으로 나타나는지, 그리고 마침내 이 감정이 우리를 벽처럼 에워쌀 때, 그때부터 우리가 온몸으로 부딪히게 되는 부조리한 세계가 어떤 것인지 묘사하는 것이다. 부조리의 첫 번째 징후는 〈익숙한 무대 장치가 와르르 무너지는 것〉으로 요약된다. 어느 날 문득 고개를 드는 〈왜?〉라는 의문 때문에 당연하게 이어지던 일상의 행위들이 줄줄이 끊어지고, 이 끊어진 사슬을 이어 줄 의미의 고리를 결코 되찾을 수 없는 그런 상황이 발생하는 것이다. 일상의 제스처는 그 〈기계적〉 측면에서 팬터마임의 몸짓과 다르지 않다. 사람들이 저마다 몰두하는 이 연극은 국가적 거사에서부터 개인의 사소한 슬픔에 이르기까지 모든 것을 똑같은 가치로 만들어 버린다. 뫼르소를 심판하는 재판정 역시 그 의미라는 것이 하루아침에 무너질 수 있는 하나의 연극 무대와 유사하다. 자기를 심판하는 재판을 구경하는 것이 〈어찌 보면, 재미있었다〉고 말하는 뫼르소에게 법정은 무대 장치와 피고인과 변호사와 검사, 판사라는 배우들, 그리고 간간이 웃음을 터뜨림으로써 리액션을 보여 주는 방청객이라는 관객이 만들어 내는 연극 무대처럼 비치는 것이다.

그렇지만 이러한 각성이 불러오는 느닷없는 무기력은 그때까지 잠자던 의식을 움직이게 한다는 점에서 부정적이지 않다. 의식의 작동은 자신이 무의식적으로 시간에 〈실려〉 죽음을 향해 가고 있다는, 즉 존재의 근원적 필멸성을 자각하는 순간으로도 이어진다. 좀 더 나아가면 세상은 그 속을 보여 주지 않는 〈두꺼움〉으로 다가온다. 발길에 채던 돌멩이들, 늘 눈에 들어오던 일상의 풍경들이 우리가 거기에 입혀 놓은 신기루 같은 의미나, 〈우리가 습관적으로 씌워 놓았던 가면〉을 순식간에 벗어 버리고 원래의 자기 모습으로 까마득히 멀어져 간다. 더 이상 익숙한 무대 장치가 아니라 세계의 원초적인 적의를 적나라하게 드러내며 우리를 밀어내는 이들과는 화해가 불가능하다.

세계의 두꺼움과 낯섦이라는 이 부조리와 동시에 이제는 인간마저 낯설어진다. 유리 칸막이 너머에서 전화를 하고 있는 남자. 표정과 몸짓만 보일 뿐, 소리, 즉 의미가 박탈된 마임을 연기 중인 그 남자는 있는 그대로의 우리 모습을 보여 주지만, 그것이 내뿜는 낯선 비인간성은 우리를 불편하게 한다. 마지막으로 모두가 〈마치 모르는 듯〉, 자신과 상관없다는 듯이 살아가는 〈죽음〉이 있다. 엄밀한 의미에서 보면 죽음이란 그 누구도 경험해 보지 못한 것이다. 하지만 째깍째깍

흘러가는 시간과 더불어 티끌만큼의 예외도 없이 모든 것의 귀착점이 되는 이 죽음은 그런 의미에서 〈수학적〉이다. 인간의 조건을 규정짓는 이 피비린내 나는 수학 앞에서는 그 어떤 도덕이나 노력도 선험적으로*a priori* 정당화될 수 없다는 무용함이 생겨난다. 이러한 부조리의 감정들이 불쑥 찾아오게 되면, 가령 절대로서의 사랑, 영원한 사랑의 환상 따위는 탈신비화를 면할 수 없다. 로마의 황제 칼리굴라 역시 이 같은 면모를 보여 준다. 〈누군가를 사랑한다는 것은, 그와 함께 늙어 가는 것을 수용하는 것이야. 난 그런 사랑을 할 능력이 없어〉라고 토로하는 그는 자신이 독점적이고 배타적인 사랑을 할 수 없다는 무기력을 확인하고 있다. 하지만 동시에 그는 사랑의 절대성에 대한 회한을 드러내고 있다. 그는 인간 조건에 내재된 이러한 결핍으로 고통받는 인물인 것이다.

하지만 카뮈는 이 부조리의 감정과 함께 오는 부조리의 발견이 자신만의 전유물이 아니라는 사실을 알고 있다. 여기서 카뮈는 부조리의 감정이 아닌 지적인 차원까지 검토하고자 한다. 하지만 참과 거짓을 구분하는 정신의 기본 단계조차 논리의 덫과 모순의 악순환 속에서 길을 잃기 일쑤다. 무언가를 〈안다〉 혹은 〈이해한다〉는 것은 친숙함과 분명함을 통해 대상을 통일시키는 것이다. 다시 말해 세계를 이해한다는 것은 〈세계를 인간적인 것으로 환원시키는 것〉, 〈거기에 인간의 낙인을 찍는〉 일이다. 하지만 그 낙인이 지워지는 날, 우리는 우리와 우리 자신이 만든 것들 간의 분리, 우리가 알고 있다고 믿는 것들과 실제 우리가 아는 바 사이의 깊은 간극을 피해 갈 수 없다. 내 자아 속의 무수히 많은 나, 하나로 통일되지 않는 내 마음, 내 존재에 대한 나의 확신과 이 확신의 진정한 내용 사이의 심연이 나를 현기증 나게 한다. 결국 직업적 합리주의자들을 제외한다면, 우리는 진정한 인식이라는 것에 대해 절망할 수밖에 없다. 이처럼 감정이 아닌 지성 역시 이 세계는 부조리하다고 말한다. 맹목적 이성이 모든 것은 분명하다고 아무리 말해 봐야 소용없다. 여기에서 좀 더 정확한 표현을 사용해야 한다. 〈세계는 부조리하다〉라는 말은 다소 성급한 표현이다. 세계는 그저 그 자체로 합리적이지 않을 뿐, 진정한 의미의 부조리란 인간 속에 자리한 통일성과 투명함에의 욕구가 세계의 복수성(複數性) 및 두꺼움과 충돌할 때 태어나는 것이며, 합리적 이성에 대한 인간의 열망과 세계의 비합리성의 이러한 대면 그 자체이다. 수많은 지성들, 즉 야스퍼스, 하이데거, 키르케고르, 셰스토프, 셸러, 현상학자 후설이 보여 준 것은 결국 이성과 그 이성의 명쾌한 설명 능력과 관련된 수많은 희망들이 얼마나 집요했으며, 동시에 얼마나 허무한지에 대한 것이다. 인간은 모든 것을 설명하고자 열망하지만, 세상은 비합리로 넘쳐난다. 결국 명확함에 대한 인간의 호소는 〈세상의 비이성적 침묵〉과 맞닥뜨릴 뿐이다.

〈부조리의 벽〉에서 묘사된 부조리의 감정, 특히 죽음에 대한 명료한 의식은 이 에세이 집필에 이르기까지의 카뮈 자신의 삶과 따로 떼어 놓고 생각할 수 없을 것이다. 알제리에서 가난한 프랑스 이민자의 아들로 태어나 전혀 지적이거나 교육적이지 못한 가정 환경 속에서 어린 시절을 보냈지만, 남다른 재능으로 초등학교 시절에는 루이 제르맹, 고등학교 시절에는 장 그르니에라는 두 스승의 지원 등으로 학업을 이어갔던 그였다. 하지만 1930년 17세 때 찾아온 결핵은 그로 하여금 죽음이란 삶과 바로 맞닿아 있는 것이며, 자신의 모든 꿈과 열정이 한순간에 소멸될 수 있음을 누구보다 강렬하게 인식하게 한다. 호전과 악화를 거듭하던 병세는, 1936년 대학 학위 논문 통과 이후 교직을 꿈꾸며 대학 교수 자격시험에 응시하고자 했던 그에게서 응시 자격을 박탈시켰다. 모르핀 중독 여성과의 이른 결혼과 불화까지 겹친 녹록지 않은 상황에서 그는 저널리즘과 글쓰기로 삶의 방향을 전환하게 된 것이다. 이처럼 부조리의 감정은 젊은 카뮈가 직접 대면했던 인간의 벗어날 길 없는 비극적 조건과 결코 무관하지 않을 것이다.

철학적 자살이란

여기서는 부조리의 감정이 아닌, 부조리의 감정을 그 토대로 삼은 부조리의 개념에 대한 설명이 좀 더 이어진다. 즉 부조리는 비교의 대상인 항들 사이의 불균형에 근거한다. 가령 소총 한 자루로 기관총 부대와 싸우는 것은 의도와 실제 현실 사이, 능력과 목표 사이의 불균형 때문에 부조리한 것이다. 인간이나 세계는 그 자체로 부조리하지 않으며, 부조리란 어느 한쪽에 일방적으로 속하는 것이 아니라는 것이다. 다만 그 둘 사이의 불균형과 모순, 즉 인간의 욕구와 대답 없는 세계 사이의 분리*divorce* 때문에 부조리한 것이고, 이 둘의 격차가 커질수록 부조리도 커진다. 따라서 부조리가 유지되기 위해서는 분리된 두 항이 반드시 전제되어야 하며, 이 둘의 관계가 바로 부조리이다. 이것이 부조리를 구성하는 〈삼위일체〉이다. 이러한 본질적 필요 조건들 중 하나를 삭제하는 것은 부조리 자체를 지워 버리는 것이다. 죽음을 선택함으로써 통일성에의 향수라는 인간 정신을 아예 소멸시켜 버리거나, 반대로 세계로부터 명확한 해답을 기어이 얻어 내고야 만다면, 모순 그 자체인 부조리는 지속될 수 없다는 것이다. 이 같은 대면 상황으로서의 부조리 논리를 끝까지 밀고 간다는 것은 희망의 부재(절망이 아님), 끊임없는 거부(포기가 아님), 의식적 불만을 전제한다는 점에서 일종의 투쟁으로 정의될 수 있다. 다시 말해 부조리는 데카르트의 〈코기토*cogito*〉처럼 우리가 그 존재를 인정하고 확인해야 하는 〈자명한 사실〉이다. 그런 의미에서 부조리는 우리가 〈동의〉하지 않는 한 비로소 의미를 가지게 된다.

그렇다면 이러한 대립 속에서 우리는 버틸 수 있는가, 아니면 삶을 끝내야 하는가? 〈철학적 자살〉에서 카뮈는 합리주의를 비판하고, 그들 나름으로 부조리를 인정한 실존주의 철학자들과 현상학자들이 어떻게 부조리에 대응했는지 질문한다. 결론부터 말하자면, 전자는 이성의 실패에 방점을 찍고 종교적 희망을 제시함으로써 회피와 초월 및 저세상으로의 비약에 호소한다는 것이 카뮈의 생각이다. 우선, 야스퍼스는 〈실패란…… 허무가 아닌 초월의 존재를 보여 주는 것〉, 〈보편적인 것과 개별적인 것의 이해 초월적 일치〉 등의 전혀 논리적이지 않은 추론을 통해 〈이해 불가능한 것〉들을 신격화한다. 〈불가능하기 때문에 절대적으로 확실하다〉라는 식의 이런 역설은 이성의 지나치게 단순한 확실성의 위험을 경고하는 사상가들에게 아주 매력적인 도피처가 된다. 이것이 바로 카뮈가 〈철학적 자살〉이라고 부르는 것이다. 즉 모든 것을 명쾌하게 설명할 수 없는 이성의 무력함을 설파하며 비합리에 대한 신념을 정당화할 구실을 찾는 것이 바로 이 〈자살〉이라는 것이다.

러시아 철학자 셰스토프 역시 유사한 해결책을 제시한다. 그는 모든 존재의 근원적 부조리를 발견했을 때 그것을 〈부조리〉가 아닌 〈신〉이라고 부르며 부조리의 비인간적 속성을 온통 신의 영역으로 통합해 버린다. 이러한 비약을 통해 합리와 이성의 환상으로부터 해방되어야 한다는 것이다. 하지만 셰스토프에게 부조리라는 전제는 신을 통한 부조리의 소멸을 위해 필요할 뿐이다. 부조리는 결코 희망을 허락지 않으며, 부조리를 구성하는 세 개의 항은 절대 소멸되지 않아야 한다는 전제를 기억한다면, 이 모든 항들을 신의 관할로 일임해 버리는 이런 해결책 역시 〈회피〉에 다름 아니다. 덕분에 부조리의 본질인 분리와 대립은 사라지고 더불어 투쟁도 면하게 된다.

그다음 카뮈는 긴 지면을 할애하여, 키르케고르의 이성 비판을 분석함으로써 그의 결론이 부조리의 논리와 양립 가능한 것인지를 추적한다. 비합리를 벗어날 수는 없다고 확신하는 키르케고르는 야스퍼스와 유사하게 비합리를 신격화하며 인간과 세계의 분리로서의 부조리에서 비롯되는 고통을 치유하고자 한다. 부조리라는 자명한 사실은, 그 분리의 고통과 함께 살아가는 것임에도 불구하고, 인간의 조건이 가진 이 모순을 피해 가기 위해 키르케고르가 자신의 모든 지성을 동원한다는 것이 카뮈의 생각이다. 키르케고르는 인간이 인간이기 위해 필요한 것은 육체라는 물리적 조건임을 고통스럽게 인정하면서도, 또 한편으로는 부조리하지 않은 수많은 사람들에게 종교라는 희망의 메시지를 던짐으로써 부조리를 치유하고 그것으로부터 벗어나려 한다. 즉 〈기독교인에게 죽음은 모든 것의 종말이 아니며, 오히려 건강과 힘으로 넘쳐나는 삶보다 더 많은 희망을 내포하고 있다〉는 것이다. 이처럼 키르케고르는 자신의 이러한 모순을 포함하여, 확실한 논리도 경험적 가능성도 없는 이 이해 불가능함을 온통 신에게 전가한다. 신과 인간, 시간과 영원, 한계와 무한이라는 역설을 끊임없이 강조하는 키르케고르에게 모든 전제는 오직 믿음의 대상에 불과하다. 즉 확실한 것은 없고, 모든 것은 믿느냐 아니냐의 문제로 귀결되는 것이다. 결국 키르케고르 역시 비합리를 절대화하고 이성의 요구를 포기함으로써 카뮈가 말하는 대립으로서의 부조리를 사라지게 만든다. 여기서 중요하게 지적할 점은, 카뮈 역시 이성의 합리주의를 거부한 것은 사실이지만 이성이 가진 기존의 장점, 그 〈상대적 가치〉는 분명히 인정한다는 사실이다. 다만 이성의 신격화도, 이성의 실추도 아닌 〈이성이 그 명철함을 유지하는 중도의 길〉을 유지하고자 할 뿐이다.

이들 실존주의 철학자들과는 달리 후설은 현실의 환원 불가능한 다양성(복수성)을 강조한다. 모든 판단에서 벗어난 채 나름의 특권을 지닌 대상들을 굳이 설명하려 하지 않고 묘사하는 데 그치려는 이 〈겸손한〉 정신은 과연 부조리와 멀지 않아 보인다. 그럼에도 불구하고 후설의 현상학은 이 대상들의 합리적 근거와 〈초시간적 본질〉을 찾고자 함으로써, 결국 이성의 과대평가된 능력 속으로의 복귀를 호소한다. 카뮈는 실존주의와 현상학의 상반되는 태도를 동일한 논거를 내세우며 모두 거부한다. 이들은 모두 부조리 항들의 하나를 소멸시킴으로써 부조리를 〈슬쩍 감춰〉 버리고, 결국 부조리를 교묘히 피해 가기 때문이다. 부조리의 논리, 그 자명함과 확실성들을 끝까지 견지하지 못하고 〈본질〉 혹은 〈영원〉이라는 친숙하고 안락한 조건들 속에 안주하는 것이 바로 〈철학적 자살〉이다.

부조리의 귀결: 반항, 자유, 열정

부조리의 추론을 전개하는 가장 마지막 장에 이르러 카뮈는 진짜 자살, 비약으로의 도피, 자기에게 맞는 관념의 집 다시 짓기, 부조리라는 내기 이어 가기 중 무엇이 이 자명한 부조리의 논리적 귀결이 될지 알아보는 최후의 노력을 다짐한다. 그의 선택은 결국 자기 능력 바깥의 영역인 비약을 거부하고, 부조리를 〈고집스럽게 버티는 것〉이다. 이것이야말로 〈희망하는 법을 잊은 채〉 자기 길을 가는 부조리한 인간이 자신의 반항과 혜안으로써 현재라는 지옥이자 왕국으로 복귀하는 방법이다. 이것은 곧 그 어디에도 호소하지 않고 명철한 의식만으로 움직이는 삶이 될 것이다.

그렇다면 이때 〈진짜 자살〉은 어떻게 받아들여야 할까? 실존주의 철학자들이 있는 그대로의 침묵하는 세계를 신과 종교라는 의미로 대체함으로써 부조리의 한 항을 삭제해 버린 것처럼, 자살은 그 대립을 유지시키는 인간 의식을 소멸시킴으로써 역시 부조리를 무너뜨리는 일종의 〈포기〉에 다름 아니다. 따라서 자살은 부조리의 논리적 귀결점이 될 수 없다. 부조리라는 자명한 운명을 살아가기 위해서, 즉 그것을 계속 유지하기 위해서는 모든 것을 감수해야 하는 것이다. 이제 삶이란 〈의미가 없을수록〉, 다시 말해 내 앞의 세계가 나의 정체성을 확인해 주거나 내가 그 속에서 조화와 통일을 의심하지 않아도 되는 어떤 의미를 던져 주는 일이 없을수록, 그래서 부조리 한복판의 대립이 확실히 유지될수록, 그 대립을 명철한 의식으로 〈똑바로 바라볼수록〉 더욱 충실히 살아갈 수 있게 된다. 이것이 바로 〈반항〉이다. 인간과 그 자신의 어둠을 피하지 않고 마주 보면서 거기서 불가능하지만 투명함을 요구하는 모순을 〈살아가게 만드는〉 것, 이것이 곧 〈살아가는〉 것이며, 삶의 무의미라는 문제에 직면했을 때 취해야 할 유일하게 일관성 있는 철학적 입장이다.

여기에서 부조리한 인간에게 〈자유〉란 무엇인가라는 문제가 등장한다. 우리는 스스로가 자유로운 선택과 행위를 하며 살고 있다고 습관적으로 생각하지만, 사실 그것은 진짜 자유라기보다는 〈자유에 대한 믿음〉에서 비롯하고, 우리는 그러한 가짜 자유의 노예로 살아간다고 할 수 있다. 하지만 영원과 초월이 배제된 이 지상에서 부조리가 가장 확실하게 가르쳐 주는 것이 바로 죽음이고, 이것은 곧 인간의 필멸, 내일의 부재, 우리는 모두 집행이 유예된 사형수라는 사실에 다름 아니다. 이러한 자명함의 인식은 나의 모든 주도적인 미래 설계, 내가 나 자신에게 의심 없이 부과할 수 있고 나 스스로를 기꺼이 종속시켜 왔던 모든 사회적·윤리적 목표로부터, 그리고 이들이 부여해 주는 희망과 위안으로부터 놓여나게 한다. 열린 미래와 최대한의 자유라는 환상은 언제 급습할지 모르는 죽음 앞에서 어처구니없이 차단당할 수밖에 없기 때문이다. 이것이 〈반항〉에 이어지는 부조리의 두 번째 결론인 〈자유〉다.

이로부터 삶이란 〈미래에 대한 무관심과 주어진 모든 것을 소진시키려는 열정〉과 같은 말이 된다. 삶의 의미에 대한 믿음은 늘 어떤 가치 체계, 선택, 우리의 호불호를 가정하게 마련이지만, 부조리를 명철하게 의식하는 곳에서는 이러한 가치의 우열이 무용지물이다. 결국 삶이란 가장 잘 살아야 한다기보다, 〈가장 많이 살아야*vivre le plus*〉 하는 것이다. 즉 중요한 것은 경험의 질이 아니라 양(量)이다. 30년을 산 사람과 70년을 산 사람 간의 40년이라는 시간 차는 전자가 〈벌 수도 있었지만 놓쳐 버린 돈〉과 같은 것이고, 이것은 결코 돌이킬 수도, 회복할 수도 없는 것이다. 여기서 자신에게 〈지금〉 주어진 모든 가능성을 남김없이 소진하려는 〈열정〉이 생겨난다. 부조리한 〈반항〉은 혼자만의 노력으로 끊임없이 유지하는 극한의 긴장 상태일 수밖에 없다. 희망과 미래와 자유라는 환상으로의 도피를 경계하는 이 〈쉼 없이 의식적인 마음 앞〉에는 현재만이 연속될 뿐이다. 이러한 결론에 도달한 부조리, 즉 반항, 자유, 열정은 인간-세계 간의 대면을 종식시키는 자살을 퇴출시키고, 죽음을 삶의 원칙으로 바꾸며, 오히려 삶의 지침을 부여하고 있다. 그리고 이 모든 결론에는 이성이 작동하고 있다. 〈부조리란 스스로의 한계를 확인하는 명철한 이성〉이기 때문이다.

부조리한 인간은 과연 누구일까

이론적 추론의 과정인 1부는 이 에세이의 거의 절반에 가까운 분량을 차지한다. 2부 〈부조리한 인간〉은 지금까지 전개된 논리적 이론에 살을 붙이는 과정, 차가운 사변에 감각적 형상을 부여하는 과정이다. 이제 모든 신성한 명령으로부터 벗어나 부조리한 자유를 사는 인간은 결백하다. 즉 그에게는 〈모든 것이 허락된다*Tout est permis*〉. 하지만 이것은 쉽게 살기 위한 요령이 아니라, 의식의 긴장을 늦추지 않고 살아야 하는 이들의 운명을 새삼 확인하는 〈쓰디쓴〉 과정이다. 부조리의 요구 사항과 삶의 규칙이란, 부조리한 인간은 자기 행위에 책임을 느끼지만 죄의식은 없다는 것이다. 카뮈가 소개하고 있는 부조리한 인간들의 사례는 〈본받아야 할 모범은 아니〉지만, 어떤 경우에도 부조리한 삶의 가능성들을 남김없이 소진하는 것을 목표로 하는 이들이다.

돈 후안주의자들과 연극배우, 정복자들, 이 셋의 공통점은 경험의 양을 추구하고, 희망을 품지 않으며, 죽음으로 치닫는 시간을 대면하는 명철한 의식의 소유자이자 도전과 열정을 추구하는 것으로 요약될 수 있다. 우선 〈바람둥이〉의 대명사 돈 후안 신화에는 그가 사랑한 숱한 여인들과의 연애담이 늘 함께한다.[4] 하지만 부조리한 인간으로 소개된 이 유혹자는 어둡고 우울한 내면을 가진 남자도, 이기주의자도, 남달리 비정한 인간도 아니다. 애정 결핍이거나 완전한 사랑의 쟁취를 목표로 하는 사람도 아니다. 그는 이 〈여성들을 똑같은 열정으로, 매번 자신의 모든 것을 다 바쳐 사랑〉할 뿐이다. 그는 그저 되풀이하는 것이 좋고, 〈삶의 기회를 남김없이 다 써버리는〉 것이 좋을 뿐이다. 이런 그가 비극적인 이유는, 세계의 낯섦과 두꺼움을 대면하고서 자신이 부조리한 인간이라는 것을 명확히 인식하고 있기 때문이다. 그는 자유롭게 〈최대한 많이 살고자〉 한다. 그래서 매번 다른 여성들을 유혹하고 사랑하기를 되풀이하면서도 지루해하지 않는다. 자기의 행복은 마르지 않는 쾌락과 내일 없는 쾌락의 양 속에 있다고 생각하기 때문이다. 이 쾌락이 세계를 대면한 채 반항하고 있는 그에게 힘을 실어 주는 것이다. 이때 절대로서의 사랑과 영원한 사랑은 허상에 불과하다. 〈우리는 우리를 어떤 존재들과 연결 지어 주는 것〉을 사랑이라고 부르지만,

4 생전의 카뮈는 줄곧 돈 후안에게 관심이 많았다. 1937년에 본인이 돈 후안 역을 맡아 푸시킨의 「돈 후안」을 알제에서 무대에 올린 바 있고, 이후에는 몰리에르의 희곡을 올릴 계획도 한다. 죽기 전에는 티르소 데몰리나의 「세비야의 바람둥이와 석상의 초대: 돈 후안」 번역을 시작하기도 했다.

이것은 책이나 옛날이야기에서 들어 익숙한 〈집단의 사고방식을 통해서 이루어지는 것에 불과〉하다. 하지만 부조리한 인간에게 사랑이란 〈욕망과 애정, 나와 어떤 존재를 이어 주는 지성의 복합체일 뿐이다〉. 이런 복합체로서의 사랑은 상대에 따라 매번 달라지기 때문에, 다른 상대와의 경험들을 똑같은 사랑의 이름으로 통일시킬 수는 없다. 부조리한 인간은 하나로 통일시킬 수 없는 것들을 수없이 되풀이함으로써 경험의 양을 증폭시킬 뿐이다. 그는 이런 식으로 새로운 존재 방식을 발견하고, 이를 통해 스스로를 해방시키는 것이다. 돈 후안에게는 〈스스로를 덧없고 동시에 유일한 것으로 아는 사랑〉만이 〈가장 너그러운 사랑〉이다.

칼리굴라는 영원한 사랑의 부재를 고통으로 받아들였다. 반면에 같은 부조리군의 인물이지만 『이방인』의 뫼르소는 자신을 사랑하는지 묻는 여자 친구에게 〈사랑하는 것 같지는 않다〉고, 〈결혼은 전혀 중요하지 않은 것〉이라고 솔직하고 단호하게 말한다. 하지만 그녀가 원하면 결혼을 〈할 수도〉 있으며, 비슷한 제안을 다른 여성에게서 받았더라도 수락했을 것이라고 아무렇지 않게 대답한다. 소위 직업적 출세를 위한 사장의 제안 이후에는 〈학생 때에는 그런 종류의 야심도 많이 있었지만, 학업을 포기하지 않을 수 없게 되면서 그 모든 것들이 실제로는 하나도 중요하지 않다는 것을 곧 깨달았던〉 경험을 고백하는 그는, 그 이후의 삶에 대해서도 불행하다고 느끼지 않는다. 불현듯 찾아온 부조리의 감정을 체험하고, 자신이 열망하는 의미에 침묵하는 세계와 자신 사이에

가로놓인 까마득한 심연을 똑바로 들여다보며, 다시는 이전의 세상으로 복귀하지 못한 채 읊조리는 말인지도 모른다.

부조리한 인간의 또 다른 사례는 무대 위 배우의 운명에서 찾아볼 수 있다. 평생 희곡을 쓰고, 각색하고, 무대에 올리고, 경우에 따라 직접 연기도 했으며, 당대의 문인이나 지식인들보다는 함께 땀 흘리던 연극인들과의 시간이 더 편안하고 행복했다고 말하는 카뮈에게 〈연극*comédie*〉은 양면적 의미를 가진다. 부조리의 감정을 묘사할 때 등장하는 〈연극 장치〉는 무의식적이고 습관적인 삶, 어찌 보면 인간이 지닌 취약함의 신호였지만, 부조리한 인간인 배우의 연극은 이러한 취약함을 어느 정도 극복하고자 하는 욕망과 관련이 있다. 즉 배우의 연기는 가장 다양하게, 많이 살아가려는 행동의 힘을 보유하고 있는 것이다. 그는 직접 경험하지 못하는 다른 인물들의 삶을 모방하고, 그 숱한 이야기들을 압축하여 찰나적으로 살아감으로써 자기의 삶을 복수로 만들어 가기 때문이다. 아무도 모른 채 지나가 버리는 삶 속에 불쑥 끼어들어, 보통의 사람이 살아 내려면 한평생이 걸리는 운명을 두세 시간이라는 시간 안에 축소판으로 보여 준다. 모든 삶 속으로 파고 들어가 열정적 몸짓과 목소리로 그것을 섭렵하는 배우는 상상의 배역에게 자신의 피를 수혈한다. 이처럼 배우는 단 하나의 육체를 통해 그 많은 영혼들을 요약해 낸다. 소멸하기 마련인 삶을 무대라는 현재 속에서 무한히 복제해 내는 연극의 방식이, 천국과 영원 속에서의 구원이라는 단 하나의 운명을 강요하는 교회의 적개심을 불러일으킨 것은 당연한 일이다. 배우를 직업으로 가진 모든 이들이 부조리한 인간이라는 의미는 아니다. 다만 무대에서 역할을 하나하나 이어 가는 그 운명이 부조리의 귀결점에 맞닿아 있다는 것이다.

마지막으로 정복자들이 유일하게 확신하는 것은 바로 〈육체〉이다. 그들이 역사와 영원 중에서 역사를 선택하는 것도 확실한 것을 좋아하기 때문이고, 투쟁을 통해 육체와 대면할 수 있기 때문에 투쟁을 선택한다. 그들에게 단 하나의 유용한 행동은 〈인간과 세계를 다시 만들어 내는〉 것이기에, 그럴 수 없음을 아는 이들은 행동이란 것이 그 자체로는 무용하다는 것도 알고 있다. 정복자라는 타이틀이 무색해지는 이러한 선택은 시대의 변화에 따라 정복자의 위대함이란 것이 정복한 영토의 규모가 아닌 〈항거와 미래 없는 희생〉으로 그 의미가 바뀌었기 때문이다. 이것은 단순한 무기력이나 패배적 정서라기보다는, 영원한 승리란 결코 손에 잡을 수 없음을 깨닫는 데서 비롯된 결과이다. 신들에게 맞섰던 프로메테우스의 혁명은 결국 자기 운명에 맞서는 인간의 자기주장이었지만, 인간이 스스로의 조건을 결코 벗어나지 못했듯이, 역사속의 혁명 역시 이러한 인간의 근원적 모순을 반복하고 있음을 씁쓸하게 인식한 결과이다. 그리고 정복자는 자신을 짓눌러 오는 이 역사라는 실체 속에서 인간의 모순적 조건을 저버리지 않으며 명철한 의식으로 그것을 확인하고 있다. 즉 그는 자신의 〈명철한 정신을 부정하는 것 한복판에 그의 명철함을 우뚝 세움〉으로써 〈인간을 짓누르는 것 앞에서 인간을 찬양〉하고 있는 것이다. 이것이 곧 부조리한 자유, 반항, 그리고 열정이 서로 결합하는 모습이다.

가장 열정적인 부조리 인간: 예술가

3부 〈부조리한 창조〉에서는 가장 부조리한 인간인 〈창조자〉, 즉 예술가의 창작 방식에 대한 보다 구체적인 내용이 다루어진다. 1장 〈철학과 소설〉은 부조리의 추론과 소설 창작의 관계, 즉 소설이 부조리의 추론에 따라 이루어질 수 있음을 이야기하고 있다. 가능한 한 지상의 사실들을 수집하고 다수의 경험을 만들어 낸다면, 이것이 곧 부조리를 발견하고 그것을 견지해 온 결과로서 작품 속에 구현될 수 있다는 것이다. 다시 말해 〈작품이란 자기의 의식을 유지시키고 그 의식의 모험들을 고정시키는 유일한 기회〉이고, 체험한 현실을 모방하고 반복하여 다시 만들어 낸다는 의미에서 〈두 번 사는 것〉이 된다. 그렇다면 이런 〈부조리한 작품〉, 즉 부조리의 추론에 걸맞은 소설이란 것이 가능할까? 철학의 논리와 추상적 개념은 감각적이고 구체적인 예술 장르와 다른 차원이며, 이 둘의 작품 속 공존은 불가능하다는 것이 전통적인 시각이다. 카뮈는 이러한 대립이 더 이상 유효하지 않다고 본다. 부조리한 인간에게 중요한 것은 설명과 해답 찾기가 아니라 느끼고 묘사하는 것이라면, 부조리한 작품 역시 최고의 명철함으로 무장한 사고를 분명 품고 있어야 하지만, 이것은 작품에 질서를 부여하는 정도에 그쳐야 하고 가시적으로 드러나서는 결코 안 된다. 〈예술 작품은 지성이 구체적인 것을 논리적으로 따지려는 시도를 포기할 때 탄생〉하기 때문이다. 즉 명철한 사고는 작품 탄생의 출발점이지만, 이 지점에서 구체적 감각과 묘사에 주도권을 넘기고 소멸해야 한다. 묘사에 그 이상의 심오한 의미를 부여하는 것은 부당하며, 부조리한 예술가는 이러한 한계를 명백히 의식하고 있어야 한다. 그런 의미에서 〈부조리한 작품은 모든 것을 말하지 않으며, 《적게》 말한다〉. 그의 경험치는 그가 말로 옮길 수 있는 바를 넘어서기 때문이다.[5] 또한 작품은 〈삶의 목적도, 의미도, 위안도 될 수 없고〉, 부조리에 변화를 가져올 수도 없으며, 저자가 작품을 통해 자기 정당화를 할 수도 없다. 요컨대 위대한 소설가들은 〈철학적〉 소설가들이지만, 설명의 유혹을 이겨 내고 감각적 이미지로 대신하려는 의지를 견지해야 한다.

그럼에도 불구하고 부조리의 요구 사항을 망각한 채 회피를 선택하는 이들이 존재하는 것과 마찬가지로, 소설가도 의미라는 환상에 굴복하는 경우가 있다. 카뮈는 그러한 사례로 도스토옙스키를 꼽고 있다. 3부 2장의 제목 〈키릴로프〉는 그의 작품 『악령』의 등장인물이다. 이 같은 제목을 붙인 이유는 카뮈에게 있어 키릴로프는 자살을 감행하면서도 여전히

5 여기에서 소설 『이방인』을 언급하지 않을 수 없다. 주인공이 곧 화자인 1인칭 소설임에도 불구하고, 자신의 내면을 포함하여 모든 것들을 인과 관계를 통해 설명하기를 거부하고, 감각적 묘사에만 만족하는 뫼르소는 분명 부조리한 작품의 산물이다. 죽음이 잠시 유예된 진정한 〈사형수〉가 된 후, 폭발할 듯한 삶에의 열망에도 불구하고 사형 집행일에 〈구경꾼들의 분노의 함성〉만을 원하는 이 설명 없는 결론 역시 〈적게 말하고〉 결론에의 유혹에 굴하지 않는 의식적 자세를 보여 준다.

부조리한 인간이기 때문일 것이다. 키릴로프는 〈신이 없다면 자기 자신이 신〉이라고 전제한다. 즉 모든 것이 그의 의지대로 이루어져야 하는 것이다. 그런 그가 자살을 한다. 스스로 죽음을 택하는 것이야말로 신의 뜻이 아닌 자신의 자유의지를 확실히 천명하는 행위이기 때문이다. 그런 의미에서 그는 〈신이 되기 위해 자살〉하는 논리적 자살의 신봉자이다. 『악령』의 또 다른 인물 스타브로긴과, 〈모든 것이 허락된다〉고 선언하는 『카라마조프 씨네 형제들』의 이반 카라마조프는 이러한 키릴로프의 재현이다.

이처럼 이 러시아 소설가의 작품은 죽음에 이르는 논리와 광기, 절대적이어서 오히려 〈끔찍한〉 자유 등 부조리의 문제를 다루고 있다. 하지만 도스토옙스키는 결국에는 이런 인물들과는 정반대의 선택을 하게 된다. 자신의 마지막 소설에서 알료샤 카라마조프와 함께 불멸을 선택하기 때문이다. 도스토옙스키가 이미 자신의 『작가 수첩』에서, 신이 없는 삶은 불가능하고 그런 삶은 자살로 이어질 수밖에 없다고 고백한 적이 있고, 그 이후에도 불멸이란 인간의 정상적인 조건이라는 태도를 포기하지 않는 점을 보면 당연한 결과이기도 하다. 따라서 카뮈가 보기에 도스토옙스키의 소설은 그 자체로 부조리한 작품이 아니라 부조리의 문제를 〈제기하는〉 작품이며, 도스토옙스키는 부조리한 소설가가 아니라 자기 나름의 회피로 귀결되는 실존주의 소설가다.[6]

6 부록인 〈프란츠 카프카 작품 속의 희망과 부조리〉 역시 〈부조리한 작품은 가능한가〉의 문제를 다시 다루고 있다. 카프카의 경우, 『소송』은 모든 해

요컨대 카뮈는 소설이야말로 가장 탁월한 부조리의 표현이고, 문학의 힘을 통해 철학이 강화될 수 있음을 이야기하고 있다. 『작가 수첩』 1권에서 그는 〈우리는 이미지를 통해서만 생각한다. 철학자가 되고 싶다면 소설을 써라〉라고 적고 있다. 적어도 이 에세이에서는 소설가의 작업과 철학자의 작업을 분리시키지 않는 이러한 미학을 주장하고 있는 셈이다.

3부를 마무리하는 3장 〈내일 없는 창조〉에서 카뮈는 그래도 부조리한 작품은 가능하다고 주장하며, 멜빌의 『모비딕』에서 그 증거를 찾는다. 이 장은 부조리한 작품이 지켜야 할 규율과 의지를 다시금 정리하고 있다. 즉 부조리한 작품은 일종의 금욕과 고행을 요구한다. 우선 통일성을 포기함으로써 스스로의 한계를 설정하고, 아무런 목적 없이 창작한다는 것을 알면서도 이미지에 생명력을 부여하며, 아무런 목적이 없다는 의미의 〈허무〉에 육체를 입혀야 하는 것이다. 결국 작품이란 포기하지 않는 의지와 끈기로서 부조리한 창조자의 조건을 이미지로 반복 생산해 내는 것이다.

결의 희망을 멀리하고 부조리에 충실한 작품이지만, 『성(城)』은 〈행동으로 옮겨진 신학〉으로서 〈은총을 추구하는 한 영혼의 개인적 모험〉이라는 점에서 오히려 실존주의 문학에 속한다는 것이 카뮈의 평가이다. 즉 『소송』의 요제프 K는 불모의 조건을 성과 없이 반복하며 필멸의 대상을 열정적으로 주시만 하는 반면, 『성(城)』의 측량 기사 K는 성 속에서 희망 찾기를 결코 포기하지 않음으로써 이 소설을 〈환상의 요람〉으로 만들고 그 가치를 떨어뜨린다. 『소송』은 진단을 하고, 『성』은 치료를 하는 셈이다. 이 부록 편에서 카뮈가 〈부조리 미학의 가장 극단적 결론을 이끌어 낸 예술가〉로 소개하고 있는 사람은 바로 니체라는 점이 눈길을 끈다.

부조리의 지혜와 행복: 시지프 신화

본문의 가장 마지막에 위치하며 가장 분량이 적은 장의 제목이 바로 이 책의 제목이다. 여기에서 저자는 유명한 시지프 신화를 통해 부조리의 지혜를 집약적으로 제시한다. 추론을 이미지로 사고하게 하는 과정이라고 할 수 있다. 책의 제목을 가령 〈부조리 시론〉 혹은 〈부조리에 관하여〉 등으로 짓지 않고 구체적이고 감각적인 신화에서 빌려 온 것은 시지프가 가장 전형적인 〈부조리의 영웅〉이기 때문일 것이다. 즉 이 신화는 이 책 전체의 추진력으로 작동하는 근본적 문제에 대한 해답을 구체적으로 예시해 준다. 시지프는 신들을 기만한 죄로 무거운 바윗돌을 끝없이 굴려 올리는 형벌을 받는다. 어김없이 다시 굴러떨어지는 이 바위는 노동의 무용함으로써 그를 단죄한다. 여기서 주목할 점은 시지프가 신을 배신한 이유다. 그가 아소포스와 거래를 한 것은 코린토스 땅에 물을 대기 위해서였고, 명부의 왕 플루톤을 배신한 것은 〈물과 태양, 따뜻한 돌멩이〉, 〈빛나는 바다〉와 〈대지의 미소〉 때문이었다. 즉 지상의 삶에 대한 열정이 그로 하여금 죽음을 증오하고 신을 경멸하게 만든 것이다. 그래서인지 그에게 내려진 형벌은 역설적으로 삶을 더욱 열렬히 긍정하게 만든다.

여기서 시지프는 신의 권위에 도전한 인간의 오만함 혹은 자신의 조건을 벗어나려 한 인간에게 내려지는 당연한 철퇴의 은유가 아니다. 카뮈가 시지프의 팽팽하게 긴장한 육체, 일그러진 얼굴, 흙투성이 손을 통해 그의 고통을 일깨우는 것은, 형벌의 준엄함이 아닌 정상에 가까스로 바위를 올려 놓은 후 평지로 되돌아오는 그 짧은 휴식 시간의 시지프에게 초점을 맞추기 위해서이다. 아무도 주목하지 않는 이 순간, 시지프의 얼굴에서 카뮈가 보고자 하는 것은 고통을 외부에서 주어진 형벌이 아닌 〈원래 자기 것〉이라는 자명한 사실로 받아들일 때 생겨나는 일종의 〈말 없는 기쁨〉이다. 바위가 이번에는 정상에 꼿꼿이 자리 잡을 것이라는 희망으로 고통을 상쇄시키지 않는 것, 바위는 또 떨어지게 마련이라는 것을 너무도 잘 알고 있다는 것, 하지만 떨어지는 바위를 똑바로 주시한 후 또다시 천천히 고통을 준비하는 것, 이것은 자기 운명을 바라보며 확실히 의식하는 행위이다. 이러한 통찰은 과연 그의 고뇌의 출발점이면서 동시에 그의 반항이자 열정이다. 시지프는 자기 운명을 의식하고 그것과 대면하고 있다는 사실 자체에 의해 비극적이지만, 그 운명을 〈자기 소관하에〉 두게 됨으로써 이제는 형벌보다 우월해진다. 형벌은 더 이상 형벌이 아니다. 정체를 알지 못하는 운명은 감당하기 힘든 진실이지만, 그 정체를 똑바로 인식하게 되면서 고통이 새로운 국면을 맞이한 것이다.

뜻밖에 이 책은 〈행복〉을 언급하며 마무리되고 있다. 저자는 끝없는 이 반복 행위 속에서 〈행복한 시지프〉를 말한다. 부조리한 인간이 과연 행복할 수 있을까? 〈행복〉을 말하는 철학 자체도 그리 익숙하지 않을뿐더러, 부조리한 인간에 대한 지금까지의 내용은 행복보다는 고행에 가까워 보인다. 카뮈의 입장은 그리 명확해 보이지 않는다. 단정적이면서도 모호한, 책의 마지막 문장 〈행복한 시지프를 상상하지 않을 수 없다〉 때문이다. 이 말은 행복이 부조리한 인물의 일상적 상태라는 느낌마저 들게 한다. 바로 앞쪽에 나오는 〈부조리를 발견하게 되면 행복에 대한 안내서를 쓰고 싶다는 생각이 들지 않을 수 없다〉 역시 부조리의 발견이 행복을 가져온다는 의미로 읽힐 수 있다. 하지만 곧이어 〈부조리를 발견해야만 행복도 생겨난다고 말하는 것은 오류일 것이다〉라는 말을 덧붙임으로써 부조리의 발견이 곧 행복은 아니라는 것을 카뮈 스스로도 인정하고 있다.

행복에 대한 카뮈의 모호한 태도를 완전히 해명하기는 어려워 보인다. 다만 헛된 희망이 없다면 시지프가 끊임없이 굴려 올려야 하는 바위, 즉 인간의 열망과 세계의 몰이해 간의 대면을 상징하는 이미지, 인간의 고통의 이미지는 시지프를 짓뭉개지 않는다는 것은 분명하다. 늘 언제나 행복한 것은 아니지만 찰나의 〈행복의 순간〉이 있고, 신이 없는 세상에서 자기 운명과 조건을 자기가 책임진다는 자유가 있으며, 고통이 전혀 없는 것은 아니지만 죽음에 도전하고 죽음을 경멸할 자유, 의식을 통해 삶을 포기하지 않고 이어 갈 자유가 시지프에게는 있다. 20대 중후반의 불안한 카뮈에게는 이것만으로도 행복을 말하기에 충분하다는 의미는 아닐까.

어떻게 살 것인가

제2차 세계 대전이 한창인 가운데 출간되어 폐허가 된 유럽을 거쳐 전 세계로 전해진 『시지프 신화』는 자살, 의미의 전적인 부정, 가치 체계의 무화 등을 이야기한다는 점에서,

제대로 읽지 않으면 무기력한 허무주의와 패배감, 자살을 부추기는 책으로 오해를 받을 수도 있다. 하지만 부조리의 조건과 그 귀결점 어디에도 죽음은 없다. 카뮈는 이 책에서 누구보다도 강력하게 삶에 대한 열정을 주장한다. 이러한 입장은 이전의 초기 산문들에서부터 1952년 출간된 또 다른 철학 에세이 『반항의 인간*L'homme révolté*』에 이르기까지 카뮈의 사유를 일관되게 관통하는 주요 테마이다.

이러한 삶의 긍정은 〈어떻게 살 것인가〉의 문제로 나아갈 수밖에 없다. 즉 카뮈는 세상과 자신에 대한 철저한 사유 이후에 어떤 의지로서 어떤 행동을 취할 것인가의 차원으로 나아가고 있다. 그리고 이 삶의 방식의 문제는 보편타당한 논리 체계 또는 절대적 진리의 범주라기보다는 윤리의 문제에 가깝다. 그런 의미에서 『시지프 신화』는 카뮈의 개인적이고 임의적인 선택, 그의 성향과 열망의 산물이다. 자신이 알고자 하는 것은 부조리의 〈논리적〉 귀결임을 누누이 지적하고 있음에도 불구하고, 사유가 진전되어 나갈수록 철학적 냉철함보다는 그의 인간적 열정이 느껴지는 것은 그 때문일 것이다.

하지만 이것은 그의 사유가 개인의 호불호 혹은 〈개인적 기질을 통해 바라본 세상의 반영〉[7]일 뿐이라는 비판을 불러올 수 있고, 보편적 신뢰를 얻지 못할 수도 있다는 지적을 피할 수 없다. 가령 상식적 차원에서 누구나 이런 질문을 던질

7 Maurice Weyembergh, *Dictionnaire Albert Camus* (Paris: Robert Laffont, 2009) p.680 참고.

수 있을 것이다. 카뮈가 말하는 부조리는 정말 데카르트의 코기토만큼이나 이론의 여지 없이 명명백백하게 〈자명한〉 사실인가? 통일성에의 향수와 대립하는 불합리한 세계라는 모순은 누구나 경험하는 보편적 모순인가? 부조리의 감정은 누구에게나 불현듯 찾아오는 경험인가? 물론 카뮈의 사상은 이러한 자명함에 대한 신뢰를 기반으로 한다. 하지만 엄밀히 따져 보면, 카뮈의 부조리란 어떤 정해진 지평 혹은 특정한 맥락 안에서만 가능하다. 가령 이 부조리는 종교적 신성함과 무관할 때에만 가능하다. 즉 신을 믿고, 지금-여기가 아닌 또 다른 세상에서의 불멸을 믿는 이들에게는 절대 수용될 수 없는 자명함이다.

그런 의미에서 카뮈의 부조리에 대한 사유가 세계와 인간의 관계를 바라보는 보편적 세계관이라고 말하기는 어려울 것이다. 하지만 카뮈는 이미 보편적 진리라는 것을 믿지 않는다. 부정할 수 없는 것은 그가 이 세계가 모순과 역설 그 자체라는 것을 알아차렸다는 것이다. 그것이 세계의 보편적 기준으로 자처하고 진보하는 역사의 주체로 자임하던 유럽(인)에 대한 환멸이든, 가장 똑똑한 혹은 그렇게 믿어 의심치 않았던 지성들의 조국이 벌이는 침략과 살상의 참혹함, 혹은 그보다 더 비합리적일 수는 없는 인간에 대한 절망이든, 남달리 일찍 대면해 버린 죽음 때문이든, 카뮈가 세계의 모순을 모른 척하고 이전의 의미 있는 세상으로는 더 이상 복귀할 수 없게 되었다는 뜻이다. 그리고 이 모순을 가지고 어떻게 살아갈 것인가를 고민한 결과물이 바로 『시지프 신화』이다. 하지만 카뮈는 이 〈어떻게〉를 도출하기 위해 모순을 배제하고 어떤 종합에 이르고자 하지는 않는다. 그는 모순이 완전히 제거될 수 있다는 환상을 갖지 않으면서, 오히려 모순이 가져올 수 있는 또 다른 산물에 방점을 찍는다. 그 산물이 바로 모순에 동의하지는 않으면서 그것을 끈질기게 살아내는 것이다. 그것이 모순을 타파하고 조화와 통일을 모색할 수 있는 또 다른 행동의 가능성을 배제하는 비겁함은 아닐까? 하지만 뫼르소의 독백처럼 카뮈에게는 어떤 〈출구도 없다*Il n'y a pas d'issue*〉. 그리고 무엇보다 그 출구 없음을 잘 알고 있다. 그렇다면 완성된 체계와 결론 도출 능력의 부재를 어정쩡하게 미화하는 것은 아닐까? 이러한 의문들은 이 에세이 이후 카뮈의 저작들이나 그의 구체적 현실 참여 속에서 그 해답을 찾아보아야 할 것이다. 가령 소설 『페스트』나 그 이후 주변의 비난과 자기 고립을 무릅쓰고 지키고자 했던 그의 사상적 입장에서 이 부조리 사상가의 〈행동력〉을 좀 더 분명하게 알아볼 수 있을 것이다.

어떻게 살아야 할지, 그 방법에 대해 기울인 관심 덕분에 그는 좋든 싫든 철학자보다는 〈모럴리스트*moraliste*〉의 계보에 위치하곤 한다. 〈풍속과 도덕〉, 〈개인의 삶의 방식〉을 성찰하는 사람이라는 의미에서 그러하다. 그가 『시지프 신화』에서는 소설가와 철학자의 기능을 상호 보완적인 것으로 간주하고 있지만, 시간이 흐를수록 철학자 혹은 실존주의자라는 타이틀을 거부하고 작가의 정체성으로 기울었던 것도 이와 무관하지 않을 것이다.

여하튼 부조리한 인간으로 살아가는 것은 무척이나 피곤한 일이다. 긴장한 의식의 끈을 결코 놓지 않아야 하기 때문이다. 그 피로함에도 불구하고 함부로 휘둘리지 않기 위해 기어이 〈의식적〉이고자 하는 것은 포기할 수 없는 우리의 당연한 모습일지도 모른다.

끝으로, 이 책의 번역 원본으로는 Albert Camus, *Le mythe de Sisyphe*(Essais: Bibliothèque de la Pléiade, Gallimard, 1965)를 사용했음을 밝힌다.

2020년 8월
박언주

알베르 카뮈 연보

1913년 출생 11월 7일 몽도비에서 태어남. 증조부 클로드 카뮈Claude Camus는 알제리가 식민지화된 1830년 직후 알제에서 남쪽으로 20여 킬로미터 떨어진 울레드파이예에 정착한 것으로 보임. 1885년 울레드파이예에서 태어난 알베르의 부친 뤼시앵 카뮈Lucien Camus는 고아원에서 자랐으며, 이후 포도주 판매업체인 리콤 에 피스사 직원으로 일하다 1909년 카트린 생테스Catherine Sintès와 결혼, 알제 동쪽의 서민 지구인 벨쿠르에 자리 잡음.

1914년 1세 제1차 세계 대전 발발. 뤼시앵 카뮈는 징집되어 마른 전투에서 부상을 입고, 생브리외 군사 병원에서 사망함. 전쟁 발발 직전 몽도비를 떠나 친정 식구들과 함께 알제의 샹 드 마뇌브르 구역, 리옹가 17번지로 거처를 옮겼던 카트린 카뮈는 과부가 된 후 생계를 위해 청소부로 일하기 시작함.

1921년 8세 카뮈 일가가 벨쿠르로 이사함. 집안을 권위적으로 다스린 사람은 알베르의 외조모 카트린 마리 생테스Catherine Marie Sintès(결혼 전 성 카르도나Cardona)로, 카뮈는 『이방인*L'étranger*』의 두 등장인물의 이름에 그녀의 흔적을 남김. 알베르의 어머니 카트린은 말수가 극히 적었고, 그의 외삼촌 에티엔Étienne 역시 청각 장애인이었으며 지능이 낮았음.

1923년 10세 구역의 공립 학교에서 루이 제르맹Louis Germain 선생의 눈에 띔. 루이 제르맹은 알베르가 장학금을 받을 수 있도록 무상으로 그의 학습을 도움. 카뮈는 1957년 노벨 문학상을 수상한 후 이 스승에게 기념 연설을 헌정함.

1924~1928년 11~15세 장학금을 받고 리세 입학. 가난에 눈뜨는 한편, 축구에 열중하기 시작함. 여름에 이런저런 잡일로 생계비를 벌었으며, 그 가운데 선박 중계소에서 일한 경험은 훗날 『이방인』의 주인공 뫼르소의 직업에 투영됨.

1929년 16세 푸줏간 주인이자 장서가였던 이모부 귀스타브 아코Gustave Acault를 통해 처음으로 앙드레 지드를 발견하게 되나 당시에는 큰 인상을 받지 못함.

1930년 17세 바칼로레아를 통과한 후 가을에 철학과 입학. 여기에서 자신의 인생에 커다란 영향력을 끼치게 될 철학 교수 장 그르니에Jean Grenier를 만남. 겨울에 최초로 결핵 발병. 축구를 더 이상 할 수 없게 됨.

1931년 18세 결핵 치료를 위해 아코의 집으로 잠시 거처를 옮김. 가을에 철학과로 되돌아가 학업 재개. 외조모 사망.

1932년 19세 『쉬드*Sud*』지에 「새로운 베를렌Un nouveau Verlaine」을 위시한 네 편의 글을 싣고 바칼로레아 후반부에 합격. 장 그르니에의 권유로 앙드레 드 리쇼André de Richaud의 소설을 읽고 큰 감명을 받음. 이 소설을 두고 자신이 잘 알고 있는 것, 다시 말해 〈어머니, 가난, 하늘가에 어리는 아름다운 저녁〉에 관해 이야기한 최초의 책이라 평함. 앙드레 지드를 재평가하게 되고 마르셀 프루스트에게서 〈예술가의 초상〉 그 자체를 발견함. 10월 고등 사범 학교 문과 수험 준비반 1학년에 들어가 오랑 출신의 앙드레 벨라미슈André Bellamich와 클로드 드 프레맹빌Claude de Fréminville을 사귐.

1933년 20세 베리아라는 주인공이 등장하는 최초의 단편 소설을 쓴 것으로 추정. 그러나 원고는 분실됨. 1월 30일 히틀러 권력 장악. 이후 암스테르담 플레이엘의 반(反)파시스트 운동에 가담. 장 그르니에의 에세이집 『섬*Les îles*』 출간. 1959년 이 에세이집의 재판 서문을 씀. 6월 작문에서 1등, 철학에서 2등을 차지하나 건강상의 이유로 고등 사범 학교 입학 시험 준비를 포기하고 10월부터 알제 문과 대학에서 학업을 잇게 됨. 12월 앙드레 말로의 『인간 조건*La condition humaine*』이 공쿠르상 수상. 카뮈의 문학 세계에 말로의 작품 전체는 지대한 영향을 끼침.

1934년 21세 『알제에튀디앙*Alger-Étudiant*』지에 여러 편의 미술 전람회 평 기고. 다시 건강이 악화되어 두 번째 폐마저 감염됨. 6월 안과 의사의 딸이자 분방한 성격의 시몬 이에Simone Hié와 결혼. 그러나 둘의 관계는 얼마 가지 않아 급격히 나빠짐. 알제 대학에서 저명한 라틴 문학 교수이자 연극 애호가이고 지드의 친구인 자크 외르공Jacques Heurgon의 수업을 들음. 시몬에게 「멜뤼진의 책Le livre de Mélusine」과 「빈민가의 목소리Les voix du quartier pauvre」 헌정. 이중 후자는 나중에 『안과 겉*L'envers et l'endroit*』의 핵을 이루게 될 내용을 담고 있음.

1935년 22세 『안과 겉』 집필 시작. 『작가 수첩*Carnets*』 기록 시작. 철학사 학위 취득. 알제에서 서쪽으로 약 68킬로미터 떨어진 티파사 여행. 『결혼*Noces*』의 첫 텍스트에서 이 고대 로마 유적지를 찬미함. 프레맹빌과 장 그르니에의 설득으로 공산당 입당. 가을에 친우들과 함께 〈노동 극단〉 창단.

1936년 23세 노동 극단, 말로의 『경멸의 시대*Le temps du mépris*』를 각색, 상연. 샤를로 출판사를 통해 희곡 「아스투리아의 반란Révolte dans les Asturies」을 한정판으로 발간(상연에는 실패). 5월 「기독교적 형이상학 신플라톤 철학. 플로티노스와 성 아우구스티누스Métaphysique chrétienne et néoplatonisme. Plotin et saint Augustin」라는 제목의 논문으로 철학 고등 교육 졸업증(D.E.S) 획득. 시몬과의 이혼을 결심하고 프라하와 이탈리아 여행. 11월 라디오알제 극단에 배우로 참여.

1937년 24세 알제 문화원에서 지중해의 신문화를 주제로 강연. 노동 극단은 아이스킬로스의 「사슬에 묶인 프로메테우스Prométhée enchaîné」, 푸시킨의 「돈 후안Don Juan」 등을 공연. 『안과 겉』 출간, 장 그르니에에게 헌정. 8월 『행복한 죽음*La mort heureuse*』을 쓸 계획을 세움. 시디벨아베스의 선생 자리를 거절하고 공산당 탈당. 가을에 미래의 아내가 될 오랑 출신의 프랑신 포르Francine Faure를 처음으로 조우함. 노동 극단은 레킵 극단에 양도되는 한편, 카뮈는 12월 프레맹빌과 함께 카프르 출판사를 차림.

1938년 25세 『결혼』 완성. 「칼리굴라Caligula」와 관련된 구상 노트 집필. 이후 『이방인』에 들어가게 될 몇 개의 단장들 작성. 철학 에세이를 쓸 생각으로 니체와 키르케고르를 읽는 한편, 멜빌의 소설을 접함. 레킵 극단은 도스토옙스키의 『카라마조프 씨네 형제들』을 무대에 올리며, 카뮈는 이반의 역할을 연기함. 9월 뮌헨 협정 체결. 10월 결핵으로 인해 공직에 복무하기 곤란하다는 의사의 소견서에 의거, 철학 교수 자격 시험에 응시할 수 없게 됨. 〈노동자 신문〉인 『알제 레퓌블리캥*Alger républicain*』의 편집장 파스칼 피아Pascal Pia와 알게 되고, 이 신문에 기자로 참여하여 서평을 정기적으로 올리게 됨. 사르트르의 『구토*La nausée*』에 관한 서평 작성: 〈소설이란 결코 철학을 이미지화하는 것이 아니다.〉 후일 『페스트*La peste*』라고 명명하게 될 소설을 염두에 둔 최초의 노트 시작.

1939년 26세 「제밀라의 바람Vent à Djémila」 일부, 「알제에서의 여름L'été à Alger」 등 발표. 〈부조리에 관한 에세이〉 시도. 카프카에 대한 연구 완성. 이 시기에 말로와 처음으로 조우함. 사르트르의 『벽*Le mur*』에 관한 서평. 『오해*Le malentendu*』의 초벌 글 착수. 『결혼』 출간. 크리스티안 갈랭도Christiane Galindo에게 보낸 7월 25일 자 편지에 「칼리굴라」를 끝내고 『이방인』을 쓰기 시작했다고 밝힘. 전쟁 발발. 9월 영국과 프랑스가 독일에 전쟁 선포. 카뮈는 참전을 희망하나 건강상의 이유로 부적격 판정을 받음. 9월부터 『알제 레퓌블리캥』이 『수아르 레퓌블리캥*Soir Républicain*』으로 전환되고, 카뮈는 후자에 알제리의 정의 구현 및 스페인의 공화주의자들을 지지하는 기사를 올림. 오랑 여행. 이후 『여름*L'été*』에 수록될 「미노타우르스 또는 오랑에서의 휴식Le minautaure ou La halte d'Oran」을 쓰기 시작.

1940년 27세 『수아르 레퓌블리캥』 폐간. 2월 오랑에 들렀다 3월 파리로 떠남. 파스칼 피아의 추천으로 『파리수아르*Paris-Soir*』지의 편집부 비서로 취직. 5월 『이방인』 탈고. 6월 독일군에 의한 파리 점령 직전 『파리수아르』 편집부와 함께 클레르몽페랑으로, 다시 리옹으로 피난. 11월 말 프랑신 포르가 리옹의 카뮈와 합류하고, 둘은 한 달 후 리옹에서 파스칼 피아의 입회하에 결혼함. 곧 『파리수아르』지에서 해고되고, 카뮈 부부는 오랑으로 돌아옴.

1941년 28세 프랑신은 보조 수학 교사로 취직되나 카뮈는 마땅한 일자리를 찾지 못하고 사립 교육 기관에서 강의를 하며 「칼리굴라」의 41년 판본을 작성함. 『시지프 신화*Le mythe de Sisyphe*』 탈고. 4월 장 그르니에는 『이방인』의 첫 원고를 읽고 미온적인 평을 내놓음. 건강이 나빠진 카뮈는 알제로 감. 피아와 말로는 『이방인』에 대해 그르니에보다 훨씬 더 열광적인 반응을 보임. 그들과 장 폴랑 덕분에 소설은 『시지프 신화』에 이어 갈리마르 출판사의 심사 위원회로 보내짐. 7월에 알제리, 특히 오랑에 장티푸스가 번지고 이 일은 『페스트』 구상에 부분적으로 영향을 줌. 11월 말로에게 『이방인』과 관련해 감사 편지를 보냄. 갈리마르 출판사는 이 작품을 출판하기로 결정함.

1942년 29세 여전히 오랑에서 『페스트』를 준비하며 멜빌, 스탕달, 발자크, 호메로스, 그리고 플로베르의 서한집을 읽음. 〈반항에 관한 에세이〉 계획. 결핵 재발. 5월 『이방인』 출판. 요양하며 틈틈이 『오해』와 『페스트』의 전신인 「뷔드조비스Budejovice」, 「수인들Les prisonniers」(또는 「유배자들」)을 집필하며 프루스트와 스피노자를 읽음. 〈가난한 유년기〉와 같이, 훗날 『최초의 인간*Le premier homme*』에 들어갈 몇 개 주제에 대해 메모 시작. 10월 『시지프 신화』 출간. 11월 모로코와 알제리에 연합군 상륙. 반격한 독일군이 본토의 남부 지역을 점령하는 바람에 알제리와 본국의 연락이 두절되기에 이름. 이 때문에 카뮈는 개학에 앞서 알제리로 돌아갔던 아내 프랑신과 해방 전까지 만나지 못함. 12월 프랑시스 퐁주Francis Ponge와 사귀게 됨.

1943년 30세 아라공 및 엘자 트리올레Elsa Triolet와 조우. 사르트르 및 시몬 드 보부아르와의 만남. 7월 첫 번째 「독일인 친구에게 보내는 편지Lettres à un ami allemand」 작성. 9월 『오해』 탈고. 11월 갈리마르 출판사의 원고 심사 위원이 되며, 향후 4년간 그 일을 함. 두 번째 「독일인 친구에게 보내는 편지」 작성. 항독 지하 운동 단체 『콩바*Combat*』지에 참여 시작.

1944년 31세 세 번째 「독일인 친구에게 보내는 편지」 발표. 『오해』와 「칼리굴라」가 한 권으로 묶여 갈리마르 출판사에서 나옴. 6월 연합군 노르망디 해안 상륙. 8월 처음으로 『콩바』지가 지상으로 나오게 되고, 카뮈는 실명으로 작성한 최초의 기사 〈투쟁은 계속된다……〉를 실음. 이후 1945년 1월까지 이 신문에 기사를 올림. 한편, 자신의 〈정신적 독립〉을 위해 폴랑의 뒤를 이어 국민 작가 위원회에서 탈퇴. 아내 프랑신과 합류.

1945년 32세 숙청의 필요성을 인정하며 정치적인 관점에서 모리아크와 대립하지만, 사형 제도에 반대하는 입장에 서서 로베르 브라지야크Robert Brasillach의 사면을 요구하는 탄원서에 서명함. 5월 『콩바』지에 알제리 사태와 관련된 여덟 편의 기사 기고. 8월 히로시마에 첫 번째 원자 폭탄 투하. 9월 카뮈 부부의 쌍둥이 자녀 카트린과 장Jean 출생. 제라르 필리프Gérard Philipe를 주연으로 내세워 「칼리굴라」 상연. 갈리마르사 에스프아르 총서를 담당하는 디렉터로 임명되는 한편, 『독일인 친구에게 보내는 편지』를 출간. 11월 『누벨 리테레르*Nouvelles Littéraires*』지와의 인터뷰에서 실존주의 및 사르트르의 철학적 입장에 대한 자신의 견해 차이 표명. 〈나는 실존주의자가 아닙니다.〉

1946년 33세 『콩바』지와 결별. 드골 장군의 사임. 3월 미국 방문. 뉴욕에서 클로드 레비스트로스와 만나고 여러 차례 강연회를 가짐. 8월 방데 지역에 머무르며 『페스트』 탈고. 11월 르네 샤르René Char와 알게 되어 우정을 나눔. 사르트르와는 관계가 점차 소원해짐. 12월 부조리와 반항의 관계에 대한 성찰. 건강상의 이유로 가족과 함께 브리앙송에 체류.

1947년 34세 피아의 사퇴 이후 『콩바』지의 운영을 맡게 되나, 이 신문이 특정 정당을 위한 신문이 되기를 반대하며 피아와 완전히 결별함. 기고를 통해 3월 마다가스카르에서 일어난 소요에 대한 억압에 항의하는, 당시로서는 소수파에 속하는 입장을 표명함. 6월 잡지 경영에서 물러나기로 결심. 『페스트』 출간. 이 작품으로 최초의 상업적 성공을 거둘 뿐만 아니라 비평가상을 수상함. 에마뉘엘 무니에Emmanuel Mounier가 주관하는 월간지 『에스프리*Esprit*』가 준비한 선언에 부르데, 사르트르, 메를로퐁티 등과 동참하여, 미국 및 소련에 대해 프랑스가 독립적 입장을 취할 것을 호소. 그러나 메를로퐁티와는 관계 단절.

1948년 35세 『리베라시옹*Libération*』지의 주간 에마뉘엘 다스티에 드 라 비주리Emmanuel d'Astier de La Vigerie와 최초의 논쟁 시작. 드 라 비주리는 카뮈의 입장을 〈도덕적〉이라 비꼼. 10월 『계엄령*L'état de siège*』 상연. 하지만 결과는 완전히 실패. 12월 〈정복자적인 이데올로기보다 국제적 민주주의의 느린 길을 택하는 것이 낫다〉라는 견해를 밝힌 논설 「선택의 곤혹스러움L'embarras du choix」 발표. 혁명적 민주주의 연합(R.D.R.)이 주관한 모임에서 「예술가는 자유의 증인이다L'artiste est le témoin de la liberté」 발표.

1949년 36세 그리스 지식인들의 구명을 위한 호소문에 서명. 6월 남미 각국에서 강연. 한쪽 폐의 건강이 급격히 나빠져 두 달간의 요양에 들어감. 희곡 「정의의 사람들Les justes」 탈고, 12월 상연. 결과는 〈절반의 성공〉.

1950년 37세 연초부터 조금씩 건강 회복. 6월 갈리마르사를 통해 『시사 평론 1*Actuelles I*』(1944~1948) 출간, 르네 샤르에게 헌정.

1951년 38세 2월 지드의 죽음. 10월 『카이에 뒤 쉬드*Cahiers du sud*』에 실렸던 「로트레아몽과 진부성Lautréamont et la banalité」에 대한 브르통의 분노 어린 반응에 답변. 『반항의 인간*L'homme révolté*』 출간.

1952년 39세 「자라나는 돌La pierre qui pousse」 집필. 『반항의 인간』을 둘러싼 논쟁을 계기로 사르트르와 완전히 결별. 사르트르가 이끄는 『현대*Les temps modernes*』지뿐만 아니라 우파 또는 극우파 계열의 잡지들로부터도 공격을 받게 됨. 11월 스페인을 받아들인 유네스코로부터 탈퇴하고 12월 『반항의 인간』에 설파된 입장을 설명, 옹호하는 글 발표. 혼자서 알제리를 여행하고 『적지와 왕국*L'exil et le royaume*』을 구상함.

1953년 40세 1월 알제리에서 돌아와 「티파사로 돌아오다Retour à Tipasa」를 씀. 6월 『시사 평론 2』(1948~1953) 발간. 7월 북아프리카 출신 시위자들에 가해진 탄압에 항의. 10월부터 프랑신 카뮈가 심각한 우울 증세를 보임. 11월 『최초의 인간』 초안 구상.

1954년 41세 상태가 한층 더 악화된 프랑신이 생망데의 요양원에 입원함. 「가장 가까운 바다La mer la plus proche」, 「간음한 여인La femme adultère」 발표. 『여름』 출간. 10월 네덜란드를 여행하며 이후 『전락*La chute*』에 포함될 몇몇 단락을 구상.

1955년 42세 2월 알제리 방문, 벨쿠르의 기억을 회상. 4월 그리스 여행. 알제리 문제와 관련된 일련의 기고문들을 『렉스프레스*L'express*』지에 발표. 플레이아드 판본으로 제작된 로제 마르탱 뒤 가르Roger Martin du Gard의 작품 총서가 카뮈의 서문과 함께 발간됨.

1956년 43세 알제리와 관련된 견해 차이로 인해 『렉스프레스』지에서 사임. 5월 『전락』 출간. 6월 「혼란스러운 정신Un esprit confus」 발표. 11월 소련군의 부다페스트 침공을 계기로 『프랑티뢰르*Franc-Tireur*』지에 헝가리인들을 위해 유럽 지식인들이 공동의 행위를 개시할 것을 촉구하는 글 기고.

1957년 44세 3월 『적지와 왕국』 출간. 가을에 『사형에 관한 성찰*Réflexions sur la peine capitale*』 출간. 10월 〈오늘날 인간의 의식에 제기되는 제반 문제들을 조명한 작품 전체에 대한〉 노벨 문학상이 주어짐. 이와 관련 〈내게 일어난, 하지만 내가 요청한 바 없는 이 모든 일이 몸서리쳐진다. 또한 온갖 공격에 대처하자니, 그것들의 저열함에 심장이 조여들 정도다〉라고 메모함. 12월 수상을 위해 프랑신과 함께 스톡홀름으로 출발. 기념 콘퍼런스에서 「예술가와 그의 시대L'artiste et son temps」 발표. 12월부터 이듬해 초까지 심각한 불안 증세를 겪음.

1958년 45세 1월 노벨상 수상 기념 연설과 콘퍼런스의 내용을 한데 묶은 『스웨덴 연설*Discours de Suède*』 발간. 3~4월 알제리 여행. 5월 알제에서 일어난 대규모 시위로 인해 드골 장군 복귀. 6월 『시사 평론 3. 알제리 연대기』를 펴내나 적대적이거나 냉담한 반응을 받음. 마리아 카자레스Maria Casarès, 미셸 갈리마르Michel Gallimard 부부와 함께 그리스 여행. 프랑스령 알제리를 지지할 것을 요구하는 사람들과 독립을 주장하는 무리 둘 다로부터 거리를 두면서, 알제리를 구성하는 두 공동체 간의 연방제 수립이 알제리 문제의 해결책으로 제시되기를 희망함. 8월 로제 마르탱 뒤 가르 별세. 12월 드골 장군이 공화국의 대통령으로 선출됨.

1959년 46세 1월 도스토옙스키의 『악령*Les possédés*』을 희곡으로 각색, 직접 연출하여 무대에 올림. 3월 어머니의 수술을 계기로 알제에 들르고, 겸해서 아버지의 출생지 울레드파이예에 감. 한 해 내내 『최초의 인간』 집필에 열중. 9월 드골 대통령, 알제리 주민들에게 자율 결정권을 위임한다는 내용의 성명 발표. 『악령』의 국내외 순회 공연. 12월 엑상프로방스에서 외국 학생들과 대담. 이 자리에서 〈당신은 좌파 지식인인가〉라는 질문에 〈내가 지식인인 줄은 모르겠지만, 그 나머지에 대해서 말하자면, 내가 원하든 원하지 않든, 또 좌파가 원하든 원하지 않든 간에, 나는 좌파에 찬동한다〉라고 답함.

1960년 47세 1월 4일 미셸 갈리마르의 차로 루르마랭의 자택에서 파리로 오는 길에 욘 지방의 몽트로 부근에서 자동차 사고가 발생하여 즉사함. 미셸 갈리마르는 닷새 후 사망. 9월 모친 카트린 카뮈, 벨쿠르의 자택에서 임종.

열린책들 세계문학 255 **시지프 신화**

옮긴이 박언주 연세대학교 불어불문학과를 졸업하고 동 대학원에서 카뮈의 『이방인』 연구로 박사 학위를 받았다. 논문으로 「부조리와 신화」, 「카뮈의 반항의 현재성」 등이 있다. 번역한 책으로는 『처음 시작하는 철학』, 『위대한 생각과의 만남』, 『일상에서 철학하기』, 『페르세폴리스』 등이 있다.

지은이 알베르 카뮈 **옮긴이** 박언주 **발행인** 홍예빈 · 홍유진
발행처 주식회사 열린책들 **주소** 경기도 파주시 문발로 253 파주출판도시
전화 031-955-4000 **팩스** 031-955-4004 **홈페이지** www.openbooks.co.kr

ISBN 978-89-329-1255-4 04860 **ISBN** 978-89-329-1499-2 (세트)
발행일 2020년 8월 30일 세계문학판 1쇄 2024년 5월 25일 세계문학판 11쇄

이 도서의 국립중앙도서관 출판예정도서목록(CIP)은 서지정보유통지원시스템 홈페이지(http://seoji.nl.go.kr)와 국가자료공동목록시스템(http://www.nl.go.kr/kolisnet)에서 이용하실 수 있습니다.(CIP제어번호 : CIP2020033692)

열린책들 세계문학
Open Books World Literature

001 **죄와 벌** 표도르 도스토옙스키 장편소설 | 홍대화 옮김 | 전2권 | 각 408, 512면

003 **최초의 인간** 알베르 카뮈 장편소설 | 김화영 옮김 | 392면

004 **소설** 제임스 미치너 장편소설 | 윤희기 옮김 | 전2권 | 각 280, 368면

006 **개를 데리고 다니는 부인** 안똔 체호프 소설선집 | 오종우 옮김 | 368면

007 **우주 만화** 이탈로 칼비노 단편집 | 김운찬 옮김 | 424면

008 **댈러웨이 부인** 버지니아 울프 장편소설 | 최애리 옮김 | 296면

009 **어머니** 막심 고리끼 장편소설 | 최윤락 옮김 | 544면

010 **변신** 프란츠 카프카 중단편집 | 홍성광 옮김 | 464면

011 **전도서에 바치는 장미** 로저 젤라즈니 중단편집 | 김상훈 옮김 | 432면

012 **대위의 딸** 알렉산드르 뿌쉬낀 장편소설 | 석영중 옮김 | 240면

013 **바다의 침묵** 베르코르 소설선집 | 이상해 옮김 | 256면

014 **원수들, 사랑 이야기** 아이작 싱어 장편소설 | 김진준 옮김 | 320면

015 **백치** 표도르 도스토옙스키 장편소설 | 김근식 옮김 | 전2권 | 각 504, 528면

017 **1984년** 조지 오웰 장편소설 | 박경서 옮김 | 392면

019 **이상한 나라의 앨리스** 루이스 캐럴 환상동화 | 머빈 피크 그림 | 최용준 옮김 | 336면

020 **베네치아에서의 죽음** 토마스 만 중단편집 | 홍성광 옮김 | 432면

021 **그리스인 조르바** 니코스 카잔차키스 장편소설 | 이윤기 옮김 | 488면

022 **벚꽃 동산** 안똔 체호프 희곡선집 | 오종우 옮김 | 336면

023 **연애 소설 읽는 노인** 루이스 세풀베다 장편소설 | 정창 옮김 | 192면

024 **젊은 사자들** 어윈 쇼 장편소설 | 정영문 옮김 | 전2권 | 각 416, 408면

026 **젊은 베르테르의 슬픔** 요한 볼프강 폰 괴테 장편소설 | 김인순 옮김 | 240면

027 **시라노** 에드몽 로스탕 희곡 | 이상해 옮김 | 256면

028 **전망 좋은 방** E. M. 포스터 장편소설 | 고정아 옮김 | 352면

029 **까라마조프 씨네 형제들** 표도르 도스토옙스키 장편소설 | 이대우 옮김 | 전3권 | 각 496, 496, 460면

032 **프랑스 중위의 여자** 존 파울즈 장편소설 | 김석희 옮김 | 전2권 | 각 344면

034 **소립자** 미셸 우엘벡 장편소설 | 이세욱 옮김 | 448면

035 **영혼의 자서전** 니코스 카잔차키스 자서전 | 안정효 옮김 | 전2권 | 각 352, 408면

037 **우리들** 예브게니 자마찐 장편소설 | 석영중 옮김 | 320면

038 **뉴욕 3부작** 폴 오스터 장편소설 | 황보석 옮김 | 480면

039 **닥터 지바고** 보리스 파스테르나크 장편소설 | 홍대화 옮김 | 전2권 | 각 480, 592면

041 **고리오 영감** 오노레 드 발자크 장편소설 | 임희근 옮김 | 456면

042 **뿌리** 알렉스 헤일리 장편소설 | 안정효 옮김 | 전2권 | 각 400, 448면

044 **백년보다 긴 하루** 친기즈 아이뜨마또프 장편소설 | 황보석 옮김 | 560면

045 **최후의 세계** 크리스토프 란스마이어 장편소설 | 장희권 옮김 | 264면

046 **추운 나라에서 돌아온 스파이** 존 르카레 장편소설 | 김석희 옮김 | 368면

047 **산도칸 – 몸프라쳄의 호랑이** 에밀리오 살가리 장편소설 | 유향란 옮김 | 428면

048 **기적의 시대** 보리슬라프 페키치 장편소설 | 이윤기 옮김 | 560면

049 **그리고 죽음** 짐 크레이스 장편소설 | 김석희 옮김 | 224면

050 **세설** 다니자키 준이치로 장편소설 | 송태욱 옮김 | 전2권 | 각 480면

052 **세상이 끝날 때까지 아직 10억 년** 스뜨루가츠끼 형제 장편소설 | 석영중 옮김 | 224면

053 **동물 농장** 조지 오웰 장편소설 | 박경서 옮김 | 208면

054 **캉디드 혹은 낙관주의** 볼테르 장편소설 | 이봉지 옮김 | 232면

055 **도적 떼** 프리드리히 폰 실러 희곡 | 김인순 옮김 | 264면

056 **플로베르의 앵무새** 줄리언 반스 장편소설 | 신재실 옮김 | 320면

057 **악령** 표도르 도스토옙스키 장편소설 | 박혜경 옮김 | 전3권 | 각 328, 408, 528면

060 **의심스러운 싸움** 존 스타인벡 장편소설 | 윤희기 옮김 | 340면

061 **몽유병자들** 헤르만 브로흐 장편소설 | 김경연 옮김 | 전2권 | 각 568, 544면

063 **몰타의 매** 대실 해밋 장편소설 | 고정아 옮김 | 304면

064 **마야꼬프스끼 선집** 블라지미르 마야꼬프스끼 선집 | 석영중 옮김 | 384면

065 **드라큘라** 브램 스토커 장편소설 | 이세욱 옮김 | 전2권 | 각 340, 344면

067 **서부 전선 이상 없다** 에리히 마리아 레마르크 장편소설 | 홍성광 옮김 | 336면

068 **적과 흑** 스탕달 장편소설 | 임미경 옮김 | 전2권 | 각 432, 368면

070 **지상에서 영원으로** 제임스 존스 장편소설 | 이종인 옮김 | 전3권 | 각 396, 380, 496면

073 **파우스트** 요한 볼프강 폰 괴테 희곡 | 김인순 옮김 | 568면

074 **쾌걸 조로** 존스턴 매컬리 장편소설 | 김훈 옮김 | 316면

075 **거장과 마르가리따** 미하일 불가꼬프 장편소설 | 홍대화 옮김 | 전2권 | 각 364, 328면

077 **순수의 시대** 이디스 워튼 장편소설 | 고정아 옮김 | 448면

078 **검의 대가** 아르투로 페레스 레베르테 장편소설 | 김수진 옮김 | 384면

079 **예브게니 오네긴** 알렉산드르 뿌쉬낀 운문소설 | 석영중 옮김 | 328면

080 **장미의 이름** 움베르토 에코 장편소설 | 이윤기 옮김 | 전2권 | 각 440, 448면

082 **향수** 파트리크 쥐스킨트 장편소설 | 강명순 옮김 | 384면

083 **여자를 안다는 것** 아모스 오즈 장편소설 | 최창모 옮김 | 280면

084 **나는 고양이로소이다** 나쓰메 소세키 장편소설 | 김난주 옮김 | 544면

085 **웃는 남자** 빅토르 위고 장편소설 | 이형식 옮김 | 전2권 | 각 472, 496면

087 **아웃 오브 아프리카** 카렌 블릭센 장편소설 | 민승남 옮김 | 480면

088 **무엇을 할 것인가** 니꼴라이 체르니셰프스끼 장편소설 | 서정록 옮김 | 전2권 | 각 360, 404면

090 **도나 플로르와 그녀의 두 남편** 조르지 아마두 장편소설 | 오숙은 옮김 | 전2권 | 각 408, 308면

092 **미사고의 숲** 로버트 홀드스톡 장편소설 | 김상훈 옮김 | 424면

093 **신곡** 단테 알리기에리 장편서사시 | 김운찬 옮김 | 전3권 | 각 292, 296, 328면

096 **교수** 샬럿 브론테 장편소설 | 배미영 옮김 | 368면

097 **노름꾼** 표도르 도스토옙스키 장편소설 | 이재필 옮김 | 320면

098 **하워즈 엔드** E. M. 포스터 장편소설 | 고정아 옮김 | 512면

099 **최후의 유혹** 니코스 카잔차키스 장편소설 | 안정효 옮김 | 전2권 | 각 408면

101 **키리냐가** 마이크 레스닉 장편소설 | 최용준 옮김 | 464면

102 **바스커빌가의 개** 아서 코넌 도일 장편소설 | 조영학 옮김 | 264면

103 **버마 시절** 조지 오웰 장편소설 | 박경서 옮김 | 408면

104 **10 1/2장으로 쓴 세계 역사** 줄리언 반스 장편소설 | 신재실 옮김 | 464면

105 **죽음의 집의 기록** 표도르 도스토옙스키 장편소설 | 이덕형 옮김 | 528면

106 **소유** 앤토니어 수전 바이어트 장편소설 | 윤희기 옮김 | 전2권 | 각 440, 488면

108 **미성년** 표도르 도스토옙스키 장편소설 | 이상룡 옮김 | 전2권 | 각 512, 544면

110 **성 앙투안느의 유혹** 귀스타브 플로베르 희곡소설 | 김용은 옮김 | 584면

111 **밤으로의 긴 여로** 유진 오닐 희곡 | 강유나 옮김 | 240면

112 **마법사** 존 파울즈 장편소설 | 정영문 옮김 | 전2권 | 각 512, 552면

114 **스쩨빤치꼬보 마을 사람들** 표도르 도스토옙스키 장편소설 | 변현태 옮김 | 416면

115 **플랑드르 거장의 그림** 아르투로 페레스 레베르테 장편소설 | 정창 옮김 | 512면

116 **분신** 표도르 도스토옙스키 장편소설 | 석영중 옮김 | 288면

117 **가난한 사람들** 표도르 도스토옙스키 장편소설 | 석영중 옮김 | 256면

118 **인형의 집** 헨리크 입센 희곡 | 김창화 옮김 | 272면

119 **영원한 남편** 표도르 도스토옙스키 장편소설 | 정명자 외 옮김 | 448면

120 **알코올** 기욤 아폴리네르 시집 | 황현산 옮김 | 352면
121 **지하로부터의 수기** 표도르 도스토옙스키 장편소설 | 계동준 옮김 | 256면
122 **어느 작가의 오후** 페터 한트케 중편소설 | 홍성광 옮김 | 160면
123 **아저씨의 꿈** 표도르 도스토옙스키 장편소설 | 박종소 옮김 | 312면
124 **네또츠까 네즈바노바** 표도르 도스토옙스키 장편소설 | 박재만 옮김 | 316면
125 **곤두박질** 마이클 프레인 장편소설 | 최용준 옮김 | 528면
126 **백야 외** 표도르 도스토옙스키 소설선집 | 석영중 외 옮김 | 408면
127 **살라미나의 병사들** 하비에르 세르카스 장편소설 | 김창민 옮김 | 304면
128 **뻬쩨르부르그 연대기 외** 표도르 도스토옙스키 소설선집 | 이항재 옮김 | 296면
129 **상처받은 사람들** 표도르 도스토옙스키 장편소설 | 윤우섭 옮김 | 전2권 | 각 296, 392면
131 **악어 외** 표도르 도스토옙스키 소설선집 | 박혜경 외 옮김 | 312면
132 **허클베리 핀의 모험** 마크 트웨인 장편소설 | 윤교찬 옮김 | 416면
133 **부활** 레프 똘스또이 장편소설 | 이대우 옮김 | 전2권 | 각 308, 416면
135 **보물섬** 로버트 루이스 스티븐슨 장편소설 | 머빈 피크 그림 | 최용준 옮김 | 360면
136 **천일야화** 앙투안 갈랑 엮음 | 임호경 옮김 | 전6권 | 각 336, 328, 372, 392, 344, 320면
142 **아버지와 아들** 이반 뚜르게네프 장편소설 | 이상원 옮김 | 328면
143 **오만과 편견** 제인 오스틴 장편소설 | 원유경 옮김 | 480면
144 **천로 역정** 존 버니언 우화소설 | 이동일 옮김 | 432면
145 **대주교에게 죽음이 오다** 윌라 캐더 장편소설 | 윤명옥 옮김 | 352면
146 **권력과 영광** 그레이엄 그린 장편소설 | 김연수 옮김 | 384면
147 **80일간의 세계 일주** 쥘 베른 장편소설 | 고정아 옮김 | 352면
148 **바람과 함께 사라지다** 마거릿 미첼 장편소설 | 안정효 옮김 | 전3권 | 각 616, 640, 640면
151 **기탄잘리** 라빈드라나트 타고르 시집 | 장경렬 옮김 | 224면
152 **도리언 그레이의 초상** 오스카 와일드 장편소설 | 윤희기 옮김 | 384면
153 **레우코와의 대화** 체사레 파베세 희곡소설 | 김운찬 옮김 | 280면
154 **햄릿** 윌리엄 셰익스피어 희곡 | 박우수 옮김 | 256면
155 **맥베스** 윌리엄 셰익스피어 희곡 | 권오숙 옮김 | 176면
156 **아들과 연인** 데이비드 허버트 로런스 장편소설 | 최희섭 옮김 | 전2권 | 각 464, 432면
158 **그리고 아무 말도 하지 않았다** 하인리히 뵐 장편소설 | 홍성광 옮김 | 272면
159 **미덕의 불운** 싸드 장편소설 | 이형식 옮김 | 248면
160 **프랑켄슈타인** 메리 W. 셸리 장편소설 | 오숙은 옮김 | 320면

161 **위대한 개츠비** 프랜시스 스콧 피츠제럴드 장편소설 | 한애경 옮김 | 280면
162 **아Q정전** 루쉰 중단편집 | 김태성 옮김 | 320면
163 **로빈슨 크루소** 대니얼 디포 장편소설 | 류경희 옮김 | 456면
164 **타임머신** 허버트 조지 웰스 소설선집 | 김석희 옮김 | 304면
165 **제인 에어** 샬럿 브론테 장편소설 | 이미선 옮김 | 전2권 | 각 392, 384면
167 **풀잎** 월트 휘트먼 시집 | 허현숙 옮김 | 280면
168 **표류자들의 집** 기예르모 로살레스 장편소설 | 최유정 옮김 | 216면
169 **배빗** 싱클레어 루이스 장편소설 | 이종인 옮김 | 520면
170 **이토록 긴 편지** 마리아마 바 장편소설 | 백선희 옮김 | 192면
171 **느릅나무 아래 욕망** 유진 오닐 희곡 | 손동호 옮김 | 168면
172 **이방인** 알베르 카뮈 장편소설 | 김예령 옮김 | 208면
173 **미라마르** 나기브 마푸즈 장편소설 | 허진 옮김 | 288면
174 **지킬 박사와 하이드 씨** 로버트 루이스 스티븐슨 소설선집 | 조영학 옮김 | 320면
175 **루진** 이반 뚜르게네프 장편소설 | 이항재 옮김 | 264면
176 **피그말리온** 조지 버나드 쇼 희곡 | 김소임 옮김 | 256면
177 **목로주점** 에밀 졸라 장편소설 | 유기환 옮김 | 전2권 | 각 336면
179 **엠마** 제인 오스틴 장편소설 | 이미애 옮김 | 전2권 | 각 336, 360면
181 **비숍 살인 사건** S. S. 밴 다인 장편소설 | 최인자 옮김 | 464면
182 **우신예찬** 에라스무스 풍자문 | 김남우 옮김 | 296면
183 **하자르 사전** 밀로라드 파비치 장편소설 | 신현철 옮김 | 488면
184 **테스** 토머스 하디 장편소설 | 김문숙 옮김 | 전2권 | 각 392, 336면
186 **투명 인간** 허버트 조지 웰스 장편소설 | 김석희 옮김 | 288면
187 **93년** 빅토르 위고 장편소설 | 이형식 옮김 | 전2권 | 각 288, 360면
189 **젊은 예술가의 초상** 제임스 조이스 장편소설 | 성은애 옮김 | 384면
190 **소네트집** 윌리엄 셰익스피어 연작시집 | 박우수 옮김 | 200면
191 **메뚜기의 날** 너새니얼 웨스트 장편소설 | 김진준 옮김 | 280면
192 **나사의 회전** 헨리 제임스 중편소설 | 이승은 옮김 | 256면
193 **오셀로** 윌리엄 셰익스피어 희곡 | 권오숙 옮김 | 216면
194 **소송** 프란츠 카프카 장편소설 | 김재혁 옮김 | 376면
195 **나의 안토니아** 윌라 캐더 장편소설 | 전경자 옮김 | 368면
196 **자성록** 마르쿠스 아우렐리우스 명상록 | 박민수 옮김 | 240면

197 **오레스테이아** 아이스킬로스 비극 | 두행숙 옮김 | 336면

198 **노인과 바다** 어니스트 헤밍웨이 소설선집 | 이종인 옮김 | 320면

199 **무기여 잘 있거라** 어니스트 헤밍웨이 장편소설 | 이종인 옮김 | 464면

200 **서푼짜리 오페라** 베르톨트 브레히트 희곡선집 | 이은희 옮김 | 320면

201 **리어 왕** 윌리엄 셰익스피어 희곡 | 박우수 옮김 | 224면

202 **주홍 글자** 너새니얼 호손 장편소설 | 곽영미 옮김 | 360면

203 **모히칸족의 최후** 제임스 페니모어 쿠퍼 장편소설 | 이나경 옮김 | 512면

204 **곤충 극장** 카렐 차페크 희곡선집 | 김선형 옮김 | 360면

205 **누구를 위하여 종은 울리나** 어니스트 헤밍웨이 장편소설 | 이종인 옮김 | 전2권 | 각 416, 400면

207 **타르튀프** 몰리에르 희곡선집 | 신은영 옮김 | 416면

208 **유토피아** 토머스 모어 소설 | 전경자 옮김 | 288면

209 **인간과 초인** 조지 버나드 쇼 희곡 | 이후지 옮김 | 320면

210 **페드르와 이폴리트** 장 라신 희곡 | 신정아 옮김 | 200면

211 **말테의 수기** 라이너 마리아 릴케 장편소설 | 안문영 옮김 | 320면

212 **등대로** 버지니아 울프 장편소설 | 최애리 옮김 | 328면

213 **개의 심장** 미하일 불가꼬프 중편소설집 | 정연호 옮김 | 352면

214 **모비 딕** 허먼 멜빌 장편소설 | 강수정 옮김 | 전2권 | 각 464, 488면

216 **더블린 사람들** 제임스 조이스 단편소설집 | 이강훈 옮김 | 336면

217 **마의 산** 토마스 만 장편소설 | 윤순식 옮김 | 전3권 | 각 496, 488, 512면

220 **비극의 탄생** 프리드리히 니체 | 김남우 옮김 | 320면

221 **위대한 유산** 찰스 디킨스 장편소설 | 류경희 옮김 | 전2권 | 각 432, 448면

223 **사람은 무엇으로 사는가** 레프 똘스또이 소설선집 | 윤새라 옮김 | 464면

224 **자살 클럽** 로버트 루이스 스티븐슨 소설선집 | 임종기 옮김 | 272면

225 **채털리 부인의 연인** 데이비드 허버트 로런스 장편소설 | 이미선 옮김 | 전2권 | 각 336, 328면

227 **데미안** 헤르만 헤세 장편소설 | 김인순 옮김 | 264면

228 **두이노의 비가** 라이너 마리아 릴케 시선집 | 손재준 옮김 | 504면

229 **페스트** 알베르 카뮈 장편소설 | 최윤주 옮김 | 432면

230 **여인의 초상** 헨리 제임스 장편소설 | 정상준 옮김 | 전2권 | 각 520, 544면

232 **성** 프란츠 카프카 장편소설 | 이재황 옮김 | 560면

233 **차라투스트라는 이렇게 말했다** 프리드리히 니체 산문시 | 김인순 옮김 | 464면

234 **노래의 책** 하인리히 하이네 시집 | 이재영 옮김 | 384면

235 **변신 이야기** 오비디우스 서사시 | 이종인 옮김 | 632면
236 **안나 카레니나** 레프 톨스토이 장편소설 | 이명현 옮김 | 전2권 | 각 800, 736면
238 **이반 일리치의 죽음·광인의 수기** 레프 톨스토이 중단편집 | 석영중 · 정지원 옮김 | 232면
239 **수레바퀴 아래서** 헤르만 헤세 장편소설 | 강명순 옮김 | 272면
240 **피터 팬** J. M. 배리 장편소설 | 최용준 옮김 | 272면
241 **정글 북** 러디어드 키플링 중단편집 | 오숙은 옮김 | 272면
242 **한여름 밤의 꿈** 윌리엄 셰익스피어 희곡 | 박우수 옮김 | 160면
243 **좁은 문** 앙드레 지드 장편소설 | 김화영 옮김 | 264면
244 **모리스** E. M. 포스터 장편소설 | 고정아 옮김 | 408면
245 **브라운 신부의 순진** 길버트 키스 체스터턴 단편집 | 이상원 옮김 | 336면
246 **각성** 케이트 쇼팽 장편소설 | 한애경 옮김 | 272면
247 **뷔히너 전집** 게오르크 뷔히너 지음 | 박종대 옮김 | 400면
248 **디미트리오스의 가면** 에릭 앰블러 장편소설 | 최용준 옮김 | 424면
249 **베르가모의 페스트 외** 옌스 페테르 야콥센 중단편 전집 | 박종대 옮김 | 208면
250 **폭풍우** 윌리엄 셰익스피어 희곡 | 박우수 옮김 | 176면
251 **어셴든, 영국 정보부 요원** 서머싯 몸 연작 소설집 | 이민아 옮김 | 416면
252 **기나긴 이별** 레이먼드 챈들러 장편소설 | 김진준 옮김 | 600면
253 **인도로 가는 길** E. M. 포스터 장편소설 | 민승남 옮김 | 552면
254 **올랜도** 버지니아 울프 장편소설 | 이미애 옮김 | 376면
255 **시지프 신화** 알베르 카뮈 지음 | 박언주 옮김 | 264면
256 **조지 오웰 산문선** 조지 오웰 지음 | 허진 옮김 | 424면
257 **로미오와 줄리엣** 윌리엄 셰익스피어 희곡 | 도해자 옮김 | 200면
258 **수용소군도** 알렉산드르 솔제니친 기록문학 | 김학수 옮김 | 전6권 | 각 460면 내외
264 **스웨덴 기사** 레오 페루츠 장편소설 | 강명순 옮김 | 336면
265 **유리 열쇠** 대실 해밋 장편소설 | 홍성영 옮김 | 328면
266 **로드 짐** 조지프 콘래드 장편소설 | 최용준 옮김 | 608면
267 **푸코의 진자** 움베르토 에코 장편소설 | 이윤기 옮김 | 전3권 | 각 392, 384, 416면
270 **공포로의 여행** 에릭 앰블러 장편소설 | 최용준 옮김 | 376면
271 **심판의 날의 거장** 레오 페루츠 장편소설 | 신동화 옮김 | 264면
272 **에드거 앨런 포 단편선** 에드거 앨런 포 지음 | 김석희 옮김 | 392면
273 **수전노 외** 몰리에르 희곡선집 | 신정아 옮김 | 424면

274 **모파상 단편선** 기 드 모파상 지음 | 임미경 옮김 | 400면

275 **평범한 인생** 카렐 차페크 장편소설 | 송순섭 옮김 | 280면

276 **마음** 나쓰메 소세키 장편소설 | 양윤옥 옮김 | 344면

277 **인간 실격·사양** 다자이 오사무 소설집 | 김난주 옮김 | 336면

278 **작은 아씨들** 루이자 메이 올컷 장편소설 | 허진 옮김 | 전2권 | 각 408, 464면

280 **고함과 분노** 윌리엄 포크너 장편소설 | 윤교찬 옮김 | 520면

281 **신화의 시대** 토머스 불핀치 신화집 | 박중서 옮김 | 664면

282 **셜록 홈스의 모험** 아서 코넌 도일 단편집 | 오숙은 옮김 | 456면

283 **자기만의 방** 버지니아 울프 지음 | 공경희 옮김 | 216면

284 **지상의 양식·새 양식** 앙드레 지드 지음 | 최애영 옮김 | 360면

285 **전염병 일지** 대니얼 디포 지음 | 서정은 옮김 | 368면

286 **오이디푸스왕 외** 소포클레스 비극 | 장시은 옮김 | 368면

287 **리처드 2세** 윌리엄 셰익스피어 희곡 | 박우수 옮김 | 208면

288 **아내·세 자매** 안톤 체호프 선집 | 오종우 옮김 | 240면

289 **폭풍의 언덕** 에밀리 브론테 장편소설 | 전승희 옮김 | 592면

290 **조반니의 방** 제임스 볼드윈 장편소설 | 김지현 옮김 | 320면